疏林尺牍

李福眠 著

山东画报出版社

图书在版编目（CIP）数据

疏林尺牍 / 李福眠著. -- 济南：山东画报出版社，2022.1
ISBN 978-7-5474-1395-1

Ⅰ．① 疏… Ⅱ．① 李… Ⅲ．① 随笔—作品集—中国—当代 Ⅳ．① I267.1

中国版本图书馆 CIP 数据核字（2014）第 257785 号

SHULIN CHIDU

疏林尺牍

李福眠 著

责任编辑 尹奎友
装帧设计 王 芳

出 版 人 李文波
主管部门 山东出版传媒股份有限公司
出版发行 山东画报出版社
　　　　　 社　　址　济南市经九路胜利大街39号 邮编 250001
　　　　　 电　　话　总编室（0531）82098472
　　　　　　　　　　市场部（0531）82098479 82098476（传真）
　　　　　 网　　址　http：//www.hbcbs.com.cn
　　　　　 电子信箱　hbcb@sdpress.com.cn
印　　刷 山东临沂新华印刷物流集团有限责任公司
规　　格 160毫米×230毫米　1/16
　　　　　 20.5印张　320千字
版　　次 2022年1月第1版
印　　次 2022年1月第1次印刷
定　　价 47.00元

如有印装质量问题，请与出版社总编室联系调换。

序

福眠白。

晚清学人、藏书家周星诒函云："然专以搜刻他人著作为主，本不以笔墨见长，唯收罗之书不免陋，然亦有佳者。"洵我辈之写照。

寒蚤枯禅。是集所玩之尺牍，无论木刻线装、石印影印、铅排铜活、电脑照排，本本册册，皆己淘购。芦帘短檠，白相而已。

文史切劘，一灯专衍。

斯著素简，开篇于雅藻醇醉、胥役沧尘之秋水轩、雪鸿轩，阁翰于谨严峻烈、平易诙谐的"疑古玄同"之"今典"。倘佯良晤乎引人入胜之晚清民国间，亦敝生逢、年龄、环境、兴味、个性之局限的尺案通枕。

夫疏林者，佳椠劣板参差之书林也；撰玩尺牍者，体识清远之疏林人物也。廉纤洒篷背，敝前有《疏林陈叶》《疏林闲览》。抱道安贫，不为时尚所移，今续之曰《疏林尺牍》。

二〇一三年谷雨，制于花望草堂

1

目 录

序 /1

《秋水轩尺牍·雪鸿轩尺牍》："恐怕要算是一件腐化的事" /1

《冬暄草堂师友笺存》："清风明月，如与贤师益友晤对一堂也" /8

    陶　模 /12

    施补华 /15

    李慈铭 /17

《翁常熟手札》："谕辞严切，万万不可传播" /22

《于文襄手札》："密示·秘之·甚有关系也" /25

《翁松禅家书》："十月鸡，半夜啼·如背熟书也" /30

《袁忠节公遗札》："回忆卅载，前尘已如梦幻" /33

《明贤名翰合册》："冲" /37

《张文襄公手札》："咎了结之法，乃查咎之法也" /41

《三河之役——致李续宾兄弟函札》："吃药·写字·读书" /45

《陶风楼藏名贤手札》："岂徒坤益临池及谈助已乎" /53

    曾纪泽 /54

    杨守敬 /56

《弢园尺牍》："吴门王胖，其才无双" /61

《悲盦手札》："巧言不如直道" /65

《瓯香馆手札》："此时，虎兄正在赴席" /69

《陈曼生先生尺牍》："肉已过期，从何销售" /73

《吴窬斋赤牍》："自吃自饭" /77

《吴昌硕书札选粹》："叩头如捣蒜也" /82

《张廉卿先生论学手札》："肯堂本吾药笼中物·此虽琐事，甚以为盼" /87

    "肯堂本吾药笼中物" /88

    "此虽琐事，甚以为盼" /91

《郑叔问先生尺牍》："此应时之画，不出明日，必有人购去" /93

《西庐家书》："近日城中习气" /99

    王烟客："我今年真穷彻骨" /100

    王石谷艺固独绝，利上最重 /102

    季沧苇大收骨董有目无睹　钱遵王尤为峭刻诡谲之人 /103

《文徵明集·小简》："适有客在坐" /105

    极副所需 /107

    惠贶骈蕃 /107

    幸勿却也 /110

    适有客在坐 /112

《南园先生手札》："言之虽可悯尔，实可恨也" /113

《云逗书札》："性情学问，不能强同" /116

    樊山酬文如潮，"晚年五分钟可成一律" /116

    附记　贺友直："要我题字，简直是牛吃蟹也" /119

《摹刻砚史手牍》："唯有徐徐留意觅之" /124

《刘石庵手札》："徒相对含愁，大非学问之道" /130

《谭祖庵论诗书手札》："非惬意书，不可学也" /134

《林则徐书简》："微写成征字与龟兹二字似不好看" /138

《林纾诗文选·书信》："文字缘悭，香火缘短" /143

    附记　林纾"不以毁誉动其心" /149

《姚惜抱先生家书》："此处已有里子，此处已买布做卧单矣" /153

疏林尺牍

2

《不是集·书》："还留此一副本来面孔耳" /158

《新编尺牍三种》："送上壁架镜一面" /162

《松邻书札》："予最恨从理想中写景写情" /168

《许侍郎尺牍真迹》："一切用度，概从省俭" /172

《苏黄尺牍选》："起居佳胜·呼灯作此·渐宜灯火" /178

《小仓山房尺牍》："余以为世之知钱者多，知味者少" /185

《俞曲园书札》："稍尝辛苦，亦文章顿挫之法" /191

《苏曼殊文集·书信》："直欲吊人胃口耶" /198

《张謇存稿·家书》："食少油，勿过饱·胜似说无益话" /207

《章太炎先生家书》："宜常服橄榄萝菔等物，以防时病" /213

《弘一法师书信》："但必须不伤害鼠命者乃购之，否则不购" /219

《樱花书简》："新国少年，皆当存揽辔澄清之志气也" /225

《宾虹书简》："取士夫之学人，不取簪缨之文人，切切分别" /230

《明人尺牍选》："于今每忆当年好处" /236

《玉茗堂尺牍》："光色犹若可异焉" /241

《缁林警策》："境界决无有静之时之处" /247

《徐光启集·书牍》："独有澄江冷月，羌堪语此" /251

《郑板桥尺牍》："半窗画意写江南" /256

《历代名媛书简》："玉尺璇玑富异才" /262

《女子书翰文》："藻翰纷披余韵长" /269

《嘤求集尺牍》："卿既相思入骨，仆尤望眼将穿" /275

《冒广生友朋书札》："去后桃花今几许" /281

　　但为名计 /282

　　书虫品行 /283

　　疏林风致 /285

　　衙斋任诞 /287

《朱希祖书信集》："猫不要吃他物" /289

张元济德操千秋　/290

朱希祖住心观净　/292

举细烛品藻同侪　/294

闲览不意之获悉　/295

《澹盦藏札》：“阅世相期豁远眸”　/297

阴霾塞天　/298

理直借贷　/300

名副其实　/302

《先师吴兴钱玄同先生手札》：“格末叫巧·运气极了”　/309

《秋水轩尺牍·雪鸿轩尺牍》：
"恐怕要算是一件腐化的事"

　　看贴于衬页之购书发票，这册上海书店一九八六年八月据民国版影印之《秋水轩尺牍·雪鸿轩尺牍》，乃是年十月十一日购于海上古籍书店。熟视无睹，直至今年二月，时隔廿六年，方执读之。

　　蜗居平民窟之我家，曾有一册民国大达图书供应社有光纸版这两家尺牍合集。我父亲略识数字，母亲目不识丁，不知是否喜欢新文学之二哥所购。但我从未见其读文言之籍，加之他身患癫痫，视力近视，难以执此直排之卷，终逝是疾。"文革"扫"四旧"，烽火连天。惊恐万状中，家

一九八六年上海书店版《秋水轩尺牍·雪鸿轩尺牍》书影

1

家闭户自焚"四旧"。《秋水·雪鸿》，化为灰烬。

少年之我，有此非常印象，非常经历；春窗人静，于是书怀望殷切。尔立之后，不仅购了上海书店一九八六年据民国版影印本，还于博古斋淘得数十册民国新式标点、言文对照之土纸铅印直排本。

情愫之外，上海书店一九八六年版之封面，底版为梅庵山水，套印红竖框。框内并排直书"秋水轩·雪鸿轩"，其下"尺牍"二字，似老公房之公共面积，共同使用。看笔法笔意，签书当出于海上书法家胡问遂先生之翰。而民国版是籍之装帧，多晓窗寒月之意味。凡此，皆相得益彰，亦我喜淘之又一因。

一九八六年版《出版说明》：

> 《秋水轩尺牍》是许葭村著，计二二九篇，分叙候、庆吊、劝慰、请托、辞谢、索借、允诺、戏谑八大类。《雪鸿轩尺牍》是龚未斋著，共一八六篇，分议论、邀请、自述、感谢、颂赞、寄赠、庆贺、叙别、辞却、思望、介绍、请托、欣羡、慰籍、规劝十五类。曾经山阴娄氏、吴县管氏注释，又经宋晶如补充、订正，并加语译，使读者较易理解。
>
> 这两部尺牍，文辞生动雅丽，曲尽情理，向为尺牍范本。因限于时代，内中封建伦理的气味较浓，已不适于今日写信的范式。现在本店加以影印出版，旨在供作一种对古文书牍阅读欣赏之助。
>
> 上海书店一九八五年十二月

上海文光书局一九三一年五月出版的新式标点、言文对照之《秋水轩尺牍》，其标译者媚古居士序云：

> 世风日堕，国粹沦胥。弃本图末，共产争鸣。吾侪盖不特于区区文字间，而特深忧虑不已也。
>
> 文字之厄，至今日可云极矣。试披一新作家所著之出版品，莫

不有别两淮风。鱼目溷珠之处，即号为夷场博士，而其所阅之本，纰缪百出，不知所云。稗官九陌，充栋汗牛，而书名之恶俗不通，及专事诲淫陷害青年者，滔滔皆是。世道人心，学术文章，不大可咄咄浩叹乎。

文而降之于话，话又降之于白，固无怪其不通之甚也。辞达而已矣，何必话也？又何所谓白？东施效颦，海夫逐臭，随波委流，往往矫枉过直。流连忘返，何其无丈夫独立志气哉。效趋欧风，全忘国体，打倒帝国主义之谓何？

是故《秋水尺牍》，一寻常之书也。亦不能不用注，注又不能不用释，以图人易于领悟焉。

是书翻板无虑廿余种，注家如山阴娄氏、吴县管氏、吴江陆氏等，亦有十余家，足见是书流行畅盛矣。良以其腹笥充切，文辞雅丽，变化错综，流动生姿，绝枯窘板滞之弊，书札中妙手也。第微嫌其不脱幕宾气耳。然初学阅之，殊足引入胜境，故今学校，多取作课授。

 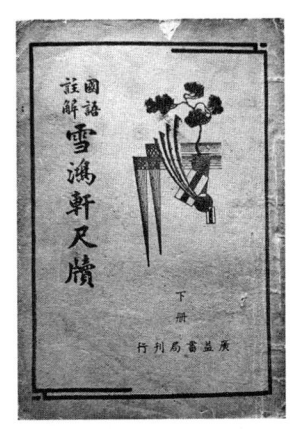

民国沪版《秋水轩尺牍》《雪鸿轩尺牍》书影

友人以坊十数种，嘱为审定。予见一册，语文连篇，注解累牍。叠床架屋，览之头疼，而仍不得其要领。爰择其尤善者，为之删其繁复，正其谬误，务使读者眉目一清，爽朗若吸新鲜空气。不必翻检群籍，已悉义蕴；不必询问师友，尽通典实。

回视各本，优良多矣。识者诚购而阅之，比披览无谓之新书及诲淫小说，其一利一害，当不可同日语，奚啻有上下床之别哉。民国十八年己巳七月上旬海藻媚古居士撰于沪北隐庐。

翻新话凿今时壁。一九八六年版之《出版说明》，似撰于民国；一九二九年媚古居士之序，若书于当下。

秋水轩许葭村、雪鸿轩龚未斋，为绍兴乡党。两人游幕，淹留北国，襄理案牍，充当文秘。数十年间，投聘跳槽，仰人鼻息。其艰厄苦况，于雪鸿轩《答朱桐轩》中记之：

> 一生心血，消磨于簿书钱谷、长笺尺牍之中；半世傭资，耗费于仰事俯蓄、雪炭绨袍之际。

两人终生财务账房，引醑为唯唯喏喏，敛手低眉，斤斤计较，无尽抱怨，弄得家庭难谐，经络不舒，了无光明自乐。相比之下，雪鸿轩稍有思想：

> 吾辈生长儒素之家，贫固其常也。此时咬得苦菜根，即他年得意，亦不为靡丽纷华所动。但士可贫而不可穷，动心忍性，增益其所不能，此救穷之法，愿与足下共勉之。
>
> ——《与徐润之》

颠沛流离之打工途中，晤智山乐水，秋水轩怏怏虚过：

4

江南名胜甲天下，为问燕子楼头，云龙山畔，犹有当年陈迹否？

——《贺孙香育入幕》

此地濒海而居，白沙红草，一望弥漫。惟有独拥寒毡，卧听满城爆竹声耳。

——《与龚未斋》

当此短亭黄叶，曲岸丹枫，一路秋光，足供清赏；而家庭之豫顺，亲故之交欢，更自有其乐融融者。

——《送邓三兄回里》

雪鸿轩则春云多态度，奇峰搜尽：

来教言读书中人，不宜言游。然则风浴咏归，夫子哂之而与之，何也？春光韶丽，云霞灿烂，花柳芳菲，皆成文章。作郊外三日之游，以助文思，与读书大有所益，是在吾人之善游耳。请足下其领略之。

——《答胡克昌》

来书问盘山之胜，仆到渔阳两月，尚未履其地。尝闻海外有三神山，舟至风辄引去，使人可望而不可即。岂以神仙之境，非尘俗者所能到耶！

盘山虽在人间，而尘俗中人，亦为山灵所弃。然敝斋距山不远，开窗相对，非特可以卧游，并可以梦游。及登东台，则青峰插云，历历可数，所谓九华峰是也。过李卫公舞剑处，则为西台，其南为先师台，其北为白象峰。亭亭如盖，所谓紫盖峰者，则中台也。上盘之松，矫若卧龙；中盘之石，奇怪万状，不可思议。一盘之水，曲折萦洄，清澈无底。而金碧辉煌、忽现忽隐者，则七十二寺之高下杂错其间也。

忽见一轮明月捧出山坳,名挂月峰,为盘山最高之处。登舍利塔,四望无际,众山皆低,乃山之绝顶矣。

正瞻眺间,忽闻钟声怒吼。蓦然而醒,正谯楼打五鼓矣。角枕衾边,神魂飞越。披衣而起,即书梦中所游以答之。勿以为梦中说梦也。

——《答周友锜》

奇山异水之面前,各人家庭之和谐隔阂,性情之明朗猥琐,兴趣之广泛逼仄,文采之简洁晦涩,彰显无遗。

这两轩尺牍,典故叠架,骈俪潜流。虽似印板文章,但缤纷朗朗。晚清金石学家顾燮光跋其父顾家相《因园函札》,述其父谆谆教导云:

忆昔趋庭时,尝谕燮光曰:"尺牍文字,取其适用,当以达意为主。能丽以经史词章,固为上乘,然未可以期诸学者也。若《小仓山房》,吾喜其峻拔,而觉其锋芒逼人;《秋水轩》,吾喜其隽永,而觉其模棱太盛;能为学者模范,其推《雪鸿轩》乎。"谕犹在耳。

顾家相之家教,实为做人之金针。其唯举《雪鸿轩》之因,虽未表明,盖可略见于秋水轩《复龚未斋换帖》之语:

惟过承奖许,以燕石而荆璞目之,且感且惭。尤荷忘年之订,而于蔼堂书内三致意焉。将《诗》所谓"蔼蔼吉人",《易》所谓"谦谦君子",非兄其谁与归。

民国回溯,其时之道德换帖,十分珍重,远胜于当下疑似胡塞邮箱之垃圾小广告,乱发大怪路子扑克牌、欺世盗名之名片。

周作人在《关于尺牍·其三》开首阐云:"看《秋水轩尺牍》,在现代

6

化的中国说起来恐怕要算是一件腐化的事，但是这尺牍的势力却是不可轻视的，他或者比板桥还要有影响也未可知。"然良知者，于道德沦丧之时，读秋水轩、雪鸿轩尺牍，却是独清而化腐之佳行。

二〇一二年惊蛰后一日草，立夏制毕

《冬暄草堂师友笺存》：
"清风明月，如与贤师益友晤对一堂也"

　　《冬暄草堂师友笺存》，中华书局一九三七年七月依手泽影印，线装六册，裒辑俞樾、张裕钊、丁丙、陈宝箴、薛时雨、孙诒经、张鸣珂、秦敏树、谭廷献、许景澄、劳乃宣、袁昶、樊增祥、李慈铭等一〇二位贤达致冬暄草堂主人陈豪之尺牍。

　　陈豪，字蓝洲，号迈庵，晚号止庵，室名冬暄草堂，浙江仁和人。一九一〇年谢世，享年七十有二。事载《清史·循吏传》。

　　师友尺牍，赞其为吏"民歌载道"，洵一誉满江湖之百姓公仆。"又擅

《冬暄草堂师友笺存》书影

三绝之长"，即诗书画独步一时，"笔墨当世所希"，"画有远韵，诗复清洒"。

挚友邓琛揭云："君画法眉山（苏东坡）而不以形似，得其理矣。"陈宝箴穷理尽性二函：

蓝洲仁兄大人阁下：

承惠画幅，有翛然绝俗之韵。于耕烟老人外，自饶风格。把玩喜笑无厌。率泐敬谢，并问动止多福。弟宝箴顿首。

蓝洲仁兄大人阁下：

前辱赐画山水直幅，清拔超卓。戴文节后，并世殆无伦比。对之意移，喜笑无厌。谨谢。闻尊处有范仲林闹作，乞借一览。手泐敬请著安。弟宝箴顿首。

二十世纪六十年代初，少年之我常于古籍书店堆置狼藉的碑帖画册之中，遭逢民国有正书局珂罗版王耕烟、戴文节两家画册。妙振一时的文节戴熙之画，少年瞿秋白，红雨清沼，悉心临摹，传世于今。

那时，我青春焕发，生机于傅抱石先生《山水人物技法》一书。天性契合于傅先生所例举之龚半千、名字令我莫名好感之王椒畦二贤涤荡陈趋之山水画，至今如是而未淘王戴画册。

龚半千、王椒畦，皆为江苏昆山人。

数年前，我与太太购房于昆山花桥之小瓦浦河畔花望路。河花映发，我惊奇小与瓦、花与望之天意趣谐。附庸风雅，名二屋为小瓦山房、花望草堂。清兴在躬，以避笔墨之邪俗甜恶，潜移默化于龚王之微蕴。

中兴循吏香涛张之洞，德行容止，故作怪诞，令察言观色之下属吃伊不准，谨小慎微而械桁。陈延益函云：

香帅属椽笔为作山水中堂一帧，尺六宽，三尺长，宣纸。欲淡淡

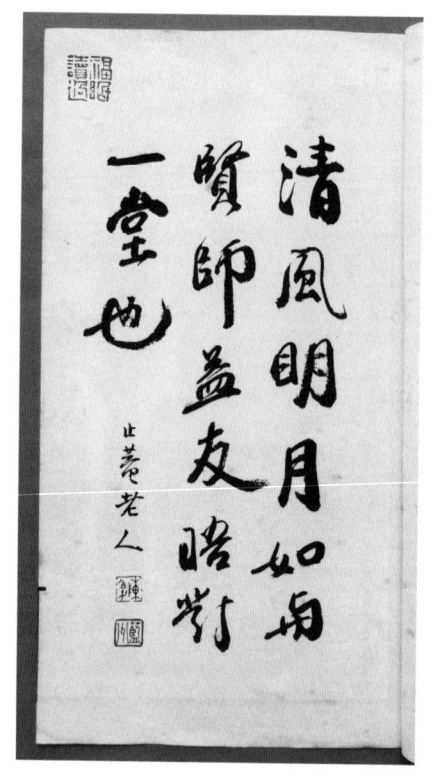

冬暄草堂主人陈豪为《笺存》所写之题辞

着色，清暇随意为之。台从何久不归寓？颇欲一谭。此颂迈盦先生日嘉。弟益顿首。

尺牍嘱陈豪绘事"欲淡淡着色，清暇随意为之"，寸丹之语，教人侧窥不易察觉的张之洞尘外风致。

大凡文颖融通金石书画者，其襟率直，无脂韦媚世者之猥陋，必传信

10

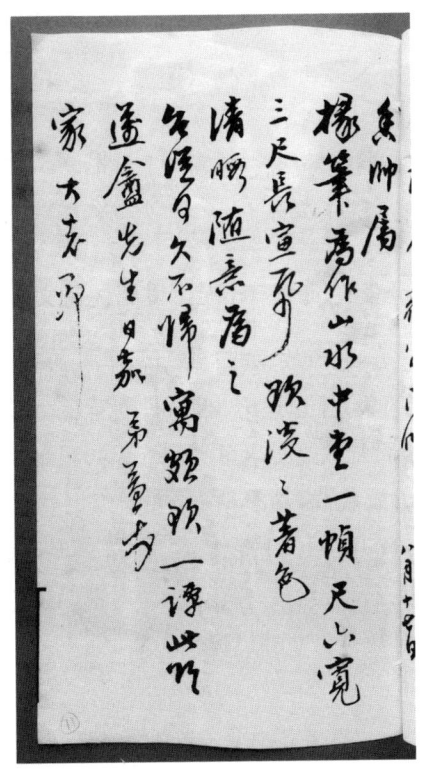

陈延益手泽

于后世。陈豪之著，循吏行状，早已湮闻，而其清穆山水、平泉花卉之画，竞拍于当下。

　　读伪饰牌位式传记，乃自坠溷浊，同流合污。欲识其人，不如读其一丝分明之尺牍。

　　《笺存》之陶模、施补华、李慈铭尺牍，情韵连绵，襟灵鲜明，好玩于侪辈。

11

陶　模

陶模，字子方，号方之，浙江秀水人。同治七年(一八六八)进士。一九〇二年谢世，享年六十三岁。

赴任："如读李长吉、樊绍述诗文"

古之外放赴任、贬谪、流放、罢归、致仕、婚娶、奔丧、贩运、收贷、巡访、邀览、旅游、赶考诸行役，千里迢迢，无今日创新驱动、转型发展的疾速高铁、磁悬浮、航空之器，唯依篷舟木车，疲驴羸马，艰难困苦而蜗行。沿途，或风餐露宿，或雨雪蚊虱，驿站之枯寂，亦唯以书卷破解之。孤灯摇影，愁织成"行万里路，读万卷书"自我抚慰、排遣之无奈虚语。其中具文采者，一路以山水为书，行而读抒。模山范水，夷雅一澹药千愁。陶模遵旨，赴甘肃文县之任。其致肖彭蓝洲尺牍纪云：

> 弟于八月初二自皋兰起程，由安定而南，涉陇水，探渭源，经成纪故城，访伏羲时龙马负图处。流连天水之墟，摩诸葛君旧垒，历嶓冢山麓。渡西汉水，过仇池，考杨氏割据时旧壤。抵武都，淹留旬日，遂循桓水，沿江而下，于十月初一日行抵阴平。溯自入关，度陇时，道路之险，以络盘山、王公桥为最。自秦州赴阶州，则险逾十倍。时而登山，时而涉水。山腰水面，乱石横错。石大者如屋如牛，小者如卵，锐者如刀如斧。石与水搏，声如雷轰，如汤沸。人行其间，往往一足涉水，一足踏石上；马四足无一刻平放处。时或落叶成堆，不辨是石是水，一失足即倾跌。有时大石当路，即攀陟上坡，循山麓行；山行又无路，则又涉水。佶屈凹凸，俄顷百变，如读李长吉、樊绍述诗文，无一字平衍处；如刲卢杞、秦桧肺肠，无一点坦直处。山腰或有土路，为人功凿成，则又忽高忽下，时阔时窄，窄处不过二三寸，又或敧仄

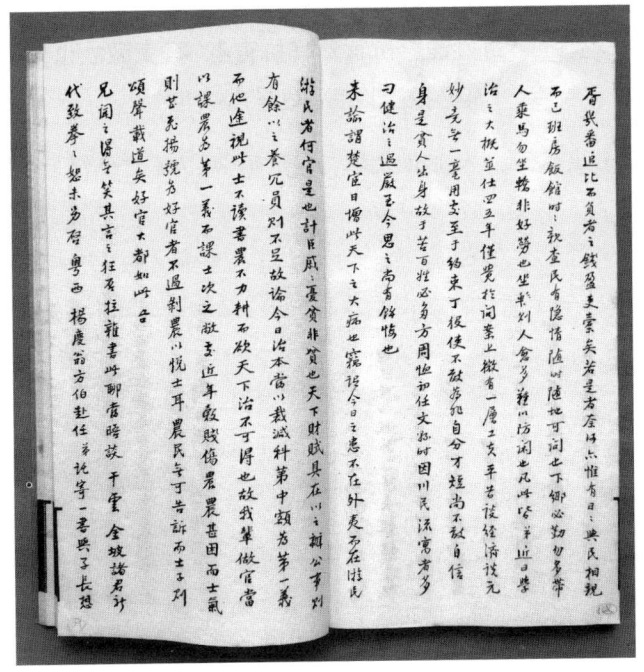

陶模手泽

不能容足。左倚峭壁，右俯急湍，人马战栗，死生呼吸。

自阶州赴文县，则尽在陡壁上行。有所谓鲁班桥、蛇倒岭者，为著名险处。蛇倒者，言蛇亦须倒退也。（此为北栈，南栈在宝鸡以西，闻极宽阔。）虽历经修筑，一遇雨水，或山上陨一石，或土岸倾陷一二尺，即千夫裹足，非动百数民夫不能修。同寅有贵州人言，此路之险，虽黔蜀无其比拟。

时下，交通速捷，行万里者乌泱乌泱。而"如读李长吉、樊绍述诗文"之书卷气，杳然渺然。

13

上访："百姓谁愿抗官？其抗官者，官吏激之也；
其必欲上控者，吏胥之故也"

陶模于此穷乡僻壤、贫困之域，其奉扬仁风为官之感悟是：

> 大抵州县之难，莫难于问案。欲求事事熨帖，大非容易。而约束丁役，更须用一番苦心。亲民之官，欲令民可亲，不欲令民可畏。畏则丁胥之借端恐吓者得计矣。

> 百姓谁愿抗官？其抗官者，官吏激之也。官之问案，何能尽如人意？偶有偏枉，民亦谅之。其必欲上控者，吏胥之故也。讼不得直，而吏胥又播弄之，搜括之，欲不上控得乎？缺之大者，陋规必多，军兴来铲削尽矣。

《老残游记》作者刘鹗在书中揭示，清官有时比贪官更劣。清官虽不贪腐，但刚愎自用，草菅人命，更令人生畏。

现状："'好官'大都如此"

作为最接地气、切肤民瘼之县级干部，陶模深谙"好官"之弊：

> 来谕谓楚宦日增，此天下之大病也。窃谓今日之患，不在外夷而在游民。游民者何？官是也。计臣戚戚，忧贫非贫也。天下财赋具在，以之办公事则有余，以之养冗员则不足。故论今日治本，当以裁减科第中额为第一义。而他途视此，士不读书，农不力耕，而欲天下治，不可得也。

> 故我辈做官，当以课农为第一义，而课士次之。敝处近年谷贱伤农，农甚困而士气则甚飞扬。号为好官者，不过剥农以悦士耳。农民无可告诉，而士子则颂声载道矣。"好官"大都如此。

百姓热盼好官辈出的时代，是世风颓靡，贪腐不穷之严重时代。

施补华

施补华，字均甫，浙江乌程人。同治九年（一八七〇）举人，从左宗棠军中。一八九〇年谢世，享年五十五岁。

《泽雅堂文集》，施补华著，我未见之。其文《题〈登高图〉》，我读之于中州古籍出版社二〇一二年四月一版"闲雅小品丛书"之吴振华编《书卷似故人——序跋小品赏读》。

施氏于是文，吁"惟此一日之聚为现在焉，慨其难常"，"彼一日之聚，忽然以逝者，亦岂图之所能存"之叹。翌年，其即英年遽归道山。

然其致陈豪之尺牍，好好学习、天天向上之勃发情愫，别样毕现：

旨意："读书是身心事，非口舌事，非笔墨事也"

读书为人分为两截，近来名士大都如此。戴子高其一也。虽学综群书，名满天下，其实谓之不通。读书是身心事，非口舌事，非笔墨事也。戴君至交，其人已殁，宜为掩覆。所以云云，欲发明读书之旨耳。

卫生之一："人惟以学问养其性分"

人惟以学问养其性分，使性分满足。为令长，为将相，功效虽有大小，其无歉于心则一。

卫生之二："此学问真际，幸体验之"

窘迫时，心要宽舒；宽舒时，心要钤束。此学问真际，幸体验之。

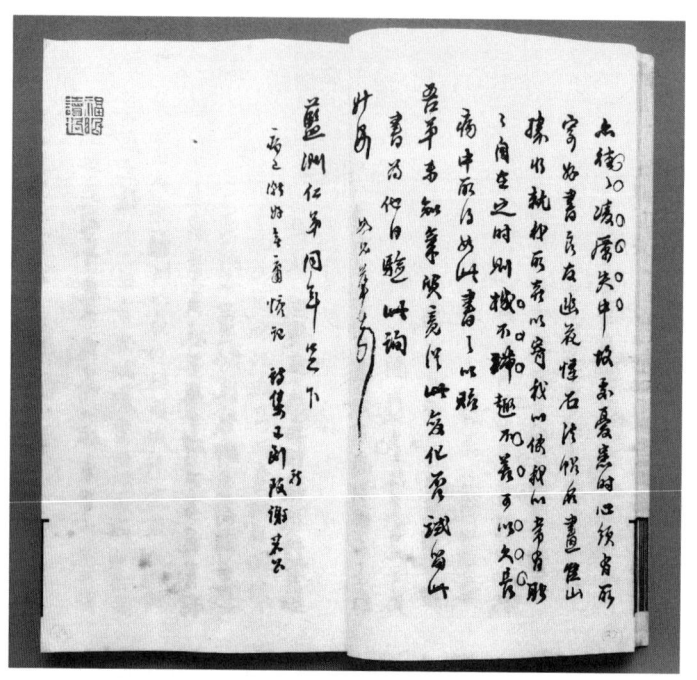

施补华手泽

修行:"故处忧患时,心须有所寄"

忧患固是生机,然过于忧患,则和气少而戾气多,亦易致病;及遇事发现,亦往往凌厉失中。故处忧患时,心须有所寄。好书、良友、幽花、怪石、法帖、名画、佳山、胜水,就我所喜,以寄我心。使我心常有耽耽自在之时,则机不滞,趣不差,可以久长。

事件:"杨乃武事作何了结"

读书是身心事,并非不闻窗外八卦之讯。有的小道消息,对于施氏而言,是大道新闻之先声。震动朝野之杨乃武与小白菜,乃涉及官员间

利害关系之大案要案,颇可关注:

> 杨乃武事作何了结? 此案初出,兄在省城所闻,与谳词无异。而京师浙人,极口呼冤,殊不可解。兄疑此案必连君所播使,故与石师为难耳。相国于此案,颇不满浙人;兄亦不能为浙人辨也。

谭献(仲修)《复堂日记》,关涉施氏之简明二则:

> 《西青散记》致语幽清,有唐人说部风。所采诸诗玄想微言,潇然可诵。以示眉叔,欢跃叹赏,固性之所近。施均父略翻五六纸,掷去之矣。

> 廿五日(光绪十六年岁次一八九〇年二月),闻施均父凶耗,形神凄感。

李慈铭

李慈铭,字爱伯,又字越缦,号莼客,会稽人。光绪六年(一八八〇)进士。一八九四年谢世,享年六十五岁。

二十世纪八十年代后期,我常于海上博古斋书架见到一摞民国依手泽影印之李慈铭《越缦堂日记》。有时,此淘未遇心仪佳著,不甘一无所获而空归,遂取下《越缦堂日记》闲览消磨。纵横圈涂,其秘难示,目力大伤。未购而见其日迎灰尘,由几十元逐年上涨,今成瞠目之价。

与驯良唯诺、胸藏软钉之低调绍兴师爷迥异,李慈铭未汲绍兴黄酒温醇糯甜之滋润,肝火超级躁旺。其华翰雕龙,凌躏堂奥。于前贤同侪,指骂多而和谐少,却与陈豪共剪西窗之烛,尺牍达三十四通,且多滔滔长篇;又附诗笺,情谊焕然。躁旺肝火,成就李氏为一时之范儿。

同治丁卯岁次一八六七年十月，其"将由杭州诣武昌，蓝洲仁兄大人属题《校经图》，率赋一律"云：

慷慨陈同甫，江湖十载余。

忧时多涕泪，结交半樵渔。

山好能供画，家贫尚买书。

相怜生计拙，岁月老虫鱼。

这幅自拟壮怀激越陈同甫之传神写照，倒映其尺牍之中。

哭穷之一："弟穷甚不可言"

弟穷甚不可言。昨已自西郭移寓锦鳞桥黄花巷前，食于舍弟家。虽时亦不适，然既免赁屋之钱，又叨同厨之饭，即至烧薪挑水，皆属仰成。为苟活之谋，计亦良得。今月须出屋租三十，又粜米而食，买柴而爨，且所居甚小，屋三间，酷热如煮，甬泉绝无一勺。昨荐一仆，亦不见收。近来人情益皆难料。慰翁何时可来？所谓同病相怜耳。

哭穷之二："正将断炊，赖此得济"

昨得惠书并番蚨二十枚，正将断炊，赖此得济。故人知我，胜我自知。

哭穷之三："此殊有燃眉之急耳"

再，弟近日窘甚。祈属质文兄，将前月薪水惠寄。感谢，感谢。此殊有燃眉之急耳。

哭穷之四："弟实无力垫也"

仲修所要《小蓬莱阁金石文字》，书估需先付价。倘必欲得之，

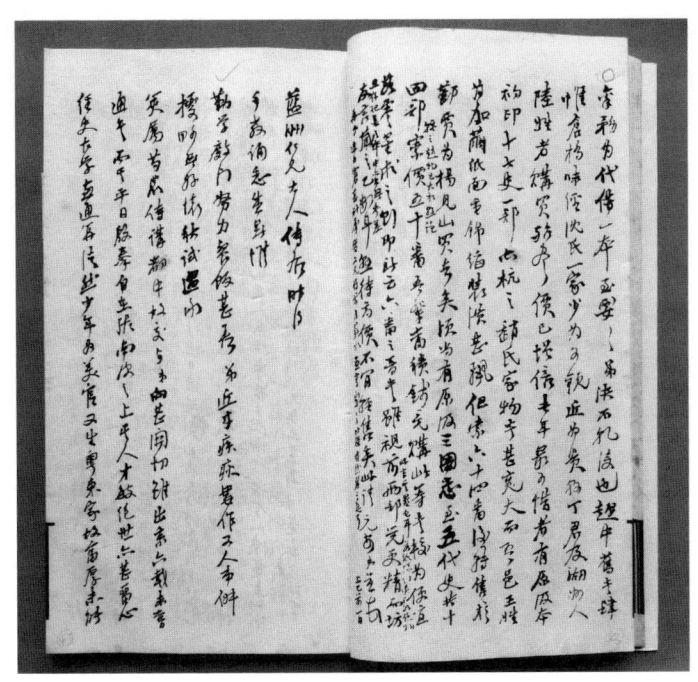

李慈铭手泽

可属其先寄储番来，缘弟实无力垫也。

龃龉之一："弟越中无一人可共语"

弟越中无一人可共语，惟以看书过日。所望诸君子时惠书问，以祛秽痗。

龃龉之二："越中乡谊素恶，鲜可往来"

越中乡谊素恶，鲜可往来。即论浙省人材，亦甚寥落。紫泉竺谨，鞫鞫温文好学。夏间偕其同志三人,温理《左传》《礼记》,此甚难得者也。

买书之一:"越中旧书肆,少为可观"

越中旧书肆,惟仓桥味经沈氏一家,少为可观,近为贵县丁君,乃湖州人陆姓者购买殆尽,价已增倍去年。最可惜者,有原汲本初印"十七史"一部,亦杭之赵氏家物。书甚宽大,而吾邑王姓,为加茧纸面,重锦绦,装潢甚丽。但索六十四番,后转售于鄞贾,为杨见山买去矣。

买书之二:"盖弟家既破矣,饿死与否,亦或不在此也"

弟去年所购《四书》一部,尚是原刻,惟已为最后印本。其中有空缺数字者,然大致尚清楚。请以此让吾兄,而弟则加二番,购其六番。盖弟家既破矣,饿死与否,亦或不在此也。

干没之一:"然昔年曾干没其《唐石经校文》一种"

仲修不肯借书,殊为可恨。然昔年曾干没其《唐石经校文》一种,亦诚为法自毙。此吾儒省躬克己之学,非道学乡勇所知者也。但寄语仲修,吾必有以报之。

干没之二:"务为代借一本,弟决不干没也"

仲修处当有《刘端临遗书》及王石渠父子、潘四农等集,其首册皆载"崇祀乡贤奉禀"。务为代借一本,至要!至要!弟决不干没也。

雅谑之一:"弟则如窭人衣珠矣"

书局章程想仍如故。现刻何书?《旧新唐书》已刷印否?《宋史》曾否开雕?未识可否言之。

中丞以弟前任校书，俾仍援例，分丐一部，则如窭人衣珠矣。

雅谑之二："杨慈湖独喜幽渺蚊声"

局中校雠之事，长夏最苦；又众蚊所繁，欧阳六一所谓吽喝挈人者，丑类繁多，诛之不胜。然执事不闻杨慈湖之言乎？慈湖谓"世皆憎蚊，而吾独喜之。其声幽渺，似闻笙竽。"足见嗜好之偏。虽此辈亦遭赏识，故扰扰者不绝于天下也。

仲修谭复堂云："吏散无事，时时检书。"

甲戌岁次一八七四年正月廿二日，李慈铭于京邸作长牍致陈豪，其小字夹论云：

即以今日论，合肥(李鸿章)才气过人，而近来作事不满人意者，不读书也；湘乡(曾国藩)才量俱胜，而天津之事，晚节不振者，读书少也。其余依草附木，不窥《兔园》一册而居节镇八坐者，无足论矣。

其尺牍中，时时探讯谭复堂之近况，十分关切。此基于谭氏手不释卷、不溺炒作之自律。然《复堂日记》述及李氏之文，仅寥寥数行。

止庵老人陈豪题《冬暄草堂师友笺存》：

清风明月，如与贤师益友晤对一堂也。

春水吴云，饮醇挹清。闲逸览之，徒深天际之想。

《翁常熟手札》:
"谕辞严切,万万不可传播"

　　依手迹影印之《翁常熟手札》,商务印书馆一九三四年九月初版。我淘得乃一九三六年十月四版,价三十元。

　　是册所收,多为翁同龢与"士周仁兄亲家大人"之函。和行世之翁氏空泛日记、书信、诗文不同,其中蕴涵着森严神秘、毛骨悚然之氛。

　　　由张家湾换舟,牵缆甚速,未刻抵岸。而长龙哨弁胡德明送至通州,极得其力,可喜也。连日瓮底无所闻。此后要语,乞速示。舵

民国版《翁常熟手札》书影

尾草草。书奉士周仁兄亲家大人阁下，弟龢顿首。初五日潞河舟中。

高官翁同龢此行出差？调休？何去何从？外人均不明了。位居朝廷要员，一刻不明上之圣情，周遭之绪，自恐岌岌可危。故皆有"连日瓮底无所闻。此后要语，乞速示"诸老谋硕画之潜伏。

收讫。未知总税司有何议论，祈示及。专颂日安。名另具。二月初三未。

此事可不列名，想庞、邵必有斟酌也。廿七。

函中"名另具"之"名"，乃翁同龢之"别名"。这二札，未知谕致何人，口气洵领导大人之画圈重要批示。彼时，爵位越高，"另具"之函越玄。字数愈少，其中故实愈迷。凡此，源于甲骨文、钟鼎釜盘彝尊爵罍之款识、砖铭等。

士周姻世仁兄大人阁下：
　　前日得示未及覆。是日申刻，慈圣召见，命弟即日赴津，与傅相商量饷事而不令外人知(谕辞严切，万万不可传播)。乃于廿九早出京。值过兵觅一小舟，两日而达。今泊岸下矣。既未便修谒，又未可以幅巾叩铃阁〔下〕。乞示其宜为感(只可通信，切不可过访！或令子固来则可，至多不过留一日，归时必须借小轮拖带，并乞先办妥，尤感)。即颂勋祺。舟行摇兀，殊草草。弟名另具。

气息惊悚，乃是函之特质。"不令外人知"五字，旁各画一圈，以示微诚。又注"谕辞严切，万万不可传播"小字，历申组织纪律性。"乞示其宜为感"旁嘱"只可通信，切不可过访！或令子固来则可"之语。俨然地下党秘密联络之样板。子固之名，屡见于翁函中，仿佛奔波于鲁迅、周作人、刘半农、钱玄同之间传递外间消息之徐耀辰。这类国闻备乘式"跑褪"，满腹史料，倘若文笔雅洁，为文必胜蟫灰鸡肋大传之籍。

翁同龢恭奉慈旨，秘潜津门，密会李鸿章。为掩人耳目，仅"觅一小舟"悄然而行。到达指定地点后，既不能招摇哄动，炒作空降，又不可伪装微服，登堂入室而违规。唯有暗箱操作，使命必达。归时，亦须如无铺之散席票乘客，乱糟糟混隐于尾舵之处。蓼虫桂蠹，甘苦自知。

因上疏反对煽动义和团去攻打各国使馆而惹怒慈禧，被其下令斩首于菜市口之袁昶，信中常有"阅乞付丙"之警告。盖缘袁昶之函，为珍贵历史语言、生面别开之法书；抑或收件人别有企图，留有一手，"阅乞付丙"之函，并未火葬而化为灰烬，令后昆于偶然间窥得其秘。某些史疑，并非没有答案，只是外间永远无法掀起其帘。其好处是，某一历史课题，可以因此而长久地领取研究经费，游山玩水而研究研讨下去。

"谕辞严切，万万不可传播"之"切"，即咔嚓也。此句警嘱与"阅乞付丙"，至今寒光逼人。翁、袁彻悟，乌纱与咔嚓始终如影随行。

《于文襄手札》：
"密示·秘之·甚有关系也"

孙犁先生在《耕堂读书记·清代文献(一)》谈及清代办理《四库全书》时，意味深长地指出，其中"督课甚严，赏罚甚明。它用的人员大都是有真才实学的，当时孚众望的，并由许多大员统领之。对于编辑、审查、校对、印刷、装订，都很讲究，积累很多宝贵经验"。孙犁先生所言"即就销毁而言，在书籍中究系少数，并有抽毁、全毁之别。此外，销毁的根据，是违碍，是诋毁本朝"诸方情景，皆可从《于文襄手札》五十六通中获窥。

线装大本《于文襄手札》，陈垣题署，一九三三年十一月国立北平图

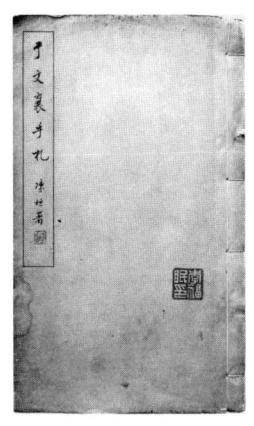

陈垣题署之《于文襄手札》书影

25

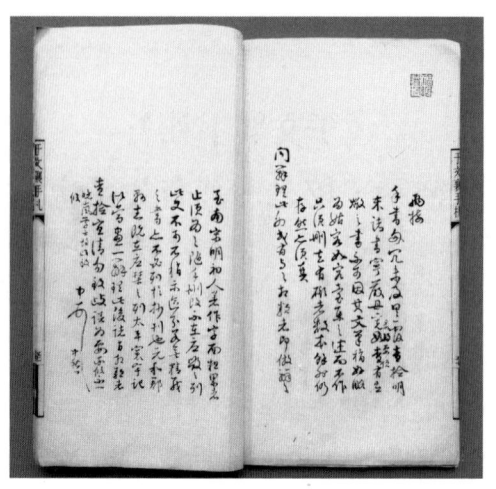

文襄于敏中手迹

书馆影印,存文襄于敏中(一七一四——一七七九)于扈从木兰时,以大学士总裁《四库全书》之衔,致陆耳山有关办理《四库全书》的发纵指示、密授机宜之函。是册,二十世纪九十年代初我淘得于博古斋,价二十五元。

　　阅读依手迹原件影印之前人手札,其醇味深省之处,在于行间句旁,或周遭隐秘严重之小草字:

　　　　校勘发写时,首页御笔,似应拆下尊藏,俟办毕再行订入。再:凡奉御题之书,应刊者,即在京城办理,不必发往各省刻板。

　　　　翻阅进呈本,内竟有黄斑污迹。此后宜留心。
　　　　此事私办更胜于官办。并与蒋大人商之。

26

顷有人云：誊录中有未补而写书者，有已补而不写者。其说确
否？未补而先写，尤所未喻。希查明密示！

诸城(指刘统勋)似有不乐于裒辑之意。然未明言也。秘之！

寄到应销书三种，暂存交拂珊副宪另看。此各种俱应存馆中，
俟回銮再进可耳。

这些酷似重要批示之札语，口气由缓而玄，于今依然可感当年办理
四库工程之严凝氛围。

谨防添堵，不扫乾隆帝之秋猎豪兴，于总鞭打快牛，狠抓办理进度：

昨阅程功册散篇一项，除山东周编修外，认真者极少。然每日
五页，尚有一定之程。惟遗书卷帙甚多，每纂修所分，俱有一千三百
余本。今此内有每月阅至一百六七十本者，告竣尚易。其一百本以外，
亦可以岁月相期，乃有不及百本，甚至有不及五十本者。如此办法，
告成无期。与足下及晓岚先生原定之期太觉悬远。(原定上年可完，
今已逾期矣。尚忆此言否？)倘蒙询及，将何以对？愚实惶悚之至。

于总这一诘训，犹如年初全厂生产誓师大会上，台上领导慷慨激昂，
口沫四溅，豪言上半年度力夺时间过半、生产过半之双丰收。至五月初，
一看产量，与年初制订的全年产量五十万吨之半年产量廿五万吨相差甚
远，遂再次走访基层，深入调研，划去旧计划，重订新计划，将原先五十万
吨改为三十万吨。六月底七月初，汇报完成十三万吨，充以前年拖至去年
之余制品三万吨，累计完成十六万吨，实现时间过半、生产过半之宏愿目
标，且超额一万吨。于是乎干群皆大欢喜，于是乎统发半年超额奖。一
位老工段长感慨系之："计划计划，记记划划。"此与办理《四库全书》"原

27

定上年可完，今已逾期矣。尚忆此言否"之惶悚，似出一辙，一脉相承。

夹紧尾巴做人，于总怵惕铭肌：

愚不过偶尔抽看，即有错字如许，恐舛误尚未能免。应切致原纂及校对诸公，嗣后务须加意，或告总裁各大人知之。

诸公各宜加意，若再经指斥，即削邑矣。至承办《全书》及《荟要》分校诸公，当请其到署，以此切致之。各宜经意，毋留错误之迹。日后取咎，总祈慎之又慎。

作为福益子孙之国家重点工程主要负责人、法人代表，于总教导剀切：责任编辑再出谬误，撤职或降级降薪或法办不贷；技术编辑即今之视觉设计，务必坐班到位。凡此职业道德，涉及个人年终考评之邀聘、下岗、擢升、炒鱿诸项，关系银子，望同仁好自为之。

关于校勘，于总之经验是："其期不可太缓，致有耽延；亦不可太速，而失之草率。"盖若晴天之行云流水。时下，某些出版企业老板，为节约成本，前无古人地裁撤校对一环，成为无错不成书多种原因之一。此无关乎缓速，而愈教人敬佩民国时代商务版之籍，常将学识胜教授之校勘诸公大名，醒目列于版权页的崇尊之举。

其时，商务、中华两大顶级出版馆局之温文尔雅老板，各部文质彬彬主持，随时慧眼识贤，延揽饱学之士、个性各异之偏才，以利推出更多有益世道人心、传信后昆之佳作。这些措意，淘优良传统之承扬：

昨得贵房师竹君先生札，火气太盛。办书要领，并不在此。

此时所最难者，办书之人，翰林中非各馆专课，不能分身。即在四库书局，以此甚难其选。此外，若甲乙两榜及诸生内如有好手，自为最妙。但欲得学问淹博、兼通时务，并略悉京师风土者为佳，且欲其文笔可观，辞能达意者，凡有考订，庶不至过于推敲费力。足下夹袋中，必有所储，或能觅得三四人，则此书《日下旧闻考》即可速就。

惜世之千里马，常湮没于袋袋户口中。

于总神经可谓敏锐。且看他如何丝丝入扣查毁别号容台的明代书画大家董其昌之著：

查检明末诸书，宁严毋宽(最得要领)。如查有应毁之书，不可因其文笔稍好略为姑容。如《容台集》之述而不作，只须删去有碍者数本，余外仍存，然亦须奏问办理。

即如《容台集》，仆已奏明，尤不可不先办者。此书尚恐有版流传，并须画一"查毁"。不知何处缴到此本，可查明办之。其书有碍者，尚系述而不作。删去此数卷(似止二卷)，其余似尚可存。然足下尚须详细阅定，愚只能约略言之。其余类此者，并须细心检办，不可稍误。甚有关系也！

纂修《四库全书》，其时其后，被称为办理《四库全书》。读《于文襄手札》，方悟"办"字之"甚有关系也"。

二○○九年十月十一日，雨阴

《翁松禅家书》：
"十月鸡，半夜啼·如背熟书也"

　　民国时期，前朝之政要、达官贵人、文化艺苑名彦、遗老遗少等诸色人物，尚在运斤与蛰伏。他们之尺牍、志乘、日记，或自己付印，或由后辈披露，纷然面世。依手迹刊行者，无瑕真实，是其时传统和新兴出版物中颇具史料价值及法书娴趣之册籍。

　　大本《翁松禅家书》是其中一册，内收翁同龢写给"五兄大人"翁同爵之函札，依原件手迹影印，一九三三年八月商务初版。我花银三十五元，淘得翌年四月再版本。

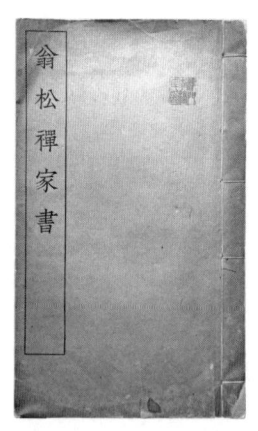

《翁松禅家书》书影

30

松禅翁同龢，孜孜勤政。于家书中记云：

弟愈起愈早。十月鸡，半夜啼，其斯之谓欤？

现又（与御前三公）恭代阅看实录，每日又须早入数刻，则寅初必起矣。

弟每日寅初三刻起，有奔走之事，有口讲指画之事，最后则手不停笔、目不停瞬，以迫于暮，而客犹在座。嘻，亦苦矣。

武昌四达之国，过客如云，士多如鲫，虽陶公运甓亦搬数不尽，只好付之不见。

寅时，相当凌晨三至五点。临阵状态，近似进城菜农、媒体之资深夜班总编、高级早新闻编辑、首席气象预报员，皆若光头顶蛋，履于薄冰。

百年之前，华夏尚无空调。翁同龢虽身居高位，但季节冷暖，与百姓所受相差无几：

公务虽冗，以镇静处之，无弗就理。伏日接见僚属，汗透葛衣，不如东华门客解衣弄笔多矣。

作为政府高官，日日时时，必须汉官威仪，否则，下属打工者目中无人。白天衙内，一本正经，不苟言笑；下朝归家，徒羡百姓赤膊般礴、睡裤浩汤随意之天伦。

检点翁同龢手不停笔、目不停瞬生产之字纸，中有数通品鉴人物之函札：

31

分发湖北道潘其钤，濒石之内侄，随李中堂多年。李待之极厚。其人数其功绩，如背熟书也。

分发湖北道潘其钤，濒石之内侄，随李中堂多年。李待之极厚。其人数其功绩，如背熟书也。

府州级官员潘其钤，行如中介，见缝插针，深得李鸿章厚爱。其腰封自我炒作"如背熟书也"。此五字，于城府极深之翁同龢，可谓百年一见之翁氏幽默。此类函札，足以昭彰其识鉴人物品行之洞澈：

疏
林
尺
牍

欧阳道台来此，尚未一晤。闻其老于行阵，欲观其才识若何。沈福披老得所依，甚善。此人无才而平隐，胆小决不累人，声名亦若辈中之老辈矣。

杨毂者，茹香之子，闻尚老苍，无所求，但请知其人耳。景剑泉家，意在告帮，请酌量送分。文相分极合极合，其友经纪其事者，颇着意计较也。赵旦已吸芙蓉，恃才傲物，不及沈多矣。刘玉随湘学使过鄂，尝叩见。养其疏懒已一年，此行不知讨好否。

孙犁先生在其《耕堂读书记·〈翁文恭公日记〉》中慨言："对于政局的矛盾、困难，他自己的遭逢感受，也不记载。只是到了后来，废职家居，才有时透露一些恐怖埋怨之情，也非常隐晦。从如此大人物的日记里，看不出时代的、政治的波浪起伏，实在使人感到遗憾。"而我却在这册《翁松禅家书》里领略了不一样的翁同龢：作为同光二帝、慈禧太后的打工者，他"十月鸡，半夜啼"，时怀寅畏矜慎之心绪，而对为其打工者操守"如背熟书也"又悉知底里。

二〇〇九年十月二日

《袁忠节公遗札》:
"回忆卅载，前尘已如梦幻"

于翰墨中，时喟为官之苦，多为思想、品位、趣味上乘而名留青史者。晚清之袁昶如是。

光绪二十六年(一九〇〇)，义和团进入北京。慈禧太后、端王载漪嗾使其攻打各国使馆。袁昶连上二疏，力陈"拳术不可恃，外衅必不可开""杀公使，悖公法"之谏。声震殿瓦，慈禧拒谏。不久，天津炮台沦陷，八国联军进犯北京。载漪谎称克敌奏捷。袁昶与许景澄伏阙再奏，泣请速杀载漪，以挽大局。载漪忿怒，矫旨逮袁。七月初二，袁昶被杀于菜市口。

《袁忠节公遗札》书影

郑慕康先生绘袁昶遗像

张謇题署《袁忠节公遗札》，共四十通，乃袁昶书与宗兄袁敬孙之函。吴荫培跋云："随笔挥洒，自然成文。外而军国大计，内而家庭细故。俯仰古今，囊括万有。"札由袁敬孙之文孙袁容舫珍藏；一九四八年，袁昶季子袁荣叟据原件影印。一九九七年二月十四日，我淘得于海上博古斋，价二十元。

《遗札》外而军国大计、严重现状："新设海军牙门，归神机营管理。九月十七，奏派总办及章京三十七员，皆八旗人，无汉员。""芜湖官场如市，亦是皖中风气所染。白昼请托，不须暮夜。""大军之至平壤也，倭人

34

先将高丽土妓数百人尽驱至平壤，淮军竟以干戈场作安乐窝，日事荒淫。而倭人每日出三四百人，冲突而来。淮军辄乱放枪炮，倭人即退。遂扬扬得意，虚报胜仗。至十六日，倭人大队来攻，叶、卫二人不知所措。卫汝贵方大醉酣卧，以马队千余人，冲围而入，抢之以出。卫命虽生，而马队之伤亡已过半矣。左宝贵乃天方教人，不入勾栏，是以开炮还攻，遂殒于阵。"百年沧桑，教人泫然。

其内而家庭细故：为四个儿子"分两塾，请两师课之。一何一王，皆桐城人"。既立竞争机制，又传正宗桐城派文风。品鉴孩子，"豚犬皆浊俗。次子较有清气，然亦非大器"。这一识见，基于其"弟又不善教子。天种天收，恐无是理也"之唯物思想。

读据手泽石印、影印之私刊本诗文集、尺牍，最大乐趣在于发现其间之"小道消息"与十分传神之故实。《袁忠节遗札》中之"小道消息"，乃有关晚清思想家、外交家薛福成(叔耘)死因之另一版本：

> 叔芸中丞，可恸悼之至。在曾李两公幕中，阅历数十年，养成才器，积累更事。此才何可得？骐骥将行，万里而遽。扦轴盖上，为国家恸而非止区区友朋之私也。
>
> 其勘缅界，八关九隘外，□人昔董野人山之地。凡在伊蜡瓦底江以东者，争回数千里。又以八募为码头，漾贡设领事，经画不遗余力，为近日使才之冠。今春寄示条陈奏疏，言之有物，切中中外利病，实可见诸施行。盖皆由阅事多而非若京朝士大夫徒逞血气之勇也。
>
> 芸公六月十八尚有手札与弟。萧景孚云：芸公十九日以前连日见客，应酬不倦。病不过中暑。十八九日，饮洋医药水一杯，未几逝世。岂为药水而误乎？此公朝廷未竟其用，关系时局不小也。

十分传神之故实，乃曾国藩于饭局举觞品藻：

同治辛未(一八七一)长夏,予报罢出都。游白门,主薛桑根从外舅惜阴书院。一日,使相曾文正招李小湖山长联琇、范鹤生吏部鸣龢及从外舅宴集。张廉卿裕钊,时主讲一小书院,预干吏部,故出文正门下。

酒半,文正欣然引满,语之曰:"我有一事不如汝。"范愕然逊谢。公徐曰:"非是之谓也。乃谓我无佳门生,尔有好门生耳。"盖指南皮师(张之洞)登第出范公门下也。公又言:"吾心目中,所见直省学政,未有如张某之称职者。他日担当大事,以为科目得人之庆。"又顾廉卿曰:"今日两公山长在座,可云大山官小山矣。"曝然放杖而笑。

从外舅归以语予。追忆其事,文正固素有人伦风鉴,然于南皮师,实未尝谋面也。

称之为发现,因纷繁之国闻备乘,蹙于时势如磐氛围,多穴施于秘不示人之笔墨或私刊本中,外间无法见阅,极难淘觅。而别史史料与别具答案,常涵容于自家书橱里。

读袁昶遗札,时见信末慎书"此函乞勿示外人,付丙为幸""阅乞付丙""阅此段乞付丙为幸"之警语。丙丁于五行中属火。警语即:"这封信,不要给包括老婆在内的所有外人看到,看完烧掉!"若不折不扣地"阅乞付丙",后人则永远看不到历史真相矣。

二○○九年九月廿三,秋分

《明贤名翰合册》：
"冲"

　　阅览百年前依墨迹石印之书籍、法帖，反复忖揣，实为本事之检验。

　　六月十七日，为一百四十年来海上气象史六月中旬首个高温日，达摄氏卅六点四度。是时也，我赤膊于天钥书屋，喝着用芹菜根熬的水，读辨这本国学保存会光绪戊申(一九〇八)年六月依手泽石印之《明贤名翰合册》。

　　国学保存会创办人之一邓实，开宗明义跋云："本会所印名人墨迹，要以节义为归。盖师其书法者，尤可师其人也。"本其宗旨，国学保存会

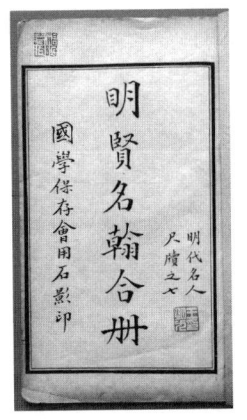

《明贤名翰合册》扉页

37

石印明代名人尺牍共七种,除《明贤名翰合册》外,其余六种为:《明王守仁高攀龙二大儒手帖》《明十五完人手帖》《明陈大参手集同人尺牍》《明王文成与朱侍御札》《明瞿忠宣手札及蜡丸书》《明东林八贤遗札》。这些书皆石印于清末,今成罕籍。

不卑不亢、不贪不腐、不绯不炒、大义凛然、死而后已者,无论贤达草根、男女老少,皆为节义之士。

文艺苑中节义之士,日常生活是:

昨所示墨,归试之,亦可用。弟处共存六两,其价迟三四日即送上。弟允明顿首。

承委作寿文,率笔草就。第愧拙劣,不能副重托耳。弟允明顿首。

午前偶与界川行,遂至定慧庵,故失候从老,怅怅。如兄过彼斋头,道怀感感。徵明顿首。

廿八日之期,似舟中为便。风光甚美,山水清音,正不必丝竹为娱也。蓼庵恐未必出门,并兆元年兄邀之,何如?此惟尊裁,不敢强耳。弟宽载顿首。

夜来醉尽赏花之酒,归来不能定其身,如风中之荷,人皆我笑。仆家牡丹,足下亦当来赏,使亦必如仆之醉然。复已专人奉邀。审之,审之。宠顿首。

德美秀才足下:连扰。谢谢。默老拨冗入山,真称希有。明午具腐饭小坐,亲翁幸拉默老见过。虽极简慢,所特者,野人之芹,可荐王公耳。令弟容另日奉邀,兹不敢溷渎。特此辑□亲翁大人,弟秉顿首。

枝山祝允明，未及试穿试尝，而被捉对路子试用与砚唇齿相依之墨。其于新品，不妄评论，仅以"归试之，亦可用"函复。此六字可宽泛于招聘、提挈等域，屡试不爽。其亦深悟，慕其盛名而出重金邀其作诔墓寿文者，多为啄腐吞腥、附庸风雅、胸无点墨之衙僚、暴发户、帮闲钻营者。

明画坛四大家之一文徵明，午前闲行，不知不觉南辕北辙，令伊人望穿。然其既往不咎，托友转歉，泂超然物外。

吴宽"似舟中为便"之神色自若尺牍，乃东坡舟游赤壁、张岱西湖泛舟之图卷。而王宠自我写照，醉后"如风中之荷"，殊为传神，一如其行草。

秉翁午餐待客，依山傍水，嘤嘤泠泠，品尝货真价实、无任何添加剂、鲜美无比之豆制品。其天气澄和、风物闲美之山村生活，引领时下"压力山大"城中人拨冗入山，置身清簟疏帘之农家乐旅游。

读古贤之尺牍，时见函尾严书"丙""付丙"之字。丙者，火也。即览毕焚之，不留痕迹，免遭严重不测。

阅这本《合册》，又见多通尺牍落款后书一"冲"字：

> 嘉宾宠临，方愧无旨酒之宴。反蒙过激，汗颜极矣。所谕弟已悉之，得实音即奉复也。不既。君轩老丈，弟宽顿首。冲。

> 弟自乞骸归，虽时念圣恩，然有年之人贱体殊惫，不能舆闻朝事矣，日与山水禽鱼聊以为娱耳。屡承垂注，足感盛谊。年兄得暇，早晚得过我草堂一叙，何快如之。率勒布复，不尽缕缕。弟宽顿首。冲。

> 陈稿又烦披阅，劳神多矣。谢谢。王给舍慷慨陈言，有裨国是。不佞方愧不能赠言，以表同心之谊，于署名何有哉。夜读给舍公一疏，中有两语稍欠斟酌，恐异日为宵人所争。如何？即日默□顿首。冲。

知贵府五百里以公务羁绁,不得往候兴居。老兄弟面孔、兴致,都非昔日,念之怅然。老长兄之绥祉,纯乎其纯矣。弟虽拖泥带水,而行云落花皆在若有若无之间。以此如之,老僧且涉河岸而冒霜威。感怀俯仰,求如二十年前,徒倚楼居之风流倜傥,彼此俱不可得。明年□公郎省试,幸便道过我,借以话旧,何如?何如?公郎所委,于九月二十七日专札以知事,书之得报与否尚未可定。再次奉闻,荪以便为,草寄数语。不尽。弟露顿首。冲。

刘麟生先生《燕居脞语》述:"名贤简札中,多于签署下款之左下方,写'左冲'或'不空'二字,以防他人假冒填写,意至慎也。冲字作冲虚解,与不空同,亦有写'左悉'或'左慎'等字样者。明人书简中,尤习见之。"

二〇一三年六月廿九日,阴雨,制于天钥书屋

40

《张文襄公手札》:
"咎了结之法，乃查咎之法也"

　　读晚清笔记，张之洞给人以起居无常、喜怒无度、慵懒无为之"三无产品"印象。及读其《劝学篇》《𬨎轩语》《书目答问》与碑版法帖题跋，方萌如谭复堂品藻所云："闳通纯备，握机成务；学海之津梁，书肆之楬橥；雪意渐亲，梅花不远之佩。"

　　一九九五年十月廿三日，我在海上长乐路新文化旧书店花银三十元，淘得一九一〇年依手泽石印线装之《张文襄公手札》下册。逐通读过，映现眼前的，是"大漠风尘日色昏，红旗半卷出辕门。前军夜战洮河北，已

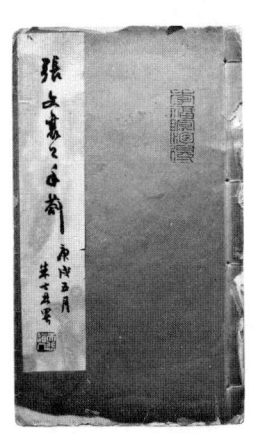

《张文襄公手札》书影，题署庚戌五月，乃一九一〇年五月

41

报生擒吐谷浑"之景象。

是册跋云：

> 先君芸阁公，为张文襄公门下士。开藩东粤，适文襄亦督是邦。其时，法防危急，广肇沉灾，内患外侮，极难筹备。文襄事事就商，积札逾寸，大致不外军务、赈务、吏治、筹款诸端。谨付石印，借广流传，而文襄与先君当日谋国公忠，已略可见矣。宣统庚戌(一九一〇)夏沈秉模敬识。

行辕烛烨，斑管威严。张之洞正襟危坐，晤纷繁军赈治筹等绞尽脑汁之端，疾书批示。周遭为其打工之服务生，诚惶诚恐，胆战心惊，随时听其差遣。氛围相当沉闷、凝重、紧张。

张之洞故作乖僻，令下属难以捉摸。暗中察言观色，定夺提挈或唾弃：

> 刘永福已到南宁。西省无可安置。琼如不能行，或屯廉，或屯省城外，再徐筹任使(借可察看其性情纪律)。两处孰胜？请酌示。芸阁年兄、燕斋仁兄大人阁下，洞顿首。

> 昨见蒋荣华，言语夸诞，面有烟气(系早年在广西，并非近年)，于关外不相宜。此人勿庸随往勘界。即令将札缴回。洞顿首，沈、蒋大人。营务处。

仿佛组织部长、安全部长的张之洞，除考察谨慎用人外，又似宣传部长，狠抓扫黄铲非，净化环境：

> 即刻饬府县，将此种售卖刊本、奏稿，迅速向各铺各摊查收禁绝，并查板销毁。十一日。

照会一件,刻奏稿二件,办过后仍缴还。

被查收禁毁之刊本、奏稿,盖既有边缘、"违碍"歌德之作品,更有关乎当前或某一历史时期政经、文化、人事诸方方面面错综复杂勾当之真密。禁毁乃深藏,后来则使之在曈曈晓日时期,完整、真实展示于图书馆、档案馆、古玩市场、书肆、冷摊、收废品板车上。

扫黄清毁非法出版物,其深层次是打黑除恶。张之洞严阵坐镇,指挥破案:

> 昨蔼人言:萨姓有信与学使,言情愿挺身承认以解此围等语。果尔大妙。此人一出,此案便有端绪。望即速商学使,设法将萨姓招致,是为至要。昨日阁下往拜学使,是否已经商办,即示知。此颂芸阁年兄、方伯台祉。洞再顿首。

直面京都督抓之惊天大案,或社会反响极大、影响恶劣之地方要案,其芒刺在背,已无玩版本、玩碑版法帖之雅人深致,雷厉风行查办:

> 闹姓事,必须确切根究。望即勒传开厂人,查讯买头标者是何人,即刻密拿(无论是学署何人,无论于学署有无关涉)。如此人拿不获,两君及首府县之责,鄙人不任受其咎也。特此布达,幸惟鉴之。洞再顿首,并希转致杞山一阅。

> 闹姓充公一款,在外府者,自四月间即云委员分往查提,至今毫无复音,何也? 望查催,或有或无,应有回音(委员已回否)。名心顿首。

> 闹姓罚款尚存否? 如未动,拟提九千金速汇津还晋息(周息九

厘，已还至六月止），以速为妙。此款乃晋省急用，有函来催，不便再缓。洞再顿首。

闹姓事，两奉廷旨，断无函胡消弭之理（拟日内将查讯大概情形，先行履奏）。敢请两君子，远为设法切实根究！应传之人速传，应缉之人速缉。如稍迁延，学署、幕友、家丁，概行速飏。案悬不法，何日是收束之日？将使物议日滋，严旨日至。鄙人实不能当此重咎。目前议有何等办法（咎了结之法，乃查咎之法也）？即示。延芸阁年兄、黼侯仁兄大人，洞顿首。廿四日。

学署、书吏、幕丁，似应探访其有风声者否！传即酌示。

对京都直抓之惊天大案、要案，作为地方一把手之张之洞，锋刃横颈项，丝毫不敢怠慢。其雷厉风行办案金针："咎了结之法，乃查咎之法也。"

二〇一〇年元月十五日

《三河之役——致李续宾兄弟函札》：
"吃药·写字·读书"

　　清咸丰八年八月(一八五八年九月)，湘军大将李续宾率七千余精锐攻皖，连克太湖、潜山、桐城、舒城，直逼庐州，即今之合肥市。十月初十日，李部遭遇太平军陈玉成、李秀成部十余万人之包围。经过浴血奋战，李续宾全军覆没。史称"三河之役"。

　　《三河之役——致李续宾兄弟函札》，乃"三河之役"前后，曾国藩、官文、胡林翼、彭玉麟、曾国荃、左宗棠等清廷军政大员，致迪庵李续宾、希庵李续宜兄弟大函一四六封之汇，涉及其时情势、攻防、矛盾、财政、识

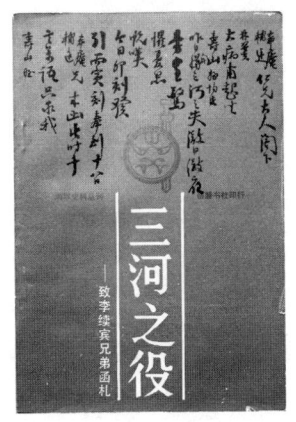

《三河之役——致李续宾兄弟函札》书影

45

鉴诸方史实。作为"湘军史料丛刊"之一，由劳伯林整理，一九八八年二月岳麓书社推出第一版，印数一千五百本。四年后之九月十九日，我淘得于海上福州路上海书店，价一元四角。

通阅全籍，四十二位撰者，唯胡林翼致李氏兄弟函为最，共五十六通，足鉴密挈，可窥全局之诡谲情状。其《致李续宜》：

> 至老兄有事则入皖，无事则留鄂(吃药、写字、读书)，不必专主
> 一军。

此"吃药、写字、读书"六字，乃其时及自古以降官场或养尊处优、或戎马倥偬、或焦头烂额、或悠闲休假之担道义、著诗文官员生活之写照。

是书中之乌纱"吃药"：

曾国藩：目疾未愈，不克自写，乞恕。

> 贱躯粗适，唯目力日眵，癣疾大发，难以调养遽痊，盖老态渐
> 增也。

> 贱躯粗适，唯目光日损，蒲柳先零。

李续宜：前月望后，昼夜思卧而不欲起，继冒风寒，昕夕咳嗽，又不能眠。后服黄岚生药方，外感已除，老咳嗽似亦稍去，然疲倦依然。

杨载福：唯近来气体加亏，感冒甚易，稍有不检，病即随之。

> 贱躯多病，远虑葸衷，朝夕与药为缘。

彭玉麟：一月以来，骨蒸心烧，疼痛不已，事多恍惚，亦好听其自便，虽药不离口，亦不过尔尔。

弟一月以来，骨蒸筋疼，由渐而深。总之，拼此一身，罔计安危，离药则不可问矣。

何忠骏：润芝中丞以时事焦灼，致成热疾。

王勋：然书至此，已觉胸背俱痛，精神甚疲矣。

吃药乃维系权力、明哲保身的支柱之一。胡林翼于己于他，吃药更厉：

腹疾总未愈。

迪庵廿七日到省，士民欢甚。惟比去年瘦，弟当制好药以补之。

前此督帅未待尊处函到，急缮麻黄汤入告，其时弟亦患病，未能详阅，以致措词均不得体，歉然。

桂支、细辛万不可吃，慎之又慎。迪庵先生近日身体亦为药误，乃致于此。

每念细辛、桂支，辄中心怦怦也。迪庵先生服仲远补药四帖，大效。弟拟三五日内为之造丸，一料作为四料，即一料可抵四料之法也。

闻清恙未痊愈，大约肺病已深，必须切实调治二三月乃可奏效，

胡林翼致李续宜函札之一（湖南长沙兴兰堂藏）

否则拖延日久，身体必弱。弟立志必求老兄回省静养(屏谢应酬，除写字外，只许看好板史书。除张仲远看脉外，不见一客，弟亦每日只许见一次。小固管药饵，只许日见一次。饮食炉灶另行起造，不吃厨房公饭)，二三月后必可大愈也。

近日大病，火症犯喉，滴水不入口者已四日，近乃强起作此。

弟入夏以来，痼疾更多，五月、六月只有二三夜安眠，精神不到，事体多疏。

弟病今日已小愈，盖阴虚火燥也。

沪俚"吃药"，乃上当受骗、失误被坑之意。胡林翼内忧外患，疾首蹙额"吃药"于"将官均有私心"、"连日八百里三催"求饷、"此时急症以去贼船为上策"、"退兵如堕胎然"、"其束手待毙之志亦殊过人"、"近日城乡窃风大起，实官吏之耻也"、米麦"终是强撑耳"、"弟所患者防兵久则气懈志灰而力亦弱，误事不少"等窳劣，致使牢骚满腹，火气漫溢。不通则痛，吃药更甚。函末顿首后，跟进一句"唯不肖之林翼则如郧阳白木耳，亦实自恨命也"之自嘲慨叹。

就近代而言，学富五车、满腹经纶者，若林则徐、曾国藩、林琴南、张謇、章太炎、弘一法师等精通书法之辈，却声声不言书法，而俗语之写字，尽显渊博。此乃无文与有文的天壤之别、冰炭之乘。李续宜、胡林翼写字亦复如斯：

前索颜帖，江夏各郡兵燹之余，竟无佳本。因寓书庄蕙生，索得《家庙碑》一部，《争坐位》一部，即以奉上。外付弟所刊九宫格若干纸，宜用以习楷，军暇乞以所临见示一二为荷。九宫格弟已嘱曾少固另行刷印，随后续寄。统兵大帅留意翰墨，视古人雅歌投壶尤为整暇。

——《致李续宜》

付上九宫格千纸，乞希庵学书。弟廿二感微寒，颇倦于书，今日已愈矣。

——《致李续宜》

弟状平平，颇欲写字而苦于无暇，亦恐因好此而误公也。

——《致李续宜》

鲁公颜真卿法书，高古浑穆，气势非凡。李续宜师法颜字，昭示其兀傲个性，独以持重，绝非偶然。

今日照排昌明，所印碑帖，精气神一丝不差，如藏原拓原迹。故重复出版，当下泛滥成灾。且封面花里胡哨，了无书卷之气。

少年之我，于古籍书店多见前人双钩碑帖，朱印夺目，纸墨烂然。照鉴于印刷技术简陋时代，书虫千辛万苦，不意借得私弆珍贵之一拓一帖，唯以双钩摹下，以为写字无上蓝本。页页字字，蕴涵着前贤青灯黄卷、硬语盘空之情。

金戈铁马，战火纷飞。胡林翼煞费苦心，为李续宜觅得颜鲁公《颜家庙碑》《争坐位帖》，一如晚清学人谭复堂"乱世之士以文字自遣"之无奈、超脱之况味。

"吏散无事，时时检书"。谭复堂此言，或为企盼，或为自己、官场之写照。胡林翼读书之独识：

> 查郑庄公之战绩以公子突为最知兵，其所言"轻而不整，贪而无亲，胜不相让，败不相救"是今日之状，即廿八日霆营之状。又一曹刿最知兵，其言"肉食者鄙，未能远谋"二语，破千古脑满肠肥庸碌人之痼疾。是此识力，安得不胜！千古兵书，以《左传》为第一，此外则《资治通鉴》胡身之所注，亦大有所得，余人皆呓语梦话耳。

> 古雅堂韩文已配成礼物送之迪公(赐福拜作干儿，弟无佳物送迪公，只好同此件一并作礼物也)。此板本佳，必应归于君家。《史记》必应奉送，秋冬之际弟处另觅一部，必即以旧板奉上，缘手边太无书，偶一检阅，尚不可废。秋间购得一部，即将此部奉上。

> 好板书籍，一力担承，期以半年，必可一一应命。

胡林翼致李续宜函札之一（湖南长沙兴兰堂藏）

无论新旧，凡内容、校勘、镌刻、品相、眉批、签钤俱佳之书，洵为好板书籍。

朝花夕拾。我一直以为书虫皆如我之嗜旧书，后结识略多，方知非也。

嗜淘旧书者，如巴蜀六场绝缘斋主人龚明德莅沪，将淘得于海上城隍庙旧书市场之多册民国版破旧书，一一置于所寓福州路百年老店老正兴菜馆宾馆之床，逐一吻之，陶然遗忘寄书之民国跨世纪细菌凛然之侵蚀。

避破旧书，似避苍蝇、蚊子、蟑螂、老鼠之四害，古吴听橹小筑王稼句等，其书房之新书，排列一丝不苟，一如新砌瓷砖之墙。

51

金陵雁斋徐雁,于古旧之籍,癖斯若痴。每次临沪,或背包,或拉杆箱,孜孜淘于摊肆。其至薛冰止水轩观书,薛冰请其抚玩所藏刀币。盛情难却,徐然抚之。无畏旧书污渍的徐雁,归寓,用一瓶消毒水,兢兢清洗疑抚墓币之手。

　　取长补短,相辅相成。我于能闲览之旧书新书,兼收并蓄。放眼书橱,既老气横秋,又朝气蓬勃。由衷购淘,都是好板书。

　　时易代更,风会各别。

　　前半生:读书,写字,吃药。

　　后半生:吃药,写字,读书。

　　　　　　二〇一二年立冬后一日制毕于天钥书屋,夜雨敲窗

《陶风楼藏名贤手札》：
"岂徒埤益临池及谈助已乎"

影印线装《陶风楼藏名贤手札》，一九三〇年国学图书馆印行，共收曾国藩、胡林翼、李续宜、左宗棠、李鸿章、彭玉麟、沈保桢、张曜、吴敏树、郭嵩焘、王闿运、杨守敬、张之洞等廿五时贤之四百八十八叶尺牍。

一九三〇年清明，柳诒徵序云：

　　山阴薛氏藏清咸同间诸公手札孔富。民国九年七月，江苏大吏斥官钱二千元，购而储之盋山图书馆，都七十有七册，兹遴其尤精懿

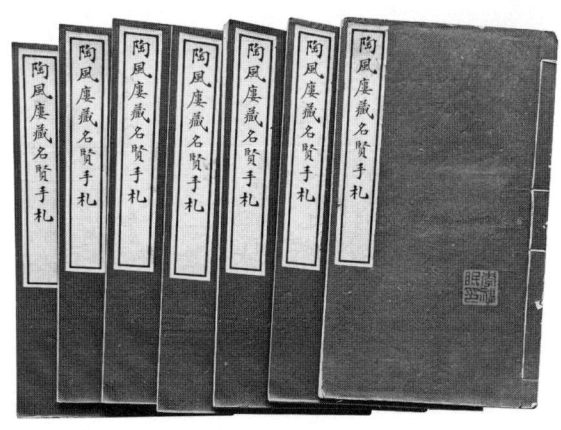

《陶风楼藏名贤手札》书影

可考事实者，景印八册，以公于世。

咸同诸公，遭逢"太平天国"与"捻军"之风云开阖。中兴尺牍，弥漫忧国忧民之绪。南征北战、烽火连天之氛，阅之沉重。寻觅一丝凉荫，乃我于此史上最热之溽暑，闲览《陶风楼藏名贤手札》之旨趣。

曾纪泽

曾纪泽乃曾国藩长子，晚清外交家，精通金石书画、小学乐律与外文。其致"豹岑仁兄先生阁下"尺牍云：

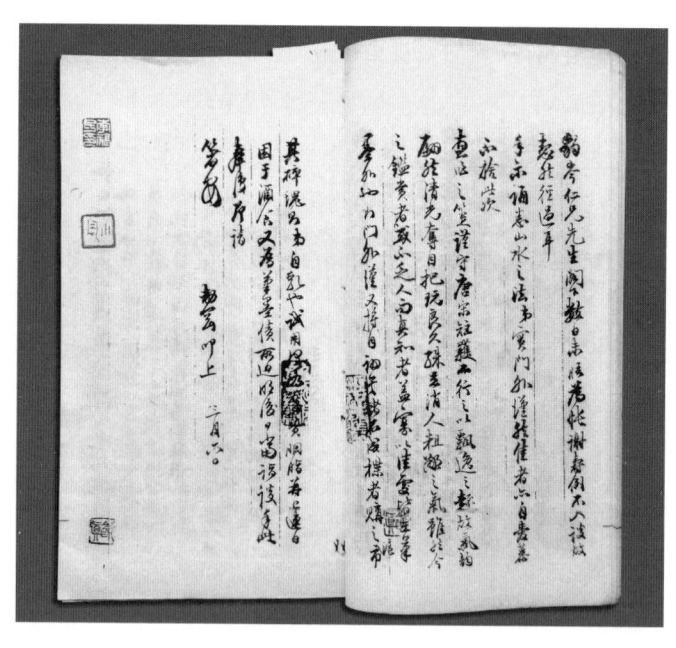

"山水之法，弟实门外汉"札手泽

山水之法,弟实门外汉;然佳者,亦自爱慕不舍。此次画作之簏,谨守唐宋矩矱,而行之以飘逸之趣。故气韵翩然,清光夺目。把玩良久,殊足消人粗鄙之气。虽然今之鉴赏者或不乏人,而真知者盖寡,以佳处皆在笔墨外也,则门外汉又将自诩矣。

赭石成碟者,购之沪市。其碎块,则弟自乳也。试用何如?藤黄胭脂并上。连日闲于酒食,又为笔墨债所迫,明后日当诣谈。

其另致"倪大老爷"尺牍云:

书架二尊(上有另架),书桌一张(有屉),小床一张,并交来人昇呈,皆极粗不堪。纪泽于器物,专取适用,故所置皆此类也。

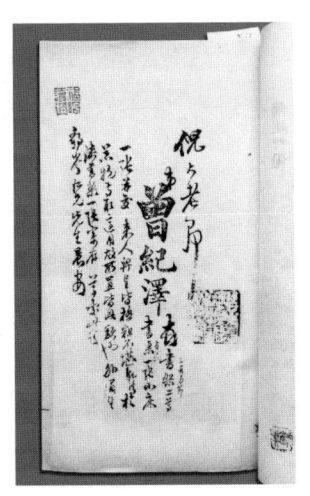

倪大老爷书架之函

55

大抵卓有成就者,皆有自家勤奋之秘笈。我拜识之傅雷先生表姐夫、文史学家裘柱常先生,及其夫人——山水大家黄宾虹先生女棣顾飞先生,其所用印泥,孜孜自制。

曾纪泽这位主张"强兵"优先于"富国"之晚清卓越外交家,于风雷激荡之际,涵此雅兴,可谓老辈风味可想。其"于器物,专取适用",朴能镇浮、静能御躁之止观也。

杨守敬

晚清历史地理、金石学家杨守敬(邻苏),其开张浑穆、蓄北魏闳博气息之法书,教我记住了他的名字。

其致"豹岑公祖大人阁下"尺牍,述学:

杨守敬像

敬少既失学，长未向道。车尘马足，罕有停期。虽九流家言，皆喜流览。作辍相仍，无所成名。唯金石一端，若有天性。岁逾一纪，寝食未忘。至于钱币，虽非专门，时亦旁及。

其自述之民国石印线装本《邻苏老人年谱》，杨先梅辑、刘信芳校注、巴蜀书社一九九六年版《杨守敬题跋书信遗稿》，敝斋淘购而未细阅。《邻苏老人年谱》正文首页右下角，钤"性尧所得"朱文印，是书当为文载道金性尧先生之庋藏。书乃工具，平时闲置，急用方取，仿若蚊虫香、苍蝇拍、老虎钳。

文学与金石书画融会贯通者，识见宏赡：

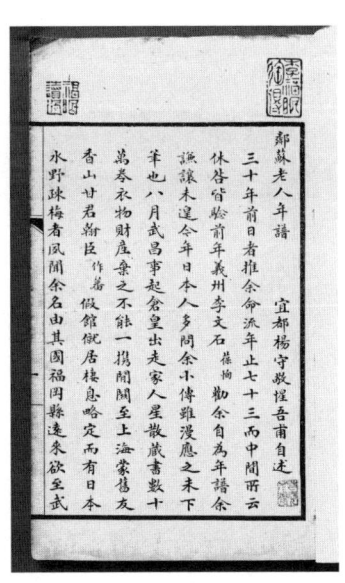

《邻苏老人年谱》正文首页右下角钤"性尧所得"朱文印，是书当为文载道先生之庋藏

地志之书，最忌附会。征引古书，未见原本。展转贩鬻，鲜不失真。

憬悟之言，正疗浮沤泛滥、了无文采、话书糙作之炎症。

杨守敬亦为文化潮人：

敬与梓人、书佣相勾当，日不遑暇，间绎地志之书，成《楚郢都考》《宜都沿革考》二篇，又为《荆州府县沿革表》，付书佣抄之，皆未及复校，适有便人，遂付以呈览，想谬误不少也。

梓人、书佣，即木匠、书坊打工仔。他们与杨氏里应外合，从事着文化传承的活动：

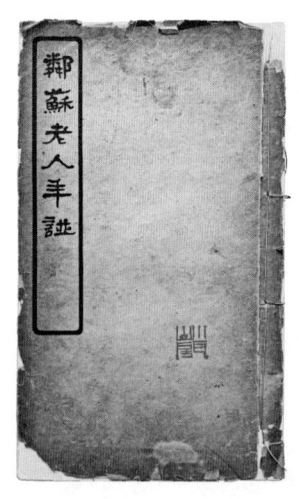

杨守敬《邻苏老人年谱》书影

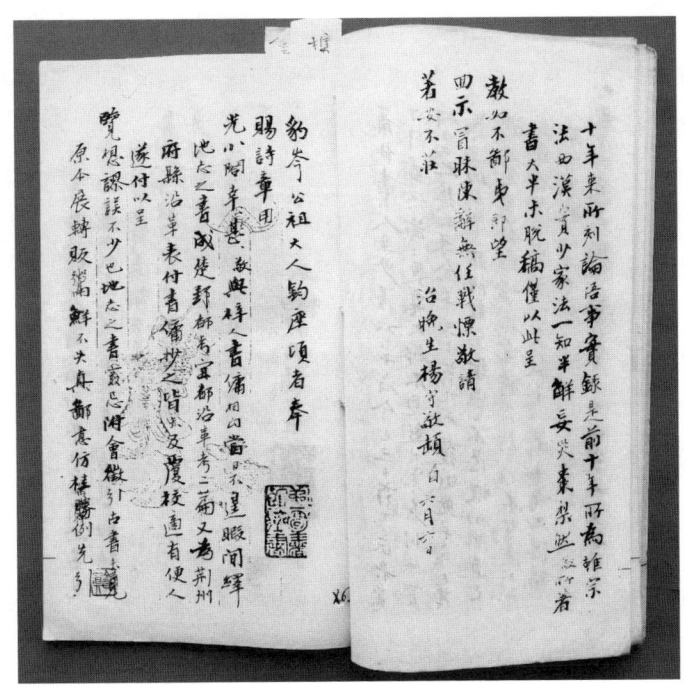

杨守敬之手泽

豹岑公祖大人阁下：

　　今日辰刻，有急事过江。当已属工人将书板清理，每架帖有卷数。共板片七百二十八块，壹千三百八十三叶。(封面签子在外)是小儿亲手交清明白，并非含糊了事。或习君一时未能了了耳。

　　此板将来如要修整，可问普渡庵陶之冈，缘敬之板片，皆交是人清理也。余拾部书已成，特未穿线，已饬赶紧订讫。

　　敬督同工人，无论三四更，总将此书送呈。敬本拟随同来人走谒，恐工人因天晚四散，故必督催订成，方许歇息。明日辰刻，定当趋送。

行旌屡承赐以厚贶，愧感无似。谢谢。又承赐书贰部，因思此十部为精，不如将前日所缴之二十部中换来两部，则公祖可多得两部精本也。诸维亮察，即请行安。不庄。

晚生守敬顿首，十六日灯下

当行出色。其若书市个体户、夫妻老婆店，忙得一塌糊涂：

疏
林
尺
牍

敬携书版，于客岁冬月二十三日搭轮船到武昌。带小儿、小妾，并家丁一人，是皆粗知书史，可以监刷印、助校刊者也。

唯迂公此书不刻，敬终以为缺陷。此公竭三十年之力成此书，不幸未授梓而殁。粤寇之乱，不大于劫灰者仅耳。

柳诒徵序云，"清以楷隶第士，士夫尺牍，率工雅可爱"。闲览此百通尺牍之法书，所蕴史乘，确副柳氏"岂徒埤益临池及谈助已乎"之史识。

二〇一三年八月廿六日雨草于编辑部
八月卅日制毕于天钥书屋

60

《弢园尺牍》：
"吴门王胖，其才无双"

吴门王胖，其才无双。

豪具北相，圣压西方。

牛马精神，猿玃品概。

日试千言，倚狗可待。

　　以上写照，录自《弢园尺牍》卷八《寄钱昕伯茂才》。天南遁叟王韬云："此虽一时恶谑，然颇足见仆生平。"

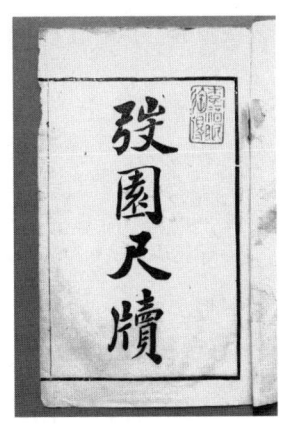

《弢园尺牍》扉页

线装石印《弢园尺牍》，晚清学人、政论家王韬撰，一八八七年冬大文书局印行，共四册十二卷。其中，写给中丞、制军、都转诸头衔当权之函，浩浩汤汤，四五千言，一如明人奏疏。有些长函，且附《杜贼接济管见十四条》《略陈管见十条》《续陈管见十条》之民意代表提案，再次浩浩汤汤。疏林粗懒之我，实无耐心一阅。它从侧面反映了遁叟王胖"韬家贫亲老，欲为禄仕，苦无汲引之人。旅食京华，居大不易。况烽烟未靖，道路堪虞，此事尤未易言"，及要得其名"非借巨公力不能煽动当世，然亦不易。仆数年来所遇，即绮章饰句者亦甚寡"，深悉欲出人头地，必靠权重大亨鼓吹或炒作，来"煽动当世"的非遁而彰之强烈心绪。然而，在他那依靠严于自律与真才实学行吟天下之时代，连绮章饰句之伪劣浅薄者，都难得一见。

这位吴门即苏州人之遁叟王胖，"豪具北相"，有燕赵慷慨悲壮之禀，此感晤于其写给当局洋洋洒洒热议时势之长函。"其才无双"，又抒六朝之情趣：

答涤盦师

积雨初霁，林烟欲消。小窗晓坐，鸟声甚乐。伻来相召，即当趋侍。夜来月皎于水，酒浓似春。阮孚蜡屐，又为先生一折齿也。

与慧英女士

夜深无可消遣，茗谈虽佳，非其人未可与言。顷欲借红楼梦筹一玩，为雅俗共赏计。呼卢喝雉，固非文人所宜。然偶一为之，谅不蹈牧猪奴之诮也。

与徐仲宾

入春以来，阴雨不止，殊败清兴。小桃才放，又被催落；春窗初晓，鹧鸪正啼。谁奏绿章，替花姨乞晴。俾廿番芳信，一一吹开，庶几可观。弟家泥瓮初开，茅屋新垩。柴门一步外，并无俗物到目。足下夜间有暇，能来剪韭听雨，共话素心。如何？

泼酒沾襟之美文，怡然出自青春骚动期，而一落"小星以替明月"之窠姻，则缺陷常恨。

遁叟王胖，亦具姑苏冷面滑稽之格。欢天喜地将同道与其"吴门王胖"之情深谊厚恶谑，即今之恶搞，恭录于《寄钱昕伯茂才》中，坦承"生平又喜作谐语，偶一落笔，便尔斐然"。其旨"惟取解颐"：

> 前日所拟《上冯子立都转》书，立言无奇，树意未当，亦辽东白豕类耳。

> 惜韬草茅疏贱，不敢执贽轻谒。故曩者怀刺生毛，及门返辙者屡矣。

> 奉寄《瀛壖杂志》，就正于有道。蒙以四字奖之曰"锦心绣口"，许以必传。顾此四字，蒙殊不谓然。夫人生少为才子，壮为名士，晚年当为魁儒硕彦。学问与年俱进，则其造诣亦随境而俱深。"锦心绣口"四字，犹是才人本色。蒙之年齿境遇，似不相符。嗟乎，蒙在今日，岂犹甘与三五少年，争妍斗艳，竞时世妆哉。

其自讽写不出硬写之文，乃拾人牙慧，成少见多怪之辽东白猪；揣钱携礼，欲煽动当世之口，诚惶诚恐，及门而汽车掉头，最终弄得袖怀中之名片发霉生毛；拒戴锦心绣口创作大奖桂冠，洁身自好，不与帅哥靓妹竞争时尚风流。凡此，不禁教我想起其后另位饱学、萧散瀛壖上海滩的老酒扳扳、旧书淘淘、英语玩玩、性书藏藏之六朝式模范人物周越然先生。

"左足生疽，溃烂数处，如狡兔三窟，以此墐户"之遁叟王胖，于《与郁丈泰峰》"自嘲云：'半人将作习凿齿，恶疾几同卢照邻。'遍谒名医，皆成束手。阮囊钱尽，剩欲鬻书。不得已，重来沪上作旧生活。幸遇西医，合信细加疗治，渐复痊可，然行二三里，辄欲小憩。虽难涉远，不致跛行，亦姑听之而已"。足疾如此难行，依然耿耿于怀"闻吾丈所藏，多黄荛圃瓶花斋中秘籍，此诚希世宝也。暇日当来纵观，以资眼福"。管你同意不同意，排闼而入，强赏珍秘。可谓"猿玃品概"。

遁叟王胖虽"日试千言，倚狗可待"，然无文凭与职称，毕竟牌照不硬，因而疲于奔命，积极高考，以搏敲门砖。结果却是屡试不第，铩羽而归。泼刺宣泄，把"每至月杪则剧发"之足疾，归咎于"是中有鬼与科名作祟，斯言洵不诬矣"。

二〇〇九年十一月十一日，阴雨

《悲盒手札》:
"巧言不如直道"

  弟官卑类犬，才拙如鸠。自志书局交卸，调署靖安，而瓜期已届，缺简清苦，囊橐无余，然旧债恐不能尽偿，恐回省仍归候补也。

  黄念勤日昨接到子余来信，有弃儒改行为幕之志。如果，则出于下乘。盖幕中不能上进，亦不得有功名。况笔下初通，一经分心，则前功尽弃，举业荒矣。弟巧言不如直道，仍劝令郎少安勿躁。古人有言：人生惟有读书好。勿讶余之老生常谈，以为何如？手此即请双安。弟之谦顿首。二月初十日。

《悲盒手札》书影

上函录自民国上海碧梧山庄依原迹石印之《悲盦手札》。

谭献《复堂日记》云："迈孙贻予赵扨叔《悲庵文》一册,皆酬应无味之言。此商宝意所以言'诗文须手定,不可付不肖子弟'也。"因关乎利益,《悲盦手札》无酬应无味之言,多"巧言不如直道"之语:

委办火腿,拣得六条,计重三十斤,每斤四百文,计钱十二千文。因其人即赴吉赣,弟已为垫付。顷托洪益寄呈到后,乞致信洪益,属其付钱可耳。小蓉五月十二尚未到赣,不知何处闲游。省中安靖无新闻。此请升安。不既。小弟赵之谦顿首。六月一日。

承允为子余荐一征收,心感无既。劳驾再向仁和曾雨人明府处鼎力吹植,必能如愿可成。近日为俗事庸碌,未克走候,改日再当聆教也。一切费神,如同身受。手此即请升安。弟赵之谦顿首。

蒙为表侄朱幼庭举荐新任建昌为钱谷,实深铭感。惟幼庭才疏学浅,阅历未深,伎俩平庸,恐难胜任。然有所恃者,其居停系与执事至交,谅必推重。荐主知表侄受业于门下,致有屋乌之爱。第恐年轻人偶有疏忽,及事有未谙,乞转致贵友,随时指教,则后辈他日有成,永不忘师恩之汲引也。

承示十二月到馆,按月薪资四十番,其膳费有无津贴,还祈询明。锡音尤感。先此鸣谢。敬请砚安。弟赵之谦顿首。十一月望日。

巧言与直道,相反相成。《世说新语》如是,诸子百家如是。智趣谐讽,嬉笑怒骂,磊落阴鸷,尽在其中。

巧言,似是而非,虚伪狡诈;直道,毫无保留,明白坦率。

赵之谦为晚清一大北碑书法家。康有为骂他将雄浑高古之魏书挥洒

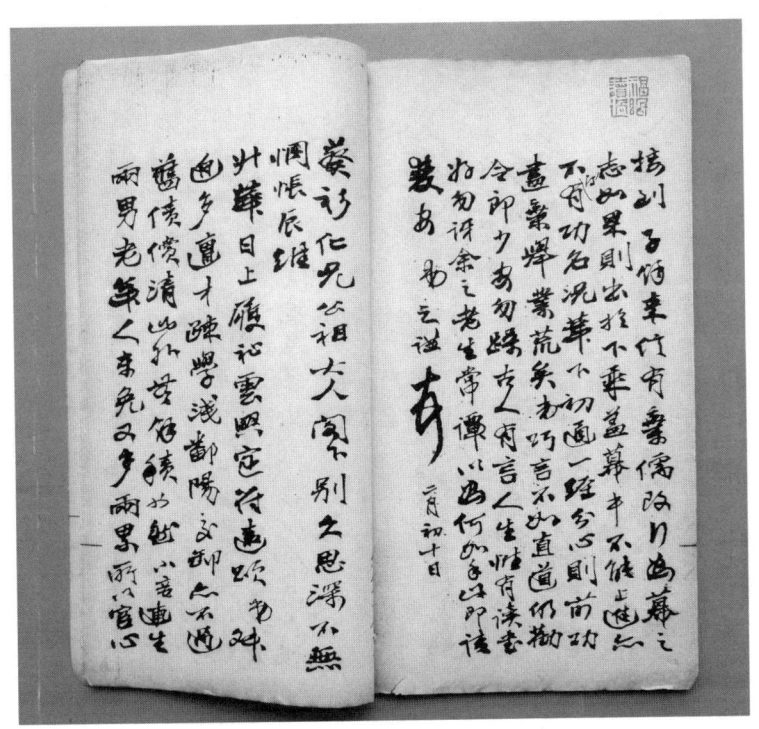

"巧言不如直道"札手泽

得媚人甜俗。其实，媚甜乃巧言，顺应世风，适宜市场。而同样写北碑之沈曾植、徐生翁、王蘧常之作，古拙奇趣，一派直言。

《复堂日记》又书："得松溪书，赵撝叔刻楹帖。云：'上相大献，《论语》半部；司空家法，篱落一声。' 咄咄怪事。"清民以降，一些笔记，对赵之谦人品颇有微词。这幅巧言或直道之雷人对联，弄得学富五车之学人谭献亦莫名其妙。

是联，题有巧言与直道相间之款。见之于《第二届(一九九九)西湖艺术博览会艺术品专场拍卖会》图录。款云：

> 幼误读书，遂困场屋。
>
> 老厕俗吏，骨节不媚。
>
> 纳此楹语，永志吾悔。
>
> 岂能易性，聊以解嘲。
>
> 光绪八年（一八八二）二月拗叔记

　　巧言腐滥于浅薄乌纱、欺世盗名者；直道铭刻于人格独立、思想自由之趣味者。

　　巧言不如直道。

　　二〇一〇年三月十日晴，九十五岁之母亲康复出院。

　　中午接归，下午窗前抄改制毕。疏林樵子志。

《瓯香馆手札》:
"此时，虎兄正在赴席"

　　清代画家恽寿平(名格)之画，我少年时代首见于淘得之傅抱石先生《山水人物技法》一书，其中举例选用了一幅《看梅图》。

　　铭感青少年时代之目染耳濡，一九九八年十二月十八日，当我在博古斋见到这册一九一四年仲夏月上海中华图书馆印行之《南田丛帖·瓯香馆手札》时，悦然淘归。

　　读恽南田书画，觉其生活晴窗晄丽，佳肴旨酒。然而非也。其因父兄忠明而不乐清仕，以卖书画聊供菽水。凄风苦雨之况，从他致"兴老道

民国版《瓯香馆手札》书影

69

长兄弟翁大人"之札中略窥一斑：

　　客岁初冬抵维扬时，长兄已赴馆，不及把晤，致歉愧之。私拟在残腊聚首，缕缕此中，不意竟滞迹邗关。客囊萧然，积逋相逼。日惟含丹吮墨，呵毫烘研。辄因短晷，了无所济。适有当事见留，遂为笔墨束缚。远违老亲，深因疢怀。

　　入春以来，匆匆绘事，尚未能归。客窗风雨，残夜青灯。孤吟独啸，无所聊赖。

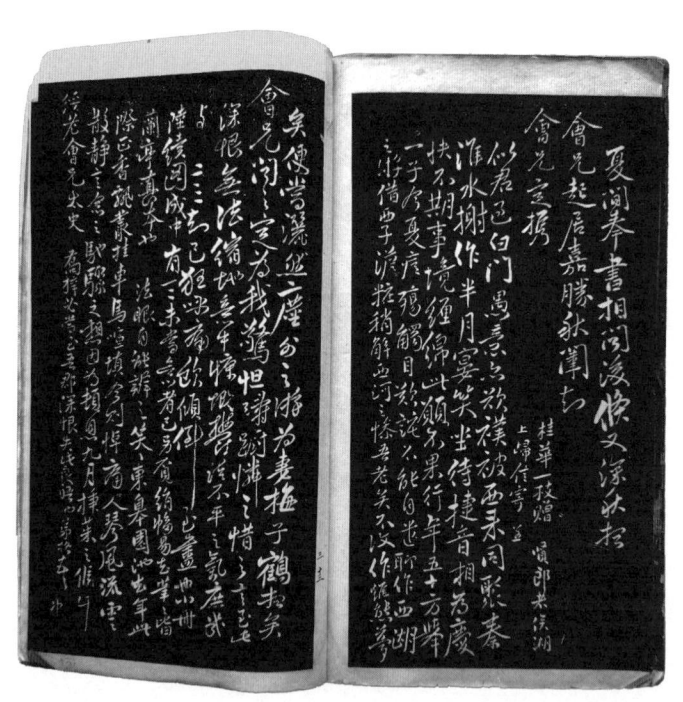

恽寿平致会兄太史函手泽

其流芳人间的疏风淡日、春色无恙之秀逸书画，于孑然飘零他乡、悲怆打工中，形影相吊逐笔完成。然自谓无所聊赖者，常聊赖于自谑：

> 弟迩来竟无诗，有之亦不佳。岂真才尽耶？然才尽者，盖昔人称有才者，犹云昔有而今无耳。如仆本无才，当云昔无而今或有或无。谓之才尽，尚自赞而非自贬也。

善于自谑者，其性不染时尚谀媚之习，其作多幽清筲筑之声。岁月邈远，其人其作，始终卓异鲜活。

因不与龌龊之达官贵人低眉敛手，不与狡狯之贪吏青皮杯盘狼藉，不与欺世盗名之文痞翰墨往还，这位耿介南田草衣，清贫自律中，乐为志同道合之良朋乡党排忧解困，似中介公司员工，卖力介绍生意：

> 顷绥老来说，蛛园近处有屋一所，去水甚迩。屋既可居，价又极廉，搬移更便。此机不可失也。幸有兄速来商之，勿迟为祷。弟格顿首。

> 茅大哥此字昨日写，因无人送，故迟至今。有竹纸与我二三十张。芜数诗与小文，欲抄出耳。

> 虎兄所言之屋，虽非上等，亦是中驷所收者。屋是两进楼，不过六间，但有轩、有披、有门面、有围墙，乃虎男内家邻屋耳。其价不过四十余金便典。因在湖墅，故廉。其言如此，不必面商。此时，虎兄正在赴席。弟因家君遣人来促，明早拟渡江。此事，兄须自酌定耳。鸿长兄，小弟格顿首。

> 倘兄明日断不能行，便与虎兄再订后日可耳。云兄并行。

71

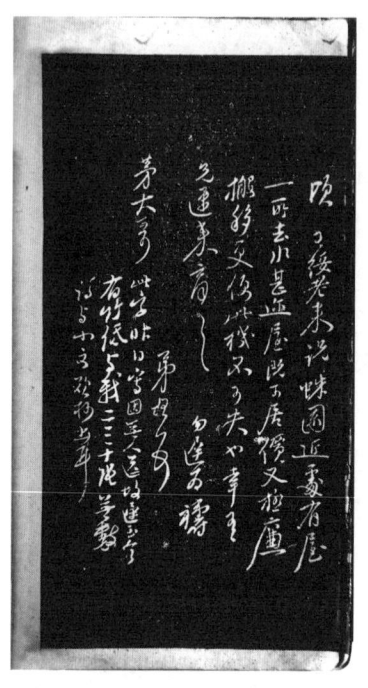

恽寿平"有竹纸与我二三十张"函手泽

毕竟是书虫,做事条理明晰,使命必达。乞谅昨无快递,信息今日方至。所谓回扣,乃弄二三十张竹纸来,因"芜数诗与小文,欲抄出耳"。书坛画苑之耆宿、中坚、新星,其水准是才识绝人,还是湿鼓迂谬,看其诗与小文,具否六朝精神和风趣,即可知其能否流芳。

"此时,虎兄正在赴席":春夜宴桃李园之席?红包研讨之谀席?

二〇一〇年元月四日

《陈曼生先生尺牍》：
"肉已过期，从何销售"

以曼生壶而名垂千古之清代篆刻书画家曼生陈鸿寿，应运时下如火如荼之收藏拍卖潮，名声又惊天骇地起来。

民国有正书局平等阁石印本《陈曼生先生尺牍》，书末有该局老板狄平子之父一跋手泽：

> 曼生先生以书画篆刻擅名一时，成庙末年宰吾邑。家藏墨迹及手制曼壶不下数事，庚申（一八六〇）大剅尽毁去。辛巳（一八八一）春，

《陈曼生先生尺牍》书影

得此册于章门。皆其与汪澣云大令往还者。笔法峭劲，可宝也。

甲申(一八八四)二月溧阳狄学耕志

二〇〇〇年二月三日，我于海上博古斋淘得是册，价四十元。封面钤"姚渐伯"朱文印，册中夹白文"姚鸿逵印"、朱文"渐伯"二印印蜕。这一时期，博古斋多售签钤"渐伯""姚渐伯"之线装籍册与法帖。于无声处，又一位民国之学人、藏家，遽归道山。其癯儒把玩之字纸，悲凉散出，接力淘藏，渐渐湮灭，正副其号之意。

作为知县的陈曼生，既要穷命于县内的纷繁杂务，又要诚惶诚恐地应付各级上司下达、摊派的形形色色、名目巧立之冗琐表面文章，整日弄得杯盘狼藉，焦头烂额。

> 贡件系专为万寿需用。若迟至月底，长途仅半月之限，万不能待。顷已专差赴扬另购，不过花弟几两盘缠。然连日焦灼，无以对副帅矣。乞即转致十二叔，竟不必来。只专人将册页合子送到，以了门面。感刻之至。肉已过期，从何销售。我不能会水脚钞也。

对于上级下达的任务，岂可掉以轻心。一丝不慎，便有可能导致仕途断送。日日焦炒，"竟"字竟成天天笔墨之关键字。

> 万寿贡物，前此书嘱必须八月初十前到，方不误事。否则，来亦无用。今来书云，竟须月底方能齐备。如何能赶九月廿外到都。弟初间望信杳然，即驰书扬州，另为凑办。一面于旧物中收拾，现已可得十余件，足以成行矣。十二叔如未成行，竟不必功此跋涉，徒费关税盘川。望即速致明为要。弟寿又。
>
> 册页合子速望专差送到。拜祷。

疏林尺牍

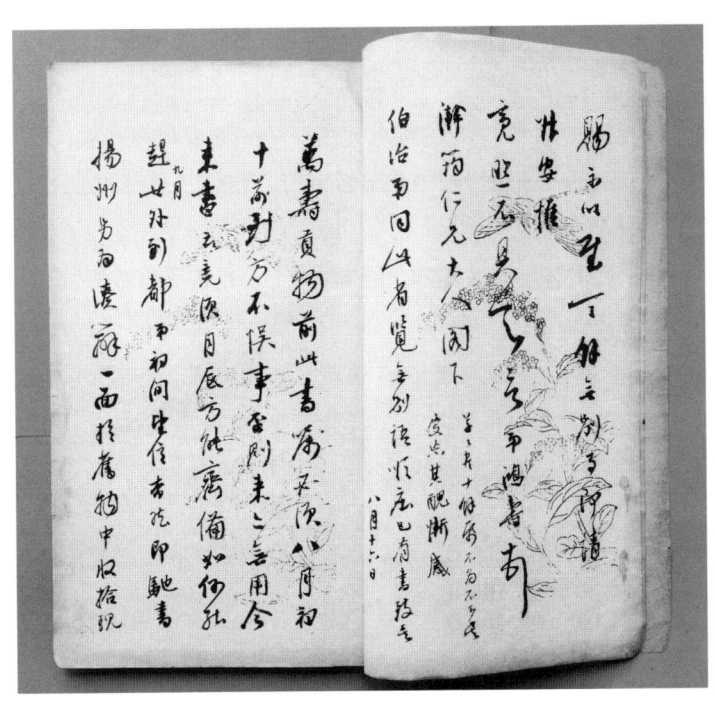

曼生陈鸿寿尺牍墨迹

幸亏陈知县于县衙心照不宣，遵习惯性潜规则，巧设小金库，有备无患，检得可贡之品十余件，未陷方寸大乱之阱，"足以成行矣"。

西阁携物太夥。当此工务侘傺，难求速售。然既来矣，只好竭吾力之所能图之，或分商邗上耳。渠又云，归舟必得两三竿，方可过门。此则甚难。今弟拟西阁同下芜城，而嘱伯冶、叔之先归。窃有商者，吾兄处或可暂挪一竿留与西阁，或先嘱叔之带去，此为最妙。余则弟于邗上图之。且彼时弟之捐项，亦可渐渐凑集。始须带往吴门，难得放心之人，惟西阁为最妙。是否可行？即望示复。

此函关键词为"难"字。"难求速售"——膺充风声严紧，无法脱手之恐。"此则甚难"——臆忖被中介暗斩一刀之顾忌。"难得放心之人"——乃八公山草木皆兵之疑。

公私并举，洵官场游戏规则。函中之"竿"，是否衙府暗语，不得而知。

　　弟半年来，寓中耗费仅未盈千。旧雨沓来，万难膜视。有来而即去者，有久羁于此者。浦上尽属新知，称贷颇觉厚颜，牙根咬定，不轻向人启齿，亦复铁铁铮铮。

　　弟所借杨君处寓所，闻吾兄已安顿上官。弟来时不拘尊处一席之地，皆可栖止。敝署独不堪下榻耳。上下不过七八人，特虑搅扰不安。如何。又启。

对衙府内外所遭拖拉、扯皮、推诿、蹭饭、敲竹杠、回扣、好处费等五花八门之时尚，陈知县俯仰其中，万般无奈被套牢，只得以"肉已过期，从何销售。我不能会水脚钞也"来自嘲。

陈曼生以篆刻、书画、制壶独步一时而名留乾坤。为官既苦，何不学习板桥好榜样，乌纱掷去，潜心书斋，创作更多划时代佳品，银两收讫而流芳百世？"七品官耳"之板桥郑先生，为官于山东范县、潍县亟待扶贫之地，而曼生陈知县宰于江南溧阳、扬州诸鱼米画舫之境，且书斋与衙斋耳鬓厮磨，虽多有"肉已过期，从何销售"之不已烦恼，毕竟当官之好处，无穷无尽。

二〇〇九年九月廿六日

《吴愙斋赤牍》:
"自吃自饭"

　　我的书法老师，雁荡徐伯清先生，为书画大家张大千、吴湖帆、谢稚柳三先生之入室弟子。四仁今皆作古。

　　师之海上皋兰路淮海草堂壁间，挂满其三师之赠作。丹青相映，我亦感兴趣于吴湖帆先生之祖父，晚清粤湘巡抚、勘界俄边、预甲午之役、请缨赴辽抗日铩羽革职之金石书画、考据收藏大家吴大澂(愙斋)。其文，我首阅于朱雯先生选编、上海天马书店一九三四年八月初版之《中国文人日记抄·愙斋日记》。

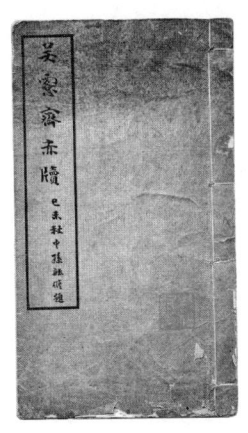

《吴愙斋赤牍》书影

77

二○○○年三月廿九日，我又于海上博古斋淘得商务一九三○年六月依手泽而印之《吴愙斋赤牍》第六版，价十五元。首页钤"金德建"朱文印。金氏受业于章太炎先生，二十世纪八十年代初，被聘为上海社科院历史研究所特约研究员。

是册赤牍，收吴大澂致"廉生仁弟"书信三十四通，所记皆为吴大澂循循善诱"廉生仁弟"为其酷喜的金石泉瓦疲奔搜觅、拓刷打工之雅事。"廉生仁弟"即王懿荣，他是发现与收藏殷虚甲骨文的第一人，官阶低于吴大澂，龄小十岁，八国联军攻陷北京后投井自杀。

彼时人之一生，乃被奴之一生，无一例外。

吴大澂是这历史奴链中之一隶，其奴"廉生仁弟"，名正言顺，心安理得。自己岂能例外：

揭器求言，竟招不得出处。兄处书少，检查费力，类书诚不可无也。今日为司农绘画。昨晚送去数叶，今早又来索图，此岂顷刻可成？如再迫促，只得告假矣。退楼一器，亦尊属物必有偶，信然。廉生仁弟。兄大澂手复。十四日。

司农既命绘爵，又属写盂鼎释文，又欲招往剔卣。一日数差，兄实无此健腕。不比㧑叔(赵之谦)有求于司农，终日奔走而不辞。兄则自吃自饭，何苦乃尔，只得贪懒矣。顷又属篆印文，已应一差，亦可告无罪乎。司农致吾弟书，想必有见怪语也。廉生仁弟左右，兄大澂顿首。

"自吃自饭"，洵顾随先生铭吾终生之训迪：

以悲观之心情，过乐观之生活；以无生之觉悟，过有生之事业。

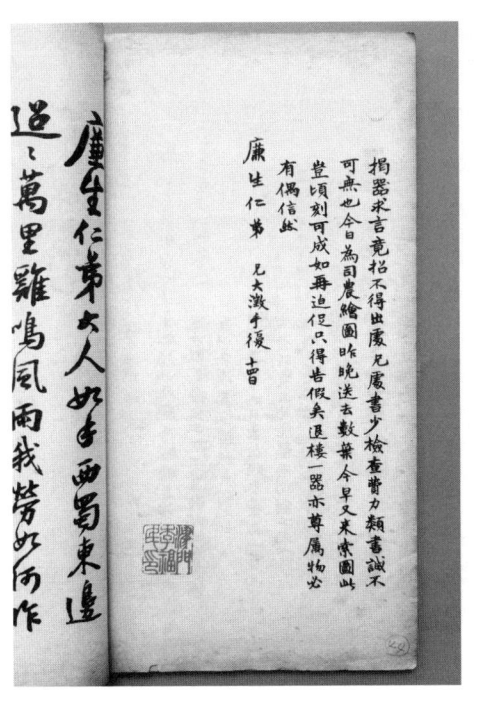

"类书诚不可无也"札手泽

良知律己,乃"自吃自饭"之度世金针。否则就会坠入自欺欺世的泥淖:

> 退楼所得伪器,或自知之。得之即自讳其伪,自欺欺世。有识者,自能辨之。
>
> 司农齐镈,寿老已不以为然,亦恐为退楼所訾议。款识中,又不能不列。吾辈亦无如何耳。

79

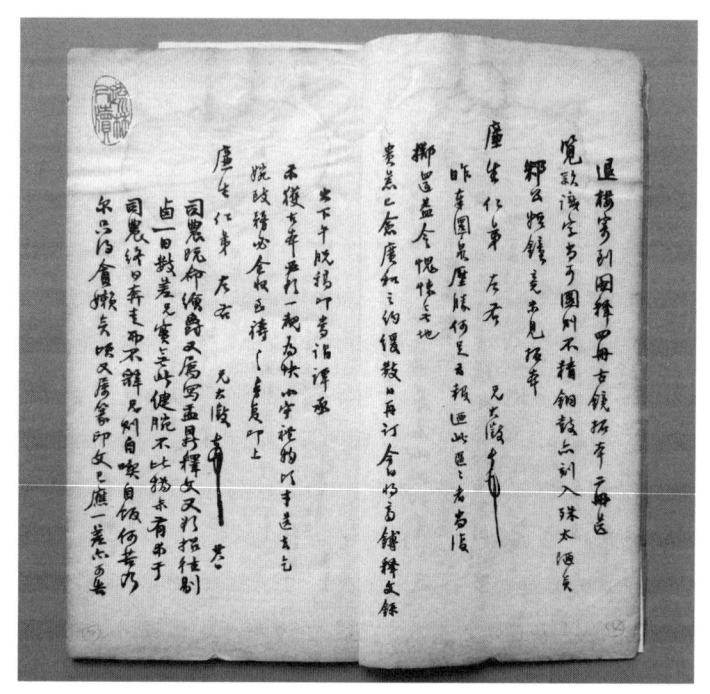

愙斋吴大澂赤牍墨迹

退楼即晚清举人、金石家吴云(一八一一——一八八三)。其吃进伪器赝品,如得假钞,狡诈出手,屎于肥腻之人。且不剔其伪,照纪于收藏图录中,蒙世坑骗无文急利者。二〇一一年九月廿九日《南方周末》所刊《赝品帝国》文中披露:

二〇〇五年十二月十一日,上海的苏敏罗在瀚海拍卖公司的拍卖会上,以二百三十万买了吴冠中的作品《池塘》。后来,苏找吴冠中鉴定。吴在油画布上拿着大粗笔写着:此画非我所作,赝品。然后签名。此后,苏敏罗将拍卖委托人萧富元和北京瀚海拍卖公司诉到法院。结果败诉了。因为拍卖公司声明了,根据拍卖法六十一条,不对作品的瑕疵真伪提供担保。

苏敏罗的做法,在圈内人士看来,属于"不知道游戏规则"。"什么规则呢?首先她不知道拍卖市场不保真,其次她不知道打官司没用。如果她不声张,等吴冠中死了之后你再卖五百万也是它。"牟建平说,"我花了钱了,我是假的也不吭声了,然后大家都卷入这个骗局,维护这个骗局,你骗我,我再骗他。"

牟建平说,这便是为什么,业内普遍认为市场上真品和赝品的比例出奇地低,但这些年却鲜见买家维权的原因。"大家都玩击鼓传花呢!买家转身就变成了护假者。"

《吴窭斋赤牍》最末一通,记同党前辈故实云:

> 金铜碑为海内至宝。曾见覃溪先生手拓天宝小铜碑,题云:"视学山左时,有诸生持此以献,不敢受,乃手拓二十纸而还之。"

覃溪,即清康嘉年间以官衔排序的四大书法家翁刘梁王之京籍高官翁方纲。其余三位为刘石庵、梁山舟、王梦楼。"三味书屋"四字,由梁氏搦翰。

四家名号,充溢疏林风物之雅藻。他们深悟"自吃自饭"、春色无边卫生之道,举扇障尘,皆享高寿。

二〇一一年十月十一日

《吴昌硕书札选粹》：
"叩头如捣蒜也"

代笔勾当，自古已然，于今为烈。

直到上个世纪八十年代，双膝当桌代写书信之摊，还安闲地摆在邮政局门口、邮政局内。储蓄所里素昧平生、助人为乐地代填寄存取款单之世象，依然常然。其时，世风清明，人心朴实，大家从无隐私泄露、个人信息被盗用之忧虑。

我之闲览，遇标注"代"之诗文，嫌其阴冷，皆一翻而过。作者将这帮闲应酬之作，不弃而集，盖出于自作多情、顾影自怜、人脉亨通之彰示，

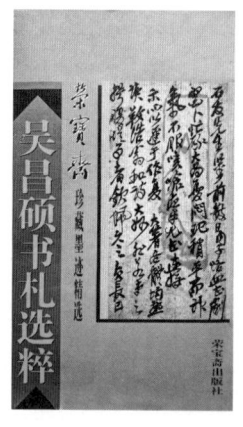

《吴昌硕书札选粹》书影

82

而求代者当时龌龊兮兮之乞情,却丝毫难见。

青灯下,墨渖中,于荣宝斋出版社一九九四年十月版《吴昌硕书札选粹》一书,洞见吴昌硕苦苦哀求他人为己代笔草撰诗文懊懊之情。

当时被吴昌硕盯牢而捉刀者,乃江苏常熟人沈汝瑾(一八五八——一九一七)。其号石友,室名笛在明月楼。尤工金石书画。

吴昌硕号大聋、缶庐,为晚清金石书画大家,海派画坛重镇,名震海外,至今鲜有其匹。其润例市场价自然不菲。一札云:

> 今晨寄去篆字砚铭,鉴及不妥,再篆亦可。据云,贵友老亲行述(九百余字)索作篆书。昨为震泽徐氏写谱叙,篆五百余字,送润百金,字多递加,望转达。前涂如以为可,望划乌丝二纸来(属碑帖店打格),以便临池。复颂石友先生道安。缶弟顿首。

名闻遐迩、比吴小七岁之挚友,疑似物业、家政之工,被缶差来差去;又若客服、中介之员,疲命为聋老板商谈生意价格。个中大有徐祖正奔波于周氏兄弟之间的况味。

缶庐札文可证,世间文字,先天言不由衷者,为贺寿祝福、歌功颂德、红包序评之类。而善是类者,多为猥琐沉瀣之人。吴昌硕天性为:

> 弟奉委往宜荆办理铺税药牙(洋药土药),事颇棘手,约有一月耽搁(今日放舟)。此后信请寄宜兴县署转交可也。此行无他妙,可访国山碑、张公洞矣。不知如愿以偿否。匆匆泐上。

> 弟自秋徂冬,远留淮上。初得道署谳局,旋于前月既望,檄代安东县事。地方枯瘠,民性刁悍,断非弟所能久为者。希接署者速来,业于十七日交卸矣。聋聩之人,居然登之堂上,自审殊可笑也。

他镌有闲章一枚,曰"一月安东令"。我初不解其意,今读是札,方悉这位莅职三十天即自觉下课的县令之苦谑。其疏林萧散之情趣,难为红包之文:

> 大著各体均熟读,敉浩翁和诗大妙。然若弟之枵腹从事者,钦佩久之。
>
> 贞长已作寿诗。弟搜索枯肠,竟不能成片段,只得敬乞代成一首,不拘何体可也。

吴昌硕画佛书佛,盖偶一为之,抑或应酬。诚如其致石友聊李翕碑之札中所云:"昨信内有序文一篇,求点钱者,达鉴否?"书画于佛,尚可濡毫,而遇求诗文者,"一月安东令"却难以落笔。但赚银是硬道理,机不可失。于是乎,又是"石友先生鉴":

> 兹有宝积寺僧雨田来索弟作《同戒录》序。弟外行人,命涵觉拟就呈政,望严加删改,以便塞责,功德无量。

缀章饰句"一月安东令"能成画坛异军独步之大家,缘于其昭昭深悟与时俱进、因地制宜"以便塞责"之道。

晚清画坛,名播扶桑、影响深远者,首推吴昌硕。其有二札纪实:

> 刻有日人得董香光大屏十幅(行书帝京篇),其意欲前后配二幅。后幅祈作长跋,前幅只须数大字,亦乞拟之。又(其友非日人乃华人),手卷,极细界画人物。无款,欲题作小李将军所作。均乞椽笔,以速挥就寄下。叩头叩头。
>
> 又来一卷香光七律四首,皆押三字韵赠陈眉公。眉和四首,亦

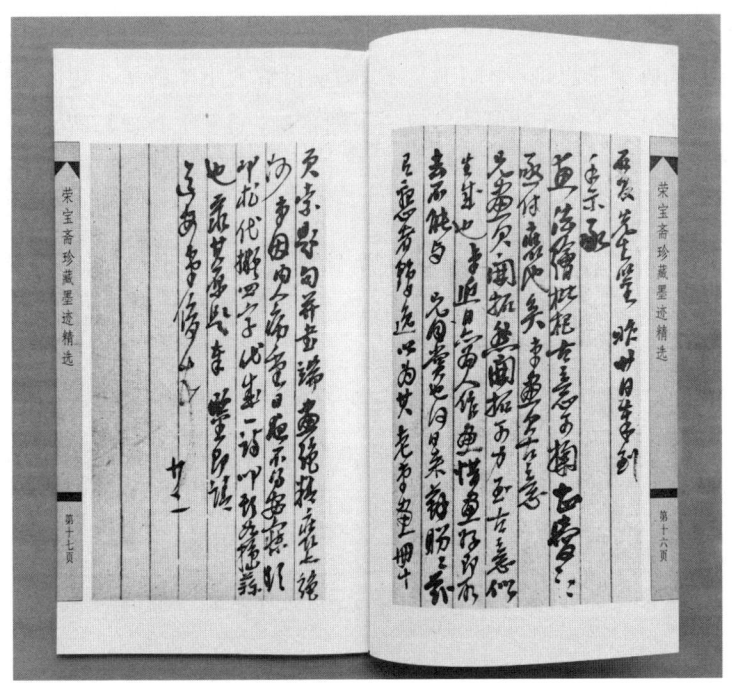

"叩头如捣蒜也"札手泽

押三字韵。甚佳。日人属缶题,缶叩求大笔,或诗或跋均可,跋尤妙。
藐师跋同掷为感。

董香光即明代书画大家董其昌,陈眉公即明代文学家、书画家陈
继儒。

民国时期,出版前人之著,多以作者字号刊之,雅然渊然。我先识董
香光、陈眉公。新中国成立后,前人之著,严以作者原名行之,亦即户籍
式实名制。去糟存精,我后知董其昌、陈继儒。少年之我,还误认他们为

四大名家。

　　唐代画家李思训、李昭道父子,画坛世称大小李将军。此识我获知于二十世纪六十年代初所购二籍——谢稚柳先生《水墨画》、贺天健先生《学画山水过程自述》。

　　　　兹有恳者,鹤逸以为其老弟画册十页索题句并书端。画绝精,装亦绝妙。弟因内人病重,日夜不得安寐。欲叩求代拟四字,代成一诗。叩头如捣蒜也。

吴昌硕书画,时下拍价,令人咋舌。从其札看,当时请其作画者少,索题者多,盖晚清海派画坛高手蔚起。其自我认识云:

　　　　弟画欠古意,兄画欠开拓。然开拓可力至,古意似生成也。

寂寞养生。誉垂之前,只得"叩头如捣蒜也"。

　　　　　　　　　　　　　　　　　二〇一一年十月五日重阳节

《张廉卿先生论学手札》：
"肯堂本吾药笼中物·此虽琐事，甚以为盼"

　　民国依手泽石印，晚清廉卿张裕钊致挚甫吴汝纶之《张廉卿先生论学手札》，未知共几册。我闲览的，二〇〇〇年二月三日小年夜花四十元淘于博古斋，题署页与版权页俱无之册，亦不知其为第几本。

　　张廉卿、吴挚甫、黎庶昌、薛福成，并称曾国藩之"曾门四弟子"。

　　论学手札，若两鞋匠研讨鞋之材质、款式、工艺、技术、销售诸层面审美之论文往还。时过款汰，后昆热衷于履行者，乃学术外之情性逸闻。

《张廉卿先生论学手札》书影

"肯堂本吾药笼中物"

古文师从张廉卿之范肯堂,丧偶却不愿重砌炉灶、老店新开而再娶。张氏苦口婆心,谆谆屡劝范氏续弦,因无效而耿耿于怀。其致同门"挚甫仁兄大人足下":

> 肯堂不欲续娶,弟初不知,今乃闻之。此适符韩退之之言《易》,所谓恒其德贞而夫子凶者也。它日当相与力破此惑,不患不听从也。

> 肯堂之不再娶,循来书所云,其蔽甚深。欲破其惑,须面谈乃能往复尽意,必非书疏所能为功。且顾延卿至今未来,亦无由询得其中情实,委折为解惑之地,故尔时不作书与之。但肯堂之不娶,其谬已甚,而必宜再娶之理,亦复甚明。以肯堂之英亮,此乃至竟执迷不返,想亦天下必无之事。但一时为情所蔽,未能遽悟耳。

> 顾延卿一昨来此,肯堂不欲续娶一节,曾约略叩之,尚未得其真际。

张廉卿为晚清一大书法家,所书魏碑,运笔内圆外方,独步千古。其内圆外方之书风,乃执拗无邪个性之彰。"肯堂本吾药笼中物而为大力者挟之以走。今得延卿,足以元我公矣"之函语,即见一斑。其赤帜而前,吴挚甫晨风轻舟。检黄山书社一九九○年二月一版,徐寿凯、施培毅校点之《吴汝纶尺牍》,吴《答张廉卿》书云:

> 肯堂不再娶,若私有禁令,严不可破。得惠书,与共读之,乃曰:"吾师易与耳。"吾言稍切,则谬曰:"得延卿为媒乃可。"不知肯堂再

88

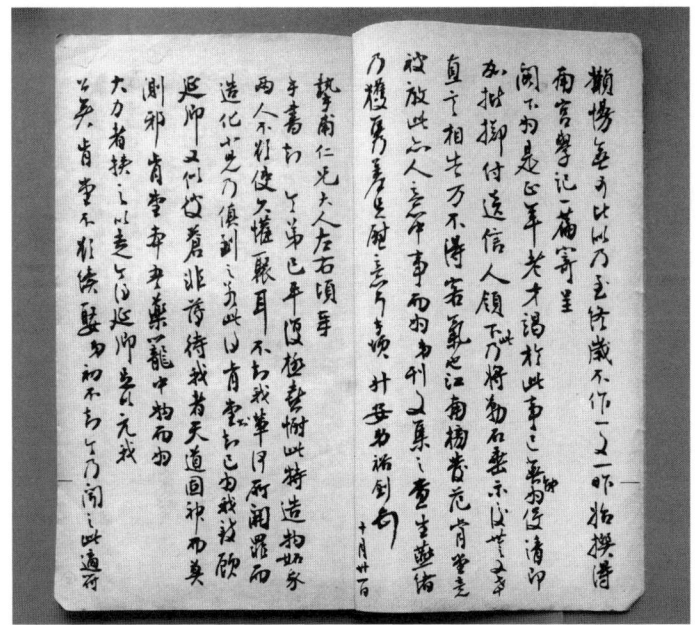

"肯堂本吾药笼中物"札手泽

娶，干延卿何事，而其私意乃若与延卿有成言，不可复背负者。公为我问讯延卿，且诘究之，事之济否，在延卿一言耳。又闻肯堂尊人，令延卿作书与阿郎，劝令更娶。延卿书乃阳劝而阴讽之，亦不解何谓也。

又《与姚慕庭》书云：

所论范宅姻事，前因执事及仲实屡有书见托，并言不嫌远省，但计人才，故敢为之导言。今范公来书，虽立言婉转，要已允诺，其所以委曲言之者，实缘肯堂故剑情多，誓不更娶。前时范公屡令更娶，并托肯堂深友从旁讽谕。肯堂坚持初见，自为前夫人墓文，仍以不更娶为词，其父不能夺也。

时雨韶润。复《答张廉卿》书云：

> 范肯堂已为媒说姚慕庭之女，范府亦允诺矣，执事能不佩服
> 我乎！

吴挚甫引致张廉卿"能不佩服我乎"之媒技，存于《蕴素轩诗集》之
序中。

曾任清史馆纂修之姚永朴，于一九二六年冬为胞妹姚倚云《蕴素轩
诗集》序云：

> 吴挚甫(汝纶)先生尝见妹诗于戚姻家，为之惊喜。会通州范当
> 世(肯堂)丧其室，乃自冀州遗先考书曰："肯堂诗笔，海内罕与俪者，
> 君为贤女择对，宜莫如斯人。"先考以道远难之。
> 吴先生一岁中申言至七八，妹由是字范氏。

行以秋肃。吴挚甫《答萧敬甫》慨"张廉卿绝学孤鸣，其不得志乃意
中事"。《答余寿平》述曰："今武昌张廉卿，海内硕儒也，在鄂不合，流转
襄阳，今闻将有入秦之举。此君年七十而入关谋生，盖亦无术自给，出此
下策。"如是阴阳慨述，洵张廉卿内圆外方之个性及由此所陷生活处境之
实录。倘若内方外圆，仅就敦促高足范肯堂二婚之事，就不会天真陷落
同门吴挚甫、皮条捐客顾延卿温柔之井，苦笑于俗俚"吃力不讨好，阿王
炒年糕"之尴尬。

"人怜巧语情虽重，鸟忆高飞各不同。"衷守高足范肯堂，终未成博导
张廉卿"药笼中物"，反倒是内圆外方之张廉卿，成为"能不佩服我乎"之
同门吴挚甫、阳劝阴讽的顾延卿之"药笼中物"。

连环套牢。人人都是"药笼中物"。

皆为曾门"药笼中物"之张廉卿，因绝学孤鸣，七十高龄，沦落异乡打工维生。而"能不佩服我乎"之吴挚甫，最终擢升为京师大学堂总教习，并卒于任内。

"此虽琐事，甚以为盼"

吴挚甫同邑之张嶙，作文数篇，寄张廉卿请益。张久未答之因，乃不知张嶙之字号。为此张廉卿两次致书吴挚甫，询问张嶙之字号，以便答复。凭尺眷眷云："此虽琐事，甚以为盼。"

我读是册，见繁缛论学则一翻而过，于"琐事"却"甚以为盼"。此可一窥清雅书法家张廉卿朝野生涯之金载：

> 再，贵属南宫一缺，方伯已函禀傅相，商定以梅生委署。此事自弟而外，无一人知者。千(外)〔万〕秘之。刻下，专俟尊处查复严君事迹，详到即行挂牌。必祈阁下赶紧详上，万勿迟延为要。
>
> 此纸阅后祈即付掌烜氏，切切！
>
> 又，武邑赈务奉旨查办。现值功令森严之际，禀复时务须留意，万勿代人交过。至以为属。

> 《史记》毛太纸本无佳者。附去杭连纸印者二部，又拙集二部。并希察入。

> 再，弟颇闻外间浮言，于义决不可不相告。然非相见则必不可以言。此尤切盼一来者也。

> 有恳代求拙书者，可属其先备佳纸，俟至尊署，当为快书，以塞

众望。其宣纸，必玉版宣；杂色纸，惟冷金笺、雨雪宣、大红蜡笺三者差可(他色者不能写)，其余诸纸，必不敢书也，希豫告之。

张孝廉想系佳士。据送信人云：体中小不佳。尚未晤见也。

张幼樵已为傅相乘龙之选，曾闻之否？外间咸称莲池一席，渠已改计不就。此言虽无确据，然十八九其信。今岁直隶士子入都乡试者，皆言张某来主此席，相约决不应课。人言纷纷，相彼或有所闻。又传有王纫秋主讲莲池之说，此语或亦不妄耳。

读依手泽印行的前人尺牍，其之精彩，多存于函之四边、款后、段间小字加圈"再""又""另"之琐事行文。既有惊心动魄，亦有娴雅谐趣。三言两语，怦益心田。

因了五行中丙丁属火，惊心动魄之函，文尾常郑重醒书"丙""付丙""阅乞焚之""即付掌烜氏"诸严重圈字，嘱如地下党密条秘信阅毕即烧之训。

然尺牍出于名家之翰，所书或事关重大，如京畿动向，官员之调免与"空降"；或"小道"如张爱玲之祖父幼樵张佩纶，将成李鸿章之乘龙佳婿，最终证明此乃零无谬误之"大道"。鉴此，收阅者不顾身家性命，庋之藏之。

娴雅谐趣之函，传神写照，绘影绘声。如求墨宝者，须熟知、谨遵张廉卿挥毫用纸品类之规；应付附庸风雅求书之窳吏，张廉卿借他人之署，快书塞责，以免粗劣之气，沾染自家清朗之居；提倡"旧学为体，新学为用"之张之洞，"体中小不佳"等两句三行之故实史趣，足抵无聊类砖大传之籍。

二〇一二年八月廿四日，花望草堂

《郑叔问先生尺牍》：
"此应时之画，不出明日，必有人购去"

一九一一年辛亥世变，逸民畸士，纷纷移寓沪渎，粥书画以自给。大鹤山人郑文焯是此大卖场中之一员。

同行竞争，须得炒作，制造新闻，以夺声势与眼球。而通路子刊登自吹自擂之广告，乃其一法。赵氏"养矫仁兄有道"，为郑山人同党之托，即上海滩上撬边模子，亦市中之托。

自炒广告草拟，呈以"养矫仁兄有道"审阅后，又函云："兹照尊旨，薄为修饰(后半加入王幼遐给谏二语，似更有据)。嫫女自炫，弥复厚颜。"

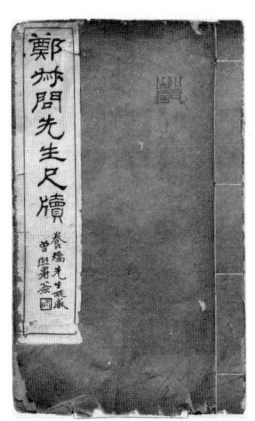

民国版《郑叔问先生尺牍》书影

93

函后再呈重撰《名士多才》广告墨迹：

高密郑孝廉叔问先生文焯，晚号大鹤山人，硕学高蹈，薄海同钦。其医道精深，有慧眼洞见垣一方。尝以奇方起危疾，著《医诂内外篇》行世。康南海目为神医，洵无愧色。其所作书画，以能事而兼逸品，荦荦可传。晚年弥自矜重，豪贵厚币大索，终不可得。以是片素零纨，世争购赏。海上名家，虽清道人、高聋公，高自标致，辄叹弗如。此所为难能可贵也。昔王半塘老人，负人伦藻鉴，尝谓先生诗名因词而掩，书名因画而掩。识者服为知言。近今求先生书画者，必以长题加跋为重，其声价之超夐，益可知矣。

以上共计一百九十六字。

是否刊登《申报》，敢乞示及，以便购阅为企。

自我标榜之广告，久不见刊出，郑山人老泪博同情：

近以医事冗迫，致书画债未了者甚多。年矢催人，衰躯又复多恙，且为奈何。拟求早日惠登广告(并请预示，以期便于取阅。感极)，俾一贾馀勇，为卒岁之谋，更当权其缓急，分别挹洒。

盖撬边模子、市中之托赵氏，函告山人，广告已刊。山人即复，客气而云：

新闻报广告，盛荷游扬。为嘉誉以声，能无感悚。秋声先生亦旧熟其名，愿一交臂，赖君为之先容。

报纸副刊之稿，多为约稿，也包括规定动作稿、指定稿、关系稿、红包稿、互发稿、软广告稿等多种花色品种。撰者度日如年，及被告知大作将刊于某日某期，乃兴高采烈，买来一沓刊登大作之报，欲电请快递，分送亲朋佳友，以为普天同庆，饕餮一顿。孰料，打开报纸，大作不见踪影。这可能缘于大作上版后，突有大人稿、大师新星新贵稿、利益稿从天而降，横插进来，替换而被下课。某些下课之稿，鉴于时势等因，从此下岗。于是只得另起炉灶，另谋出路；抑或坚壁清野，以待重见天日而成为集外珍贵史料之文。

报馆老辈，有一传统佳行：介于可发可不发之稿或邀约之稿，先排一小样存之。若最终不刊，将此铅排小样寄予作者，以乐其心。不少作者首发之作，并非见于报刊，而是由手稿变为铅排小样。此之民国遗风，我经历于二十世纪八十年代初。那张出于文汇报排字房之百字铅排小样，珍藏至今。这一安慰赛之软退稿，比垂直打击"经研究讨论"之冷泼硬退稿，春风慰藉。君不见，屡败屡战之雄心作者，将所有退稿一一庋藏，至名满天下时，昔之退稿，统统变脸为名家新作，人争发表，且稿酬从优。可谓曩为灰孙子，今成孔夫子。

旷世大作，欲见诸报刊，必通路子，结识定夺之士。闻其名而未缘其面之张秋声，乃为其一：

> 张秋声先生欲就诊论医事，何日得暇，可约定期会再偕往，何如？

与广告同步深造声势的，是八面出击，红包饭局盛邀流水式瞠目名流，结舌时彦，作序品题：

> 再拙书康(有为)题诗册，想蚤得诸名贤润色跋就。一经题拂，足当延誉增重。吴中已有闻知，颇欲快睹。

> 清道人(李瑞清)大书宏奖，极为老懒壮色，洵所谓一经品题，声

价十倍矣。甚感甚感。乞兄为报谢，原册想仍夺尊处。属修饰出版广告，即妄易数字，较觉简当，然嫫女自炫忘其丑。已致秋声书，拟稍延数日，俟下走月半抵沪，再当乞公为道地切浼游扬。俾沪人感知下走重来，踪迹庶于生事，大有俾益焉。

近因禁烟时节，不得不少作回翔，未审秋声作何收束，深以为念。

经过这番给力策划，夺人眼球之广告再次横空：

大鹤山人郑叔问孝廉文焯，宏通渊雅，为北方学者之宗。世咸知其工词善画，而未深悉山人之诗学，隐秀皆唐格。书法逸体，纯取南碑。清道人谓其诗名为词掩，书名复为画掩，识者叹为知言。

山人于书，无所不通。凡训故、考据、辞章，以及金石、音律、形家、占验诸学，具有心得，著述等身。近岁游沪，独能以医术活人。康南海尝目为神医，为之刊布广告。硕学多能，允无愧色。

兹得山人偶写诗稿小册，古色古香，读者珍异。康南海、清道人俱为叹赏倾倒，各加长题数百言。璧合珠联，足称南金三品。现由福州路震亚图书局索付影印，以公同好，昨已出版。三贤名迹，荟萃一编。吾知海内鉴家，定将争先快睹矣。

鄙意《海上三高墨妙》出版较显。尊旨以为何如？但乞多登数次为妙。

吾三人恰皆同志，不谐时俗，应无愧于高享乎。

一如江湖捐客。郑山人此时往来于苏沪。居苏时，"春余夏始，无日不思沪游"，缘于生意之由：

检点插架旧书，颇有蟫蚀，亟图择其次者，折阅以售。适此间图书馆主事曹公，有雅旧之谊，因举以相况，略得奇零之值。乃交涉甫

96

成，而世变随发。省议会应颁各款，遽至停顿，迄未解清。

卖书换钱。所出售之藏书中，"同文馆初印廿四史景殿本最精"。若运至上海抛出，"在沪各坊贾无力办此"，因托"养矫道兄"代觅下家藏主，于苏就地卖掉。郑山人妙笔生花，又拟售书广告一则：

光绪中叶，沪上创为西法石印，推同文馆所印各种书籍为巨擘。其影殿本"廿四史"为最精，识者比之古香斋袖珍本。盖其选择纸墨既佳，印工又精绝，故能历久无油印模糊之弊，同时点石、鸿文皆弗如也。

考殿本"廿四史"，每书附有校宋版及明南北监本之考证；唯《新五代史》七十四卷复经重刻，据毛氏汲古阁本，实与殿本同，并非另配，传说之误也。

自同文闭歇，其所印各书价增数倍，询之书坊皆知，而"廿四史"尤著，当时即售银百廿两一部，旋为盛杏翁尽其所有取去，而世间遂秘为珍籍。后有杭州竹简斋欲集资复印，仅见《汉书》样本而已。

今敝藏乙部，是同文初印出书，纸墨绝精，完无少缺损。因命苏城名匠吴阿保，装以银杏双线，雕成书匣，各别部居；倩陈嵩俦太史，以八分书标题，合为两大匣。与坊间所制板漆匣有雅俗之判。

兹因旧藏两部，愿分其一售之同好。书价合番银壹百六十元，原装银杏木匣连架实四十元，共合贰百元正。悉依原值，真实无妄。唯明眼人鉴之。

大鹤白

珍籍抛出，声振海隅。郑山人豪情万丈，不可收拾。泼墨纵横，风疏雨骤：

再，昨写得《岁朝图》(约四尺长)，自谓剧有奇致。乃画一老梅，枝上数萼，忽出横枝，悬一大红爆竹。此未经画人写出之景，因命为《春色春声图》。有赏鉴家愿以八元为润笔，却未之许，今犹在大吉庐。如有好之者，即示及为幸。鹤语：此应时之画，不出明日，必有人购去。又及。

　　适大吉主人来，述及拙画《岁朝图》，有新任□长欲购之，属题双款。恐坠入新人物手，决意取还。

　　"此应时之画，不出明日，必有人购去。"应时之诸艺品，无论坠入新旧人物之手，沧海桑田，其史料价值和经济价值，愈久愈珍昂。郑山人之书画，今日拍价不菲。

二〇一一年十一月七日，大雪节

《西庐家书》：
"近日城中习气"

　　烟客王时敏、石谷王翚、圆照王鉴、麓台王原祁，为明万历二十年至清康熙五十六年间之山水画大家。与世称山水画家王昱公、王东庄、王蓬心、王椒畦为"小四王"相对而言，王烟客、王石谷、王圆照、王麓台，世称"大四王"。

　　王时敏晚号西庐老人。其致儿之《西庐家书》，收录于峭帆楼主赵诒琛自甲戌一九三四年至丙子一九三六年编纂面世之铅印线装《丙子丛编》中。家书十通，作于康熙五年，即一六六六年，时年七十五岁。长则

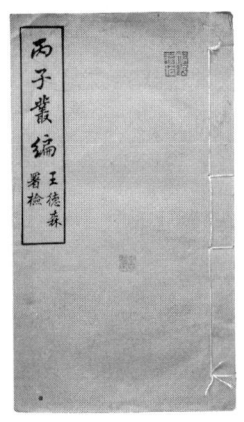

民国版《丙子丛编》书影

99

三千余字，短则一千二百余字。研墨纾书，情何以堪。

王时敏之《烟客题跋》，淹雅博物，阐发幽奥。晴窗雪夜，为我随时闲览之籍。其卷中之"时磅礴于笔墨之间""元气磅礴""亲其盘礴点染""盖由盘礴家竞习时趋""一时盘礴""既工盘礴""不敢复道盘礴事""盘礴小技""解衣盘礴""辄思寄兴盘礴""不复措意盘礴""盘礴胸次""遥想其疲暮盘礴""日事盘礴""寓心盘礴""盘礴久废""好游戏盘礴""盘礴一技""古来盘礴名家""非盘礴家所能仿佛""久疏盘礴""遂借盘礴为逃暑计""鉴赏盘礴"等，一如西湖跳珠，磅礴盘礴无尽。

《烟客题跋》，分上下二卷。上卷八十三则，为王石谷题者仅一则；下卷九十四则，为王石谷题者有十六则。淘雪消千山绿、花发二月晴之愫。

王烟客："我今年真穷彻骨"

人生文本，各有数种。读《烟客题跋》，瞻其终日神遨起潜于兰亭、颜鲁公、巨然、米南宫、董其昌、释晦山、倪云林、黄公望、吴镇、赵孟頫、吴渔山、施愚山、冒辟疆诸贤翰墨间，灵心妙手，疏林萧散。

其题跋与家书，翰于同时。题跋是超然艺苑，家书乃白头涩境：

> 自汝兄弟出门后，钱粮征比愈急，人情世事亦愈变愈奇。凡公私内外，巨细诸事，一坤遗我。不但签票追呼，无一刻不聒耳捣心，兼因时世穷极，人心日幻，亲友家人之事，种种意外烦恼，纷至叠来，应接不暇。我自朝至暮，写书酬对，舌敝笔秃，日无宁晷。从前书画闲适之趣，尽隔前世。生年七十五，从未有如此焦灼疲劳者。风烛残年，何以堪此。迩来形神非故，眠食顿减，恐亦不能久矣。
>
> 我穷悴其来已久，未有如近日之甚者。四月间，因有府官应酬，且多吊贺诸分，烦费更多。王瑛月进已先期透支，此月中遂无措处。中旬夏至，家祭将何置办？其苦真不可言。

我今年真穷彻骨，又往年所未有。七月分供应先已透支用完，出月遂无一钱，何以支七夕节礼、上元家祭常例献瓜之费？

人穷志短，易违法纪。王烟客于第六封家书后附言，"平西差赵虾至苏广购优童，须满百人之数"。"阿祖子品品在内"等六名被选中。阿祖语王"汝家正日用不给，若得此分润，亦好济急"。

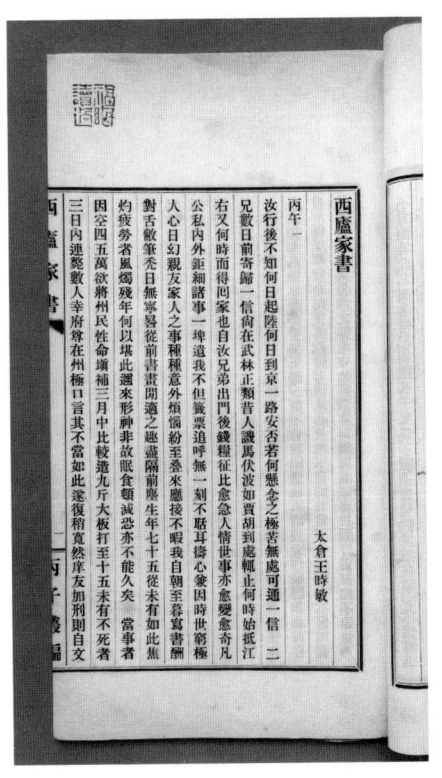

烟客王时敏《西庐家书》

王石谷艺固独绝，利上最重

王烟客于家书中，对常熟人画家王石谷之品德操守，夷然不屑：

我家穷形尽露，穷名大著，人皆视为无用之物，恣意践踏，略不
瞅采，即本家僮仆，亦渐有灰心解体之意。每事推诿不前，局势比前
已大撒。虽欲勉强支持，其可得乎？我自四五月应酬多费，又有端节、
夏至祀先诸项，管家处月进俱先期透支，此月内遂无分文。守公诰
命，至贺分与城中奠分，均有四五两。当头已尽，万无设处。况有石
谷在家，已及一月，幸渠目前尚未有去意。然秋间必归，将何以应付
之？令人忧杀急杀。其画果凌跨古人。为我作二长卷，无一家不酷肖，
真旷代所无。此则愁中一大快也。

石谷六月十七日来，住此五旬，已画五长卷。忽家信至，托言粮
务促归。所画多未完局，原约去两日即来，乃二旬杳然。盖此君艺
固独绝，利上最重。想因临行之际，我多方设处赠之，仅得八金，使
大失望，故迟迟不来，再手札恳促始复至，然窥其意终不快。到此十
余日，终日矻矻笔砚间，计日惜阴。余外应酬，誓不动一笔，画扇尤
不肯破戒。诸兄弟辈皆不敢以一扇相求，求亦不应。

滇中王额驸初在郡中，今住维扬，广收书画，不惜重价。玉石亦
未能鉴别，好事家以物往者，往往获利数倍，吴儿走之者如骛。石谷
力劝我不可蹉此好机会，决宜拼挡物件，过江与作交易，渠愿身往。

诡异骇然。读这数封家书，似览纪晓岚之《阅微草堂笔记》，如奉陈
巨来先生《安持人物琐忆》。

季沧苇大收骨董有目无睹
钱遵王尤为峭刻诡谲之人

王烟客于家书中写照世情："近日城中习气，无一事不归之势利，全不论友谊亲情。衰落如吾家，真寸步难行，一刻难过。惟有宽着肚皮，忍耐而已。""近日城中，箔篮风竞，以炎凉为难事。应奉者，百方趋奉；可欺者，尽情欺侮。即至亲密友间，其气色间自有一种难堪处，非独胥役贱流。"世风如此，艺苑收藏界亦复如是：

季沧苇近日大收骨董，然有目无睹，惟借陈定为眼。近又与钱遵王往来甚密，买其宋版书，一次便有三千金交易，今现在其家。昨托伊人来，云先特致意，要到我家看书画。闻此公最刻，惟与陈定胶漆，连年被其骗取几万余金，然信之不疑。此来必受其心印，或仍如前强夺，皆未可知。遵王亦一钻骨剔髓之人，俱非好相识，闻欲与之偕来，我甚怖畏，然不能引疾以谢之。正在踌躇未决，辞见两难时耳。

季沧苇与钱遵王交密。近过虞山，钱之宋板书，倾筐倒庋，与之共有三千金交易。托伊人先来致意，云欲同遵王到我家看画。向闻此公无真鉴，必旁人赞助始成。遵王尤为峭刻诡谲之人，同来必无好处，心甚忧之。

十九日果至季家。三友冯研祥、唐子晋（乃其舅）、戴寅清乃泰兴拔贡，云在监与汝相识。钱则携老骨董徐砚北、王云谷（石谷父）、张子愿齐来赶积。二十日早至我家，尽出所藏与观，亦极道好。但必欲拔其尤，论价又太悬绝。看罢上席，又请敉老、子俶、次谷奉陪，共酒六桌，所费十金之外。次日赴彦老之招，我亦与陪。与易宋板《通鉴》等书，亦有百六十金。别时，约明朝再过我家，乃下船，便皆开去。想无左右为之先容者，我亦不解其中机窍也。极窘中，徒增烦费。曾无纤毫以济眉急，何穷人命中无财一至此耶。

在这伙撬边模子、打桩模子、青皮之阴鸷前，"曾无纤毫以济眉急"，"亦不解其中机窍"之王烟客，直爽花百六十金，吃进宋板《通鉴》，可谓真穷彻骨之精明划算。

藏书家叶启勋跋是书云："遵王为牧翁(钱谦益)族子。生平受牧翁提挈，得附士林。后乘牧翁之丧，族人争产，致逼河东夫人(柳如是)缢死，其人狗彘不若。"拉帮炒作，沆瀣阴夺，亦为成名所谓藏书家、书话家之欺世盗名一途。

二〇一一年十一月十四日草，
二〇一二年元月十四日抄毕

《文徵明集·小简》:
"适有客在坐"

一布衣书虫欲购柜中《後漢書》，营业员靓丽美眉因不识繁体字，爽朗答曰"没有"。此乃布衣书虫、"後漢書"三字、靓丽美眉三角距离之隔膜。

"白石老人"四字落款与其画，为何不舍昼夜、人见人爱、经久不衰？缘其雅俗共赏，毫无距离。

少年之我，于古籍书店屡遭民国有正书局石印版《文徵明正草千文墨迹》，及其珂罗版画册。因不识"徵"字，隔膜甚焉，熟视无睹而未购。

《文徵明集》书影

105

他如"谢肇淛"之"淛"、"顾颉刚"之"颉"、"林枫敔"之"枫敔"诸疙瘩隔膜，其佳著倏尔溜走矣。

一八四〇年八月十五日，禁烟英烈林则徐在广州致函怡良："'徵收'之'徵'，写'征'字似不好看，祈嘱令作'徵'为妥。"专有名字，不简乃妙。翁同龢现多简为翁同和、钱锺书为钱钟书，疑似另有其人。

一九七九年，我购得上海人民美术出版社当年版"中国画家丛书"之一、张安治著《文徵明》；一九九一年，购得上海古籍出版社一九八七年十月版周道振辑校之《文徵明集》。循序渐进，文徵明被拗造型为文征明。

文徵明《至日后大雪盈尺，数年来所无。子传冒寒过访，且有所携。眺玩弥日，赋赠二诗》，有"故人知我情牢落，短笠冲寒送酒钱"之句。阅《文徵明集》之《小简》，其绪牢落之一，泂为馈情。

"中国画家丛书"之一《文徵明》书影

极副所需

旅馆岑寂，殊觉愦愦。稍捡旧业，茫然无绪，更安得挥洒之兴也？芋子之贶，极副所需，多谢。

——致钦佩

承惠香几，适副所乏，领次多谢。

——致民望

惠茶适副所乏，领次知感。

——致善卿

古铜天鹿，适副文房之用，领贶珍感。

——致幼于

暖靴步履所须，不得辞也，破例登领。

——致善卿

文徵明打工异乡，独居寂寞。虽无砚边挥洒之兴，然亦无勾栏之恶。得尊契南园所赠农家清品香糯芋头，为慰饱啖，不啻亲情。而年老依凭之香几，文房之馨茶、古铜天鹿之清玩，一俱昭示赠与受者之贤良方正。天寒地冻，囿"欲举小儿殡，不敢受贺"之风俗，遵人与天地和谐、"暖靴步履所须"之硬道理，特情特办，"破例登领"，正极副所需之光明谛。

书虫赴会，被硬蜇塞怀一摞速朽烂籍，则徒增无聊与尴尬。

惠贶骈蕃

乃更辱惠新历乌薪，白粲绿醑，庭实克盈。盛情稠叠，惟增愧悚而已。

——致补庵

《文徵明集·小简》：「适有客在坐」

承馈栗蹄，多谢。

——致子寅

通州李指挥特承远访，且惠鸡肉鱼酒，坚却不得，遂勉强受之。

——致古溪

兹辱专使惠佳茗，得闻起居清胜，殊用为慰。

——致琴山

向辱车马临觇，仓卒不能为礼，顾劳称谢，实深惭悚。

——致南岷

承惠《旧唐书》，侑以凉席，暑月于老疾尤宜，领次知感。

——致南岷

承饷霜螯，雅意勤重，领次珍感。

——致练川

使至，辱书，兼领绵葛之贶，远意珍重。拜赐之余，不胜惭感。

——致天溪

惠蟹非时，雅意勤重。

——致尚之

鲥鱼新茗，领贶珍重。

——致与之

再领新茗之贶，益深惭感。

——致繁祉

适承惠笋鱼，领次慰谢。

——致孔加

承惠新粳，又领手悦之贶，何留意如此？感谢感谢。

——致善卿

承贶香橼，抑何多耶？领次珍感。使还，草草上覆。

——致陈茂才

辱惠脆饼歙墨，附谢。

——致董子元

刀药领贶，多谢。

——致邦宪

新茗佳甚，登领之余，不胜感荷。

——致文学

莲、芰皆佳品，领贶珍感。

——致启之

馈笋多谢。

——致半云

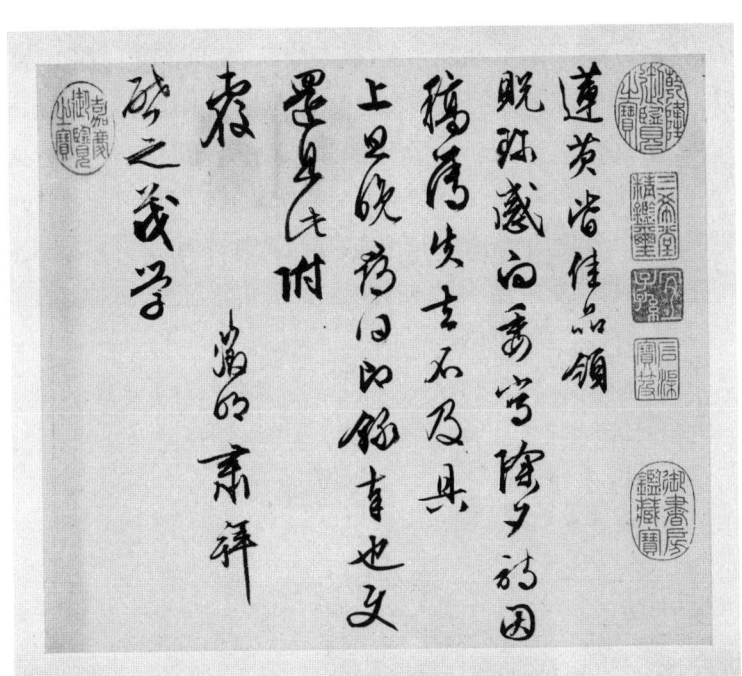

文徵明琅函墨迹

109

且有新粳之馈，□十老人，未死余生，又一蕃尝新矣。

——无款

嘉馈珍重，领次多感；但河豚不敢尝耳。

——致中甫

牛脯区区所嗜，但医家特禁此味。祇辱佳惠，但有感恩而已。

——无款

惠贶骈蕃，是文徵明"极副所需"之尺牍屡现之字，即谓收到之赠品，缘精力、时间、私房诸因，不一一致谢。

其与沈周石田、唐寅伯虎、仇英十洲，誉为明代吴门画坛四大家。颐养砚田，享年九十。

布衣文徵明，名盛艺文，不与乌纱热络，却时常领贶草根间之新历黑柴、鸡肉鱼蟹、河豚栗蹄、粗粝芋头、新茶绿酒、鲥鱼莲芡、凉席手帨、香橼香几、绤葛暖靴诸家常之品，和古铜天鹿、歙墨、《旧唐书》等价廉物美、陶冶道德情操之文房雅玩。他酾酒赋诗，濡毫书画，山水清音，萧然远致。

姑苏周遭，太湖帆影，梅花雪海，果茶弥馨，烟云清芬。尤其四季鲜果，滋养性灵。文徵明生于斯，长于斯，平生漱其芳润。抄得天津人民美术出版社二〇〇一年一月一版《明代书札选萃五》，文徵明水果尺牍一通：

承惠佳橘，聊呈小(试)〔诗〕奉谢：洞庭已别十年霜，橘帖谁传一两行。却恨未盈三百颗，题诗错认右军王。晚生文徵明顿首拜济之太史先生执事。

幸勿却也

礼尚往来。文徵明投之以李：

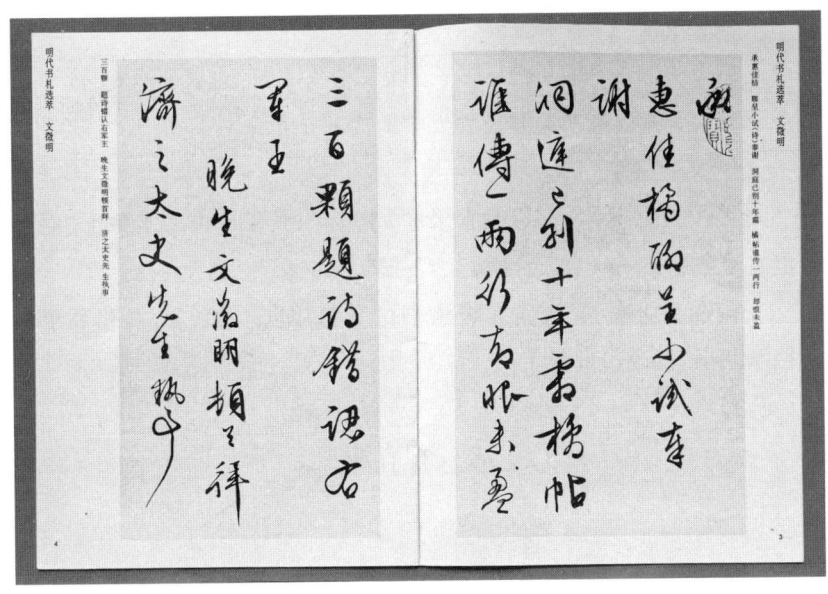

文徵明琅函墨迹

扇骨一事颇佳，辄附往，不足为报也。徵明再拜民望尊亲茂才。

上元佳节，不可虚掷。是日敬洁卮酒，请以未刻过临一叙，小诗先意，庶几不爽也。徵明诗帖子上子传礼部侍史。十三日具。

适得苏帖，颇奇，请即过我一赏，就享粝饭，幸勿却也。专伺，专伺。徵明肃拜孔加文学尊契。十月十日。

偶得冰梅丸数粒，辄奉将意，非所以为报也。一笑，一笑。徵明肃拜幼于茂学尊契。

明日请过寒寓一坐，就享粝饭。若有小雨，当以马奉迎，幸勿以泥水为辞也。徵明顿首民玄太学贤契。廿五日。

清代学人史震林《悔过勤家录序》哲云："其于逢世之术愈正，而于警世之道愈远矣。"

文徵明扇骨粝酒，邀赏东坡法书，"幸勿却也"之兴会，品格高于媚谀揣摩、蛞蝓谩谰逢世者。

适有客在坐

适有客在座，不能详谨。幸恕。

——致中甫

适有客在坐，奉覆草草，容自面谢。

——致尚之

承珍馈，适有客在坐，得以共享盛意。

——致孔加

见惠犀杯，盖旧制也。适有远客在坐，当就试之，共饮盛德也。

——致幼于

适有客在坐，或遇伯乐，或落陷阱，或逢同趣，或乘投机，或谀擢拔，或曝视频，或绯八卦，或遭粉丝，或柳暗花明兮，或急转直下兮。

二〇一三年八月十二日于编辑部

《南园先生手札》：
"言之虽可悯尔，实可恨也"

天趣赋我，少年时代颇喜颜鲁公法书。爱屋及乌，颜韵之钱南园、何绍基、翁同龢、谭延闿诸家法帖，亦兼蓄之。民国大众书局版钱南园之行书《枯树赋》、楷书《施芳谷寿序》帖，疲玩至今。"文革"逍遥所临之颜韵钱何两家之字，自作多情，收印于拙集《疏林陈叶》之中，以志不可重焕之青春。

是册封面署《钱南园墨迹》，扉页小题《南园先生手札》，商务印书馆一九一八年七月初版。我花银五元，淘得一九三五年五月█████第三版。

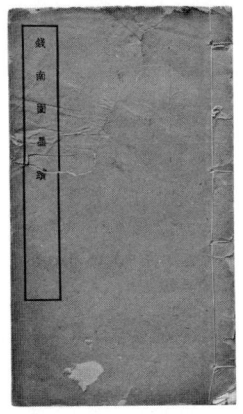

《钱南园墨迹》书影

《钱南园墨迹》扉页

113

墨块所涂，应为"国难后"三字，此由商务印书馆是时他版可证，盖为非常之年代、非常之技术处理。按此书所含内容及扉页题名，我们这里改称此书为《南园先生手札》。

钱沣(一七四〇——一七九五)，字东注，号南园，云南昆明人。乾隆三十六年(一七七一)进士，官至通政司副使。

《南园先生手札》，哀尺牍六通。其中"窀穸大事，已获吉地"之愫，占三通。我二哥病逝后，我与兄弟姐妹反复斟酌，"窀穸大事，已获吉地"于海上远郊青浦人文园林福寿园新区。墓占地不足一平方，售价廿四万。墓块之间，有一人工小渠，种树栽花。哥墓近渠流，属于优质"景观房"，故是价。钱札另有二通道及：

札不能即报，一以先子窀穸事迫，一以所议待者久不至，是以迟迟。今所待复不至，谨别为之。所得孙氏者，较前觉尤可，是以与达夫共图于本日未刻，诸皆帖妥矣。

待者，寓将嫁、续弦、填房、小妾、小三、家政保姆诸意。

钱南园于别通"并及"尺牍，为孙氏写真：

是女置第四弟妇所两月余，性情大具，尚无他，唯苦女工不甚娴。究其所以，伊父不事生业，手握一鹑，即可终日。十日之中，四五日不举火，菜根填肠之不暇，一切针黹，何从试手？言之虽可悯尔，实可恨也。并及。

南园末札末云：

至予孙氏女父母一札，固仁人之用心。然观其题签，鄙意以为过当；抱子之后，或再稍加以恩，而无容隆其礼于彼，所全似尤多耳。

114

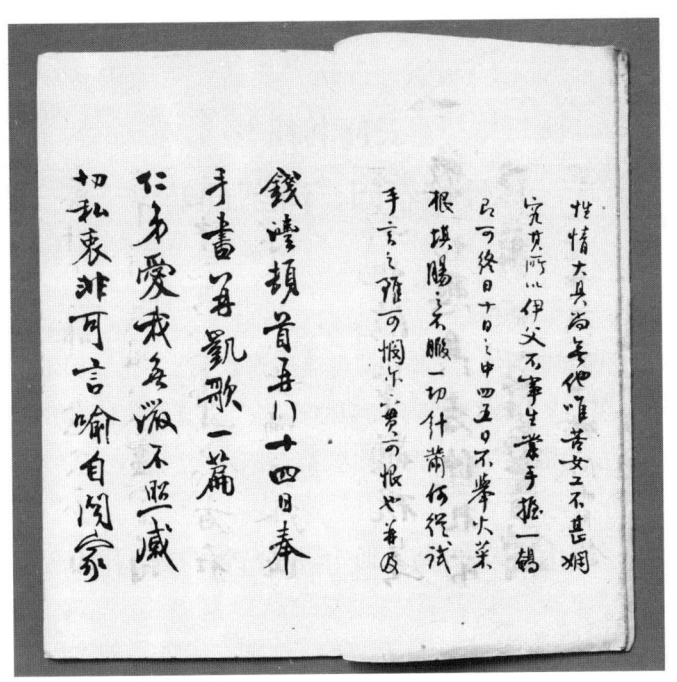

"言之虽可悯尔，实可恨也"札手泽

谨封还或为其女自致，而代为之书，亦无害欤。沣顿。

此"鄙意以为过当；抱子之后，或再稍加以恩"之判，乃以是札"唯冀兰征"，与前札"令其载途，指日兰梦，协卜必早以示我也"之是否怀孕（兰征、兰梦）为硬道理之据。

"言之虽可悯尔，实可恨也"，意即"可怜之人，必有可恨之处"之哲语，亦若"宁吃低保，惰不工作"之咄咄寄生世象。

二〇一三年九月十四日星期六制于天钥书屋

《云莛书札》:
"性情学问，不能强同"

一九九四年四月八日，我在博古斋见到《云莛手札》，因不识书名扉页中繁体"莛"字，遂訾然淘下而束之高阁。今退归疏林，检字典而阅，觉悟其撰者多为贤良方正、理精辞达、醇茂渊深之宿儒学人。

樊山酬文如潮，"晚年五分钟可成一律"

《云莛书札》，杨寿枏著，铅印线装。一九四三年仲秋，刘体蕃扉页题署。杨寿枏云莛先生，光绪十七年(一八九一)举人。民国以后，曾任财

《云莛书札》书影

116

政次长。为冷面滑稽樊山学究之弟子。书札中，时有其师挥毫速酬之纪实。《与王书衡书》云：

> 樊山丈诗文稿，兄允为排比整理，极佩高谊。惟全稿多至五十三巨册，若付石印，恐需数万元，无从筹垫。樊丈尝语弟，晚年五分钟可成一律。其中大半，为应酬游戏之作，付印时，须删去。

《复曹缏衡书》云：

> 樊丈去秋来津，下榻小斋。夜阑谈艺，谓晚年每五分钟时可成一律。其中游戏之作、应酬之篇，身后刻集，均宜汰去。弟请以编辑之事，付之书衡、治芗，而自任校对。春间晤书衡，云全诗石印，需七万元。若分别去留，颇难下手。治芗拟以题目分去留法，甚简易，且与樊丈之意相合。

《与令弟妹书》云：

> 兄闻樊山讣，来平前日往吊。空斋尘榻，顾视凄然。老人病中，曾贻书约兄一面。兄以病后气虚，迁延半月，孰知其不及待耶。
>
> 晤其令侄令媳，详询家事，知遗产尚有现金二万元，股票二万元，足敷饘粥之资。后事由傅治芗料理。诗文稿五十一册，王书衡拟为编辑付诸石印。老人尝语兄：晚年多游戏应酬之作，刻稿时，须斟酌。此意当为书衡言之。

在以经史子集为维他命之时代，要得心应手、乐此不疲地做花枝招展之应酬文字，有时比做八股试卷尤难。既要使求者心满意足，又要使银子安然到手，岂易于反掌乎？一如当下红包专版，既不能显仆隶舆台之露骨，又要掩褴褛而吸引读者眼球，首先得从视觉设计上，将其蟫灰鸡肋形象精心包装一下。

樊老学究，青春焕发。应酬文速，胜过电脑。搦毫与银子，两手都硬。其缘有二：

一因《复侯疑始书》所记：一八七七年，三十一岁之樊山，北漂进京，"广雅相国（张之洞）索阅近作，诧曰：'君诗何精进乃尔？岂枕中别有鸿宝乎？'樊山曰：'无他。不过多读宋诗耳。'广雅爽然。"

一因《上陈弢庵太傅书》纪述："樊山丈来书云：'日前，倾跌伤足，精神尚佳。'盼枉一面。"

日薄西山之黄昏老人，能幸得"倾跌伤足"之青睐，确证其赶场应酬，精神旺盛；足健翰舞，枕中别有鸿宝。

我上下班，或晨或暮，常于陕西南路熙攘人群中，见以经典连环画《山乡巨变》铭感我们这代心怀之八十八岁画家贺友直先生，独自一人，脚踏实地，悠悠闲庭信步。他从巨鹿路上海作协附近之寓，转至陕西南路，微微益目，洋洋盈耳，神态超然南行，再朝西拐入长乐路，绕圈归寓。贺先生嗜酒如命。他的名片，印沁"画匠酒徒贺友直"和"有约稿者请寄信（地址·邮编）；请喝酒者拨电话（号码）"之散淡醇和。一路漫步，无人识之。遥想雅藻，清风藉甚。其人其画，必因足健而传信后世。

陕西南路与延安中路之十字路口，乃一高架天桥。八月中浣一晨，依然溽暑。我行至巨鹿路口，巧见贺先生转出。其头戴米色太阳帽，身着横条T恤。双眸透过镜片，清炯明亮。左手夹一牛皮纸大袋，气定神闲，一步一步，跫然登上天桥。矮矮敦实之身，背负朝暾，在我眼前，冉冉升高。此行何去？必赴文汇报、新民晚报之文新大厦。

心平气和、双腿嘉祥者，其果必硕。樊山如是，宾虹老人如是，白石老人如是。

二○○九年九月七日，白露，灯下

贺友直："要我题字，简直是牛吃蟹也"

杨寿枬《复族叔祖章甫先生书》涵"性情学问，不能强同"之愫。人之一生，有性情而无学问者，终比有学问而无性情者，紫蟹黄花，活得散漫自在。

一九九五年六月，我叨陪末座，随黄若舟、哈琼文、戴敦邦、应诗流等十位海上画家，乘船赴浙江奉化举办画展。

船颠头晕，我心情却十分愉悦。

傅抱石《山水人物技法》、贺天健《学画山水过程自述》、谢稚柳《水墨画》、余彤甫《怎样画山水》、黄若舟《花鸟画技法》，这五本书，于少年之我影响颇深。前四本之原版，珍藏至今，依然不释，与著者无缘一面。唯独黄著，神龙不知去向。数年前，曾在旧书摊不意遇之。老板开价五十元，未购而悔。手头不见此黄著，却与著者见面频然。此缘于我中学语文老师秦学林先生，亦为黄先生女儿之班主任。二十世纪七十年代，我于工余，常随秦老师赴刘海粟、张充仁诸贤寓居之复兴中路淡水路口之黄寓，请益书画。

黄寓老洋房。时维"文革"。转梯二楼，屋内一壁挂着"革命样板戏"《红灯记》李铁梅高举红灯闪闪亮剧照；一壁挂着同窗书画印三绝之来楚生先生隶书毛主席《送瘟神》"天连五岭银锄落，地动三河铁臂摇"诗句。来先生艺坛独步，作品弹眼落睛。

黄先生为万世敬仰之园丁，故口不离"教育革命"，亦偶涉其畴之给力大著《汉字快写法》。读其著若隔靴，观其践为亲炙。请其作画，其毕恭毕敬，一心顶礼。"伟大领袖毛主席喜欢梅花，就画红梅吧。"铺纸圈染，蕊英苍润。书毛主席《卜算子·咏梅》"待到山花烂漫时，她在丛中笑"句于画之左上。盖为宁"左"勿"右"思潮之映带。钤印展赏，满屋彤红。

一以贯之，如是如是。

　　昨检百封鱼笺，其中一九七四年秦老师一墨函云：

礼拜天上午顺道来贵府偕同共赴若舟处一赏奇文，请勿走开。

　　　　　　　　　十二月十九日(钤"学林"朱文印)

　　随函附黄先生致秦老师一札：

秦老师：

　　嘱画率成报命，即希指正！

　　为了教学需要，我们写了《儒法斗争对书学发展的影响》一文。其中有些问题尚待商榷。拟请提供修正意见。我们现在工厂开门办

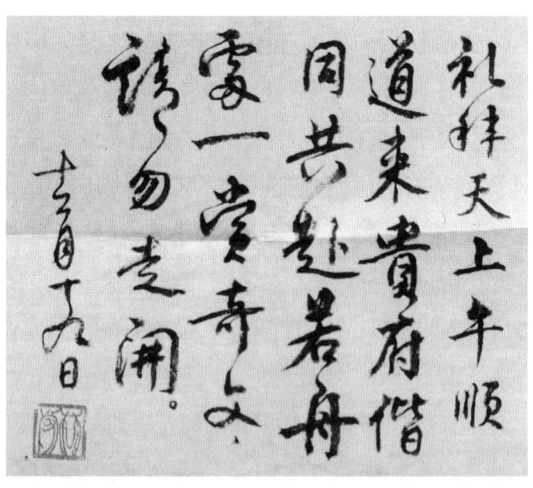

我师秦学林先生致我尺牍

学，每天早出晚归。请你定时间和地点，以便当面商讨。

专此，并致敬礼。

黄若舟，十二、十五

在这场轰轰烈烈席卷神州之"儒法斗争"中，就黄文商榷了什么，今无丝毫印象。倒是当时人手一册上海人民出版社一九七四年六月一版，王焕镰选注，钤"赠阅·上海重型机器厂革命委员会政宣组"之《韩非子选》，今日尚存橱中。颇具一时影响之《汉字快写法》，今天，再快也快不过互联网了。

船途，八十七岁之黄先生，蓦闻刘海粟百岁庆诞请柬早已发罄，顿显

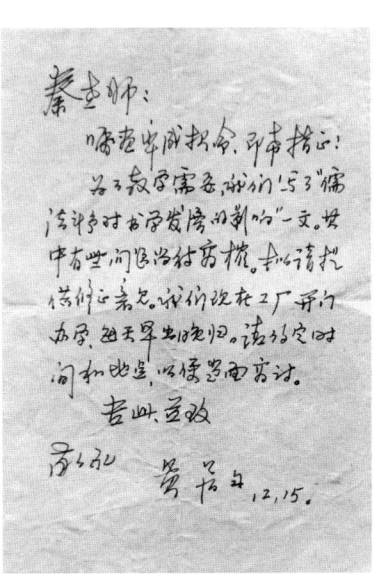

黄若舟先生致我师之尺牍

怅然若失、闷闷不乐之绪。

哈琼文先生创作的宣传画，重镇于二十世纪五六十年代。其代表作《毛主席万岁》及《食堂办得好，生产劲头高》，彰显于大街小巷、里弄、学校、工厂、乡村，弥目处处，我上学来回路上，天天面晤，至今回映。

哈琼文先生是北京人，操得一口纯正的京白。行年七十，白衬衫愈显文静。

晚饭，我与身穿沾着墨迹、色渍中式衬衣之戴敦邦先生，闷头不语而食。

戴先生乃当下画坛《红楼梦》之翘楚。几位大人，听说边缘不声不响者，是画《红楼梦》之戴敦邦先生，一哄而来，哈腰举杯："戴老，请！戴老，请！"是时也，戴先生不过五十出头。

翌晨，我与戴先生散步于宾馆庭院，见一辆小车载着包括一摞宣纸的文房四宝悄然而至。戴先生严肃地对我轻语："昨晚吃人家，今朝现开销——还债！"

时为朵云轩画廊经理之应诗流先生，原先钟情搜尽奇峰打草稿之山水画，后染恐高症，畏于险山危岭之写生，改弦更张而画它品。

应先生始终独自一人，遛达于候船室外，直至检票方进登船。

到达宾馆，我与应先生同寝一室。只见其将床单、枕套、沙发诸物，统统掸抽抖搂一过，我恍然应先生乃洁癖仁者。其保持距离，不进狼藉候船室，盖洁身自好、拒绝同流合污之守节也。

应先生羞与当众挥毫之作秀家为伍。包里有沓每日濡翰之练习稿，以一本正经应付腐木湿鼓、浮煽不休者之索。

其时，我编辑《文学报·博闻》专栏。刊头题字，每期一换。闲潭清泰，我请戴先生转邀贺友直先生题书。不久贺先生尺牍果然：

福眠先生：

敦邦之命不敢不从。我虽会写字，但不曾练过书法，要我题字，

疏林尺牍

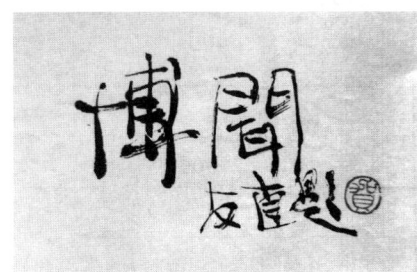

贺友直先生题书

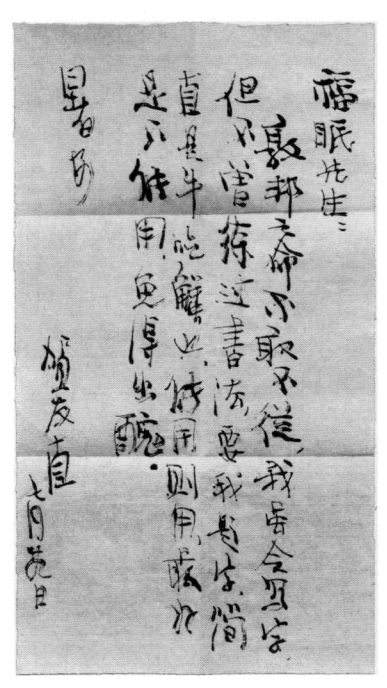

贺友直先生尺牍手迹

简直是牛吃蟹也。能用则用，最好是不能用，免得出丑。暑安。

贺友直，七月廿九日

纸短情长，自得谐趣，此亦性情学问之朗诣。

二〇一三年八月十八日夜，赤膊补书于海上天钥书屋

《摹刻砚史手牍》:
"唯有徐徐留意觅之"

昨书肆送来《叶氏医案》,皆翻板,不堪入目,故未即留。嘱买孙北海《碑帖考》、夏醴谷《论史》等书,及前开诸书帖,肆中竟不可得,藏书家弟又暂绝往还,无从借抄,唯有徐徐留意觅之。

被嘱托代买书籍,乃书虫间十分尴尬事之一。受托者,按图索骥,穷于二命:疲于奔命,难辱使命。嘱托者,内心嘀咕:君居大市,书城堂皇,何以难觅,真不上路。孙犁先生买书之经验,洵为无上:

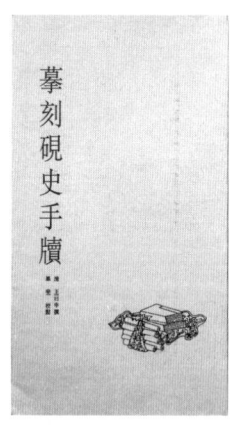

《摹刻砚史手牍》书影

124

进大书店，不如进小书铺。进小书铺，不如逛书摊。逛书摊，不如偶然遇上。

——《野味读书》

这一心灵经验，为"唯有徐徐留意觅之"的诠释。

一位宿迁籍书虫，素昧平生，给我一函，嘱我代其淘书。此比开单托买书籍，更为尴尬。其一，每人志怀书趣各不相同；其二，淘书之乐尽在"淘"字。即"唯有徐徐留意觅之"蕴含的"偶然遇上"之无喻惊奇和愉悦。否则，一如电话订购，快递送上门之肯德基、桂林米线、沙县小吃，了无堂选堂吃之浓兴。

首引"唯有徐徐留意觅之"短札，摘自清人王曰申《摹刻砚史手牍》。是书，为中国美术学院出版社"艺苑珠尘丛书"之一，二〇〇〇年三月一版，仿线装眉批红字套印，共一百三十五页，价廿二元五角。我"唯有徐徐留意觅之"，于二〇一一年十二月廿四日，淘得于海上福州路图书公司三楼特价书大卖场，价十三元五角。

《摹刻砚史手牍》存尺牍十五通，乃清代山水画大家"四王"之一王原祁五世孙王曰申，受以刊行《国初十家诗抄》名闻于世之收藏家王相之聘，为其镌刻"扬州八怪"之一高凤翰《砚史》所载数十方名砚时，商纪采石、选石、甄别、尺寸、勾样、拓技、资金、咯血、子夭、嘱托诸孤脂苦心。王于书画、铁笔、医术，擅于斯，逝于斯。一八四一年，龄五十有三，刻砚未竟，病归道山。

通读十五通鱼笺，"唯有徐徐留意觅之"心语，如眉黛而撩人。

一九六四年深秋，少年之我在福州路上海旧书店，检见人民美术出版社一九五九年版胡佩衡、胡橐著《齐白石画法与欣赏》，欢喜无量。那日，因在是店对过之古籍书店，淘了数本民国有正书局石印本字帖，余钱不多，无奈憾归。青山依旧水仍绿，可怜花落莺乱啼。此后数十年，我疏林耿耿，"唯有徐徐留意觅之"。

帆影连云，蝉声送晚。《齐白石画法与欣赏》，恍然于心间。一九八三年初秋，我忽然想起负笈上海师范学院图书管理系之王新华兄，去函请其为我一借。

一九六八年九月，王兄与我同进远郊矗立万吨水压机之万人上海重型机器厂，且同一车间，同一班次。亦为一志气郁勃之文学青年。

老辈师傅称工件为"生活"，称毛刀加工为"吃烂饭"。多吨位毛坯庞然大物，"吃烂饭"时间极长。王兄即在大立车床旁，倚破工作椅，面晤大号TK双刀同时切削所迸发的阵阵火星、热量之火热生活，捉笔深情创作"到处都是年轻厂房"——被办过铅印厂报之资深文化支部唐书记批评"通也勿通"，实则相当前卫之车间黑板报诗。其做夜班，诗兴亦如此。既可驱走折磨人之眼皮瞌睡，又能荣获生产与创作双丰收。此情此景，正副意气风发的八十年代之时风；此景此情，也常被值班工长当场捉牢并呵斥，以上班辰光写瞎七搭八违纪而扣月奖而株连季奖而年终奖。迭遭经济损失，王兄觉悟"火热"生活无益创作，毅然决然于举业，捷然中举于上海师范学院。

王兄复函云：

> 函中所提各书，已查卡。关于齐白石方面的花鸟画集、书画集有几种，但未见你所点到的《齐白石画法与欣赏》《花鸟画技法》、中国画家小丛书《齐白石》。他的传略我馆有，还有一本《齐白石研究》。蒲华与虚谷二画家的书一本也没有。《吴昌硕》一书有收藏。
>
> 阁下能光临敝院，欢迎之至。本星期六我可能不在。知你周六下午有空，我当在下周六下午二时许在校门口恭候。万一我走不开，请你径直往西到我馆。门口一般不会设阻。

二十世纪九十年代。有一次，我淘书回归路上，不意遇见王兄。他

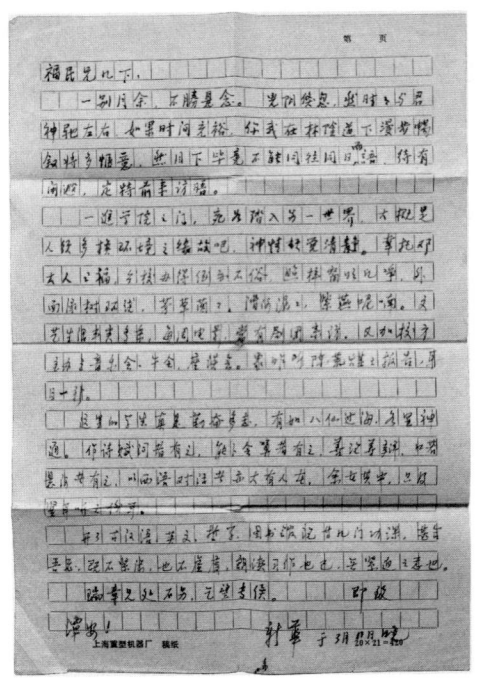

王新华道兄之复函

见我挟着数书，惊讶问道："侬还在淘书？"老三届之我，艳羡问其读大学之感悟，他昂然而答："成才不如发财！"

《齐白石画法与欣赏》，二版于一九九二年。我于美术书店蓦尔见之。是时，我已吃报饭，于图版以新闻照标准鉴之，见二版图版若白内障。一如一九九二年二版本贺天健先生《学画山水过程自述》，反不如一九六二年初版本明朗清晰。青春已阑，透过老花镜，这本二版之《齐白石画法与欣赏》，遇而弃之，交臂未购。

前年春间，我退归疏林，返聘打工，请同仁李凌俊女史代我天真网淘。

是书初版二版，若白石老人册页，俨然拍品，悦盦诗云"粉墙雨过蜗书篆，芸简香销蠹绣花"。我"唯有徐徐留意觅之"的情愫，蒸蒸依然。

二〇一一年十一月，我于海上宜山路博库书城，不意又见北京文化艺术出版社大开本新版《齐白石画法与欣赏》。抽出摩挲，心田油然李益"问姓惊初见，称名忆旧容"之绪。

王明明先生新版《齐白石画法与欣赏·序言》云：

文化艺术出版社二〇一一年四月版《齐白石画法与欣赏》书影

是根据现有条件而修订再版的。

《齐白石画法与欣赏》于一九五九年由人民美术出版社首度出版。著名画家胡佩衡与齐白石相交几十年，对于齐白石的艺术有着相当深入的了解。其子胡橐也拜齐白石为师，跟随白石老人多年，十分熟悉齐白石的为艺之道，有着近距离观察齐白石作画的经验与心得。由此父子二人合作，对齐白石艺术做了全面而深入的阐述。极为可贵的是，书中叙述完全以第一手资料为主，为后世了解齐白石留下了许多难得的珍贵材料。加之二人都是画家，视觉和作画经验非常丰富，所以在叙述上能够深入浅出，通俗易懂地把齐白石的艺术明明白白地讲清楚，说到位。此书在二十世纪八九十年代还被香港和人民美术出版社再版过，依然受到读者的欢迎。

今年元月廿日，我清兴婆娑，晨练后再赴博库，怵然八十二元，朝揖抱归是书。既为新年之开卷，亦是对己亹亹不倦"唯有徐徐留意觅之"精神的自珍。

二〇一二年一月廿四日大年初二制于花桥花望草堂

《刘石庵手札》:
"徒相对含愁,大非学问之道"

　　《刘石庵墨迹》,商务印书馆一九三七年五月"国难后第三版",晚清大书法家何绍基之孙何维朴封面题署,收录"石庵(文清)节录,己亥春正月十一日,灯下书至第廿一行'时'字,次日饭罢书记"之《颜含传》,和致二哥、五哥、十侄,共八函之翰墨。册末有"文清手札壬子(一九一二)仲春得于厂肆。夔庵识"之跋。为持是辑篇名一致,依夔庵识,将书名改为《刘石庵手札》。

　　清代金石书画之坛,有誉垂千古两大家,其法书我特偏嗜。一为山

《刘石庵手札》书影

130

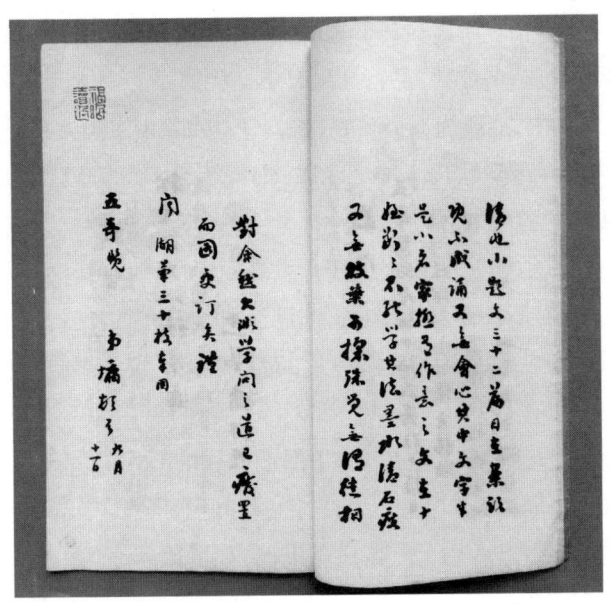

"徒相对含愁，大非学问之道"札手泽

水画家龚半千，一为书法家文清刘石庵。龚为江南布衣，刘为朝廷高官。是册，有一通致其五哥谈读书之函：

> 小题文三十二篇，日在案头，既不成诵，又无会心。其中文字，半是小名家，极有作意之文。在十侄，断断不能学其法墨。水清石瘦，又无枝叶可探，殊觉无谓。徒相对含愁，大非学问之道，已废置而图更订矣。

东风入律，在文化晔如春花时代，小名家之作，亦令后昆虔诚仰望。列于今朝，洵为大家。

131

名家大小,相对而言。其小时,性情浃洽,笔墨生机勃勃;而一变"大家",獠语饰句,骛名炫利,品行江河日下。

黄宾虹先生,能成为遗世独立、法备气至一代山水画大家,原因之一,乃其心领神会、潜移默化于得之冷摊、绝俗故远、不屑追趋、无人问津的小名家、无名之辈精妙意气法绘。

刘石庵书法,弃唐宋而宗汉魏晋意韵,独步一时。其位居高官,衙气骄然十足。官腔所及,习惯成自然,濡沫已"极有作意之文",又矜慎于"标准答案"与"红头文件"之严格程式,对小名家活泼文墨,必然"殊觉无谓"。

这派无文人物,于大庭广众、下属面前,执笔故作高深,表情威严莫测,腔调十足;周遭候签粉丝、为其打工者,低眉屏息,毕恭毕敬,木然视其扭毫,春蚓秋蛇般而涂。气氛庄严肃穆,如撰悼词。

观赏刘石庵法书,其中灵动妍稚、卷舒拙趣之作,定然自由散漫,放肆于家中和老婆面前。否则,与其衙气诗文一辙,"殊觉无谓。徒相对含愁,大非学问之道"。

我在博古斋,曾抄得扇面小品:

> 宫霜桥善画能诗。余在李明府屏上见其《秋夜寄友》云:"新凉如水扑帘钩,唧唧虫声动旅愁。人到饥寒才作客,树无风雨不成秋。静听砧杵催长夜,误涉关河说壮游。正是相思无着处,一声征雁下西楼。"又《新柳》云:"青未能牵花市鸟,绿将扶出酒家帘"。壬戌(一八六二)闰八月为吉生仁棣大人正。承熊(钤白文"李承熊印")。

又抄得冯振鹏、尤荫行书双挖条屏:

> 好风吹送孝廉行,竹叶轻舟载一罂。岂有鸠人羊叔子,善能造酒魏元成。未尝良药心先喜,昨见异书眼倍明。浅酌微窥得其趣,

知君曾梦笔花生。

　　梅宾先生省试，载酒见惠。前数日曾有新刻大著之寄。因并及之，录以斧政。庚申秋七月望前四日，水邨弟尤荫拜稿。

　　宫霜桥、尤荫两位小名家书虫之文翰，灵运清发，教人渐入水清石瘦、心襟潇远之境。非性情中人之大名家永远缺乏的，正是这一循境涉趣之天赋。

　　　　　　　　　　二〇〇九年十一月一日，昨夜雨今降温

《谭祖庵论诗书手札》：
"非惬意书，不可学也"

　　学习书法，授受各有其法。读中华书局一九四一年五月再版，依手迹影印，致"吉光先生左右"之《谭祖庵论诗书手札》，又悉谭氏"舍弟"法。

　　谭祖庵即谭延闿。向其讨教书法之吉光先生，书法师颜。其非直达摄取颜真卿神韵，得盛唐大气，而是就地取材，隔壁请益。能与以"国民革命军第二军司令部用笺"复函者发短信，亦非凡夫俗子。祖庵先生复云：

　　　　舍弟寄来所临南园书，皆从真迹临写，笔力甚坚卓，足药软杳之

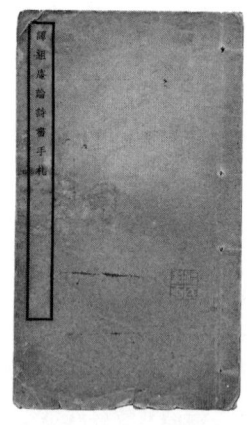

《谭祖庵论诗书手札》书影

病。又来书,学南园行楷,亦有神似处。今并奉上。

"舍弟"即谭泽闿。与其兄一辙,书宗颜体。从此函语看,泽闿学颜也非径取鲁公,乃因陋就简,用功于以写颜体名闻清坛之钱南园。

少年之我,淘玩于古籍书店。民国有正书局版钱南园、何绍基法帖,几乎泛滥。那时所临《钱南园书施芳谷寿序》大楷,珍藏至今,留影于拙集《疏林陈叶》。老屋临摹,映然眼前,而我已退归林下。其时所购《南园书顺气序》,岁月骎骎,伴我终老。

祖庵先生于另一函中告诫:

> 眼高手低固是一病,然恒不自足之心,亦即进步之一端。日计不足,岁计有余,不仅良吏为然也。吾书不足学,学之徒增习气,仍以学古人为宜。舍弟书则工于我。近有数信,言翁文恭日记,颇详。特以寄奉,不足示人耳。

文学与金石书画之道,不可言传,全凭天赋。既知"仍以学古人为宜",却一味推荐舍弟,盖有三因:舍弟之书,确高一筹;洒家亦确眼高手低;吉光先生确无灵气。祖庵先生又函授吉光云:

> 舍弟寄来刘钱何字照片,技虽不精,原迹精神尚可见。特以奉赠。观古人用笔,乃知今人之非,则艺进矣。

清代之刘石庵、钱南园、何绍基,为书坛学颜三大家。少年时代,我因读淘得之《老残游记》而悉何绍基(蝯叟)大名。每星期数次,从打浦桥步行两小时至福州路古籍书店,痴觅何帖,然后再安步当车两小时而返。一九六八年六月,逍遥而临何书《西园雅集图记》墨迹,青春翰痕,我也录影于拙集《疏林陈叶》中。

135

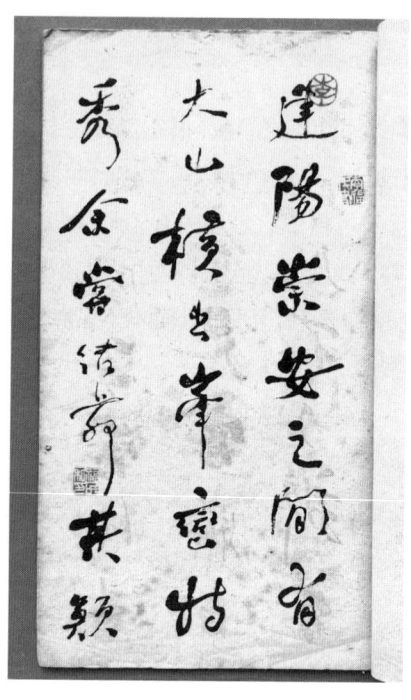

何绍基录朱熹题画跋墨迹

其时所淘有正书局一九二〇年八月六版《何蝯叟行书墨迹》，其中数通，我至今玩阅：

建阳崇安之间，有大山横出，峰峦特秀。余尝结茅其颠小平处。每当晴昼，白云坌入窗牖间，辄咫尺不可辨。尝题小诗云："闲云无四时，散漫此山谷。幸乏霖雨姿，何妨媚幽独。"下山累月，每讽此诗，未尝不怅然自失。今观米公所为左侯戏作横卷，隐隐旧题诗处，似已在第三四峰间也。又得并览诸名胜旧题，想象其人，益深叹息。

136

大姚江去苏城东南二十里，临诸江湖。江则吴江、白蚬江、小龙江，湖则陈湖、叶宅湖、车坊漾、独墅淹是也。大姚地可百亩，浮诸水之间，有小山高不满数丈，上有古刹，周围有深渠数匝。

清风明月。册中小品，何绍基于一八四七年秋分书于松筠庵。意兴辄至，录自朱熹题画跋语与前贤笔记。

书法之法，包含读书。祖庵先生于札中直抒版式：

　　蒋刻件，另以二册寄丘云，乞交去。此书刻，过精美，无古意。非惬意书，不可学也。

大凡装帧弄得像景泰蓝之品、精光浮滑、浅薄艳俗之籍，此作之人，必为毫无品位、欺世盗名、狐丛兔窟之流。

夜读抄"舍弟"之兄"二凡三宁"语录收场：

　　凡作书，不可过矜持，过求肖。二者皆足灭灵机也。

　　凡学书，愈觉拙劣，即愈有进境。盖眼之进，每先于手。知不佳，则佳者在后矣。

　　作诗与写字同。宁涩毋滑，宁拙毋俗，宁苦毋易。

总而言之："非惬意书，不可学也"。

　　　　　　　　　　　　　　二〇〇九年十月廿六日，重阳

《林则徐书简》:
"徵写成征字与龟兹二字似不好看"

疏
林
尺
牍

徵收之徵，写征字似不好看，祈嘱令作徵为妥。

龟兹二字不好看，可称渭干。

上录两句林则徐"不好看"函语，前句见于其总督两广期间《致怡良》之函，后句存于其流放新疆期间《致郑夫人、林拱枢·第六十一号》之函。

检夹于福建人民出版社一九八五年八月一版杨国桢编《林则徐书简》(增订本)中阅读札记纸片，钢笔签书"一九八六年除夕前一日"，于

《林则徐书简》书影

138

古籍书店购得是书,四月份始阅之。廿六年后的梅雨之季,我重读是著,感佩林则徐醇儒之本色,清尚之义心。

> 江乡二月,杨柳青青,梦到田家辋川图画,令风尘鞅掌中人因羡生妒耳。

> 弟□江解缆,偕汤鱼村同行,邀为天台雁宕之游,所见奇峰巨壑,飞泉怪石,为平生未有之境。

> 弟自嘉平月朔起程,适值淮、扬一带河道全冻,敲冰而行,仍不能进。

> 惟是千里轮蹄,踬穿膝僷,桃花潭水,不及汪伦。

林则徐于颠沛穷荒、风餐露宿之赴任、流放之困顿难看中,"梦到田家辋川图画""敲冰而行""桃花潭水,不及汪伦",性至通而自然有节,洋溢着王维、刘鹗、李白之熙怡好看,亦其《致家人》"目今风气,用意用笔,忌与人雷同",力避时尚时俗"好看"之慷。

戎马倥偬之林则徐,于同道隶卒,识鉴品藻,时有弋获。他们不但人品笃厚,文字也相当好看。

> 梁廉访人甚明察,且极公恕。

> 新藩梁楚香,人极爽直勤明,甚为可靠。

> 庆参赞昌则由巴里坤总兵新擢来此,到任月余,一味老实而已。

闻旗卷有福全者,书法极佳,必可鼎甲,亦妙事也。

却有一文巡捕(本在督辕)谢德淳,三十一岁,字比杨国钧更好,甚快不错,此颇难得。

开子捷在此晤后,甚为殷勤,渠系东三省人,倜傥英伟,又好文墨,并留心时事,将来必当大任,如额勒登保、德楞泰之流亚也。

艰难苦恨繁霜鬓之林则徐,患有严重之疟疾、鼻衄、喘咳诸不好看之疾。此况,其仅告语于太太、子女,邻居同窗梁章钜、杨庆琛,儿辈之师刘建韶,亲家叶申芗等乡党及旧属幕佐陈德培:

所以迟迟未遑作答者,始以痁疾牵缠,旋止旋发,延至百余日之久,迫病起而笔牍山积。

——《致梁章钜》

日来且患喉痛,疗治两三日,始无他虞。

——《致杨庆琛》

我自前月下旬至今,咳嗽颇多,鼻红又复常发,夜间多不能寐,心颇担虚,所以常寻喜乐之事,以娱心目。

同乡有南台邓姓者,为烟案牵连到此,其人却不吃烟,胖而且壮。据云在家累世行医,现于伊犁行道,请之者颇多,昨服伊所开天王补心丹加减之方,一连数剂,觉夜间稍能成寐,只可照此服去,总要鼻红不来乃放心耳。

——《致邓夫人、林汝舟·第十六号》

140

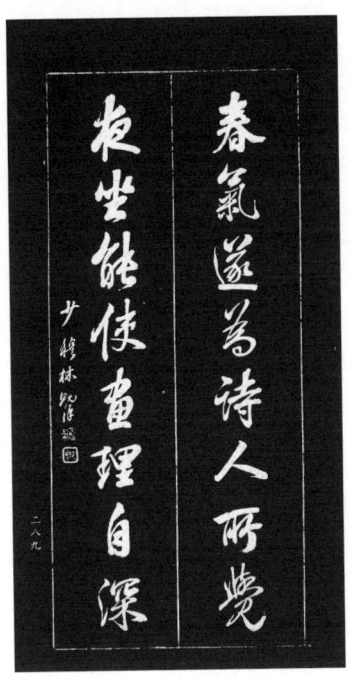

林则徐书"好看"之"春气夜坐"七言联

弟别后于重阳前出关，沿途寒燠靡常，亦与关内相仿，迨过伊吾以后，则皆雪海冰天矣。子月九日行抵伊江，即就惠远城中一廛侨寄。因途次煨炉食炙，积热归于肺经，发为鼻衄、喘嗽等病，几难支柱。兹服清肺之剂，加以静养，庶春融之后，可冀渐痊。

——《致陈德培》

弟自抵戍以来，叠发鼻衄之症，腊前尤甚，几不能支，幸服清解之剂，加以静摄，近日甫觉轻减，借以告慰注怀。

——《致刘建韶》

141

弟伊江跧伏，倏将半载于兹，啸侣命畴，并不岑寂，惟鼻衄之症，不时举发，稍服凉剂，又与脾泄相妨，衰病侵寻，亦惟委怀任运而已。

——《致刘建韶》

鼻衄之症，偶止仍发，且复时有脾泄，用药每致两妨。承检方书，一一开示，纫感奚如。惟四物中之归、地二味与夫黄岑、天冬之属，往往入腹则泻，不如依来教勿药一说为得也。

——《致陈德培》

弟在戍连闰计之，已历十四个月，虽邓、文二公已有刀环之唱，而运数各殊，不敢援此而生希冀，尚幸鼻衄之证，近已稍轻，惟于折脚铛边烧败车薪，煨脱粟饭，且复过此残冬耳。

——《致刘建韶》

孱躯自二月来咳嗽不止，竟至失音，其他鼻衄、脾泄、疝气诸疾迭起丛生，不得已奏恳圣恩，暂请给假，尚未奉到批谕，兢惕弥深。

——《致刘建韶》

不好看、好看，好看、不好看，于日常生活，乃青菜萝卜，各人喜爱，两者随风云而或今是昨非，或昨非今是。诚随园夫子之慨言："当作兰亭醉本看矣"。

二〇一二年夏至前二日草，七月四日高温，赤膊制毕

《林纾诗文选·书信》：
"文字缘悭，香火缘短"

少年时代，我无意读到新文学时期鞭挞林纾琴南的杀伐之文，蒙昧以为林琴南乃一位阴森暗斋中瓜皮帽低遮阴鸷之庞，专作毒蕈之文的封建遗老。

及至二十世纪八十年代，淘得一九二九年六月上海大中书局再版，苦海余生刘锦江哲庐编纂、胡寄尘校订之《文学常识》，读了其中林琴南之《论文》《论画》二长文，佩其渭城高唱，识见卓荦。是后，又淘得商务

纪念林琴南诞辰一百四十周年商务印书馆版《林纾诗文选》书影

印书馆宣统二年(一九一〇)四月初版铅印线装之《畏庐文集》，吟诵其晚清无出其右、恣意尽情之游记，悟其源于无师自通之山水画、矻矻读书、孜孜交游与鉴藏。

　　一九九七年五月五日，我又于海上福州路河南路口之科技书店，即民国商务印书馆读者服务部，购得商务印书馆一九九三年十月一版，李家骥、李茂肃、薛祥生整理，"此书为纪念林纾老人诞辰一百四十周年"之《林纾诗文选》，价八元六角。付款后，嘱钤"商务印书馆创立一百周年购书纪念"正楷蓝印。

　　不知何因，是书文章部分，特诣之游记，一篇未选。而情真意切、凭尺眷依之尺牍，入选百余通，颇为可喜。

　　孙犁先生慨言："文人与官员交，凶多吉少。已为历史所证明。"林琴南《与胡孟玺书(二)》云：

余生平苦极，却幸不曾窥足宦途。洪宪僭号，天下名士几无免者。王湘绮、缪小山、刘星叔、严几道皆以不资之身，为项城所玷。老人出生入死，亦几濒于危，所赖少无宦情，故不坠于凶焰耳。

　　此标揭襟言，彰显其道德文章，令人敬仰清晖。

　　林琴南挚友李次玉谢世，其致李畲曾函云："文字缘悭，香火缘短，吾于次玉有至憾也。""文字缘悭"之"文字"有二意：一为读书指针，一为著述识鉴。"香火缘短"之"香火"，即缔交之谓。文字与香火，皆由天缘，亦即风格形成之天趣因缘。

　　读小学时，我借得民国石印《芥子园画谱·山水》《古今名人画稿》，天禀喜其"粗笔"山水，即龚贤、黄宾虹、贺天健辈浑厚华滋、书法独标之富款一派。

　　中学时期，又于八仙桥书亭购得北京中国书法研究社编《各种书体源流浅说》，图版之唐颜真卿雄伟瑰丽书碑，天然一见钟情。由此及彼，漫淘民国石印、珂罗版颜派之刘石庵、钱南园、何绍基、翁同龢诸家之法帖墨迹。

砚边搦笔,亦天赋喜悦羊毫。至今笔筒,尽为各牌大小之羊毫笔。

因了颜鲁公刚正不阿之法书、遗世独立龚贤之画的天予感染,我买书淘书读书,神爽涂辙于孙犁、谢刚主、洪都百炼生、纪《阅微》、蒲《聊斋》、《洛阳伽蓝记》、汉魏晋南北朝之文薮。

"文章须从字里讨消息。"此林琴南《文微》之研寻。

其文字缘悭之读书指针,乃笃学至性之回澜:

> 《史记》列传已读完否?有心得及疑义否?乞见告。愚有新译英国小说三种,因篇幅较短,不能成册,未即付印,先寄与吾弟阅之。其中有一二处颇肖龙门笔法,吾弟能指得出否?
>
> ——《答胡孟玺书》

> 夏来杭后,已温《史记》一过,《日知录》一过,《震川文集》一过。幸目力尚能及之。近科文学尚才,吾贤不可专攻八股,须佐以《通鉴》以扩文气。
>
> ——《寄郑仲昭婿书》

> 德文因专重,汉文亦不能抛荒。《通鉴》仍日看四五页,尺牍、《左传》古文皆当温习,汉文堂是否教授《左传》,务禀覆。
>
> ——《畏庐老人训子书·二十二》

> 二小儿读书尚好,和睦家人,性情亦颇宏厚,玉令多读儒先之书以足之。工课之暇,日点文正家书一通,《呻吟语》一则,与之讲解后,再读经书古文也。为玉之子,当以安分为先,科名非其急耳。
>
> ——《覆李畲曾》

林纾五十八岁之造像

　　纾寓远隔西湖，一月不能五至。余热尚炽，画船良不易行，但时时读《呻吟语》及《管子》《史记》耳。得间务赐数行，以慰孺慕。

　　　　　　　　　　　　　　　　　　　　——《上谢枚如师》

　　纾见其长子甚聪明，遂与联公子商定兼桃伯蒂。每星期亦以车迎之，为讲经书古文及《呻吟语》，并为改课两篇，如橘绿生时。

　　　　　　　　　　　　　　　　　　　　——《与张曾敭书》

其笃学至性，彰显于其对文苑现状之批评，著述之识鉴：

　　然竹师文集纾已见过，论结构佳处，不让古人，只是太烦杂失统，好用劫笔，拟为少删其繁猥者就刻，此事非数月不了，拟俟明年

146

拨空为之。

——《覆李畲曾》

尊作火色均泯，刚气内敛，宋骨唐面，愈读愈有滋味。在闽中先辈，别开蹊径。近惟海藏楼足以肩随先生，若石遗则时时露其荒率之态，顾亦已自立。纾于此道甚昧，惟知之亦无敢进规。闻珍五言肖韩诗甚高，惜未之见，而珍五亦楚楚有致，均吾闽健者也。江南诗人得一沈子培，复得一易实甫之弟。余多叫嚣气，去海藏楼远矣。

——《与陈沧趣》

自得《述庵和作》，直入妙莲花室，逐去猫犬，止却儿啼，移开笔墨，左手持铁简，右手把述庵诗，一句一击，一篇一舞，铁声铮铮，墙壁皆动，老母骇愕，病妻股栗，阖门聚观，不知所为。琴南忽跪老母膝前曰：此阿琴得意时耳，但得如述庵诗中做去，便是不肖报母时也。言既，疾呼灶下媪取酒来为老母压惊。因自饮一蕉叶，奋神磨墨，疾书四律，便欲招手向天，呼黄鹤来将此诗衔去掷与述庵一看也。猖狂至此极矣！快意至此亦极矣！

——《与林述庵》

毫无识鉴，洵猥琐平庸。七十三叟之林琴南《寄钟贵侄书》："须知安分，是人生莫大之福，此福不享，更享何福。凡不读书，往往不明道理，可悲亦可恨也。"安分之识鉴，是为良知、道德、品位、健康。否则，伪鉴乱真，赝品蒙世，为虎作伥。

林琴南《畏庐七十寿辰自寿诗十八首》有句云："自坚道力冥机久，不饮狂泉逐世新。"此春风布化之愫，亦敬貌彰显于香火。

读贵报有淑兰女士旅行记，用语体，字里行间，咸有卷轴之气，闲闲以白描之笔,写南中山容水态,均栩栩欲活,此女士不易才也。必如是始成语体文字。未知为何处人,吾贤曾否认识此人,可否介绍与老人相见。若不之识,作为罢论可也。

——《寄林仲易侄书》

　　集中邱女士,当是卓生夫人。前此三十年,已聆珠玉,不图老来笔墨突过南楼也。

——《覆陈香雪》

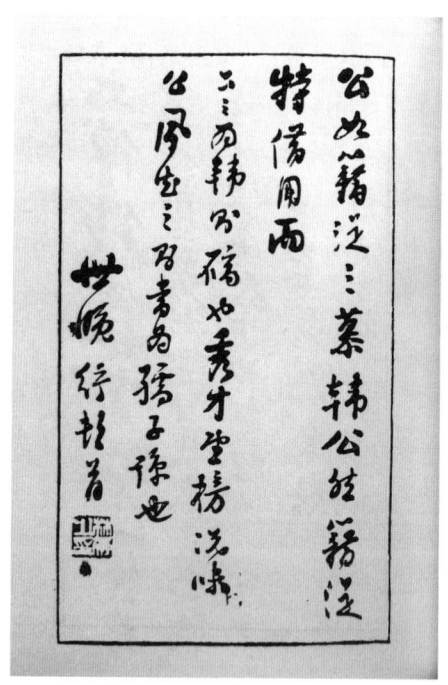

林琴南尺牍墨迹

大学堂校长何镔时，大不满意于余，对姚叔节老伯议余长短。余闻之失笑，以何某到校时，余无诌媚之容，亦无趋承之态，故憾我次骨，实则思用其乡人，亦非于我有仇也。

——《畏庐老人训子书·十五》

校长何某，目不识丁，坏至十二分，专引私人。钟点既多，余老不能堪，幸《平报》尚可支至今年，得过且过；尚有译书，可以添贴。吾一生不为恶，极为上天眷顾，汝可放心。

——《畏庐老人训子书·二十一》

刻下大学堂学生，大闹风潮，驱逐校长，何镔时系小人之尤，不知怪我何事，及对缪荔生说我品行不端，学问卑下，其实怪我不会打他马屁，做此谣言。尔父义命自安，凡事任天，即不为大学堂教习，亦有啖饭之地。

——《畏庐老人训子书·二十四》

文字缘悭、香火缘短者，多为一生心思缜密、遭谗殃讥、著述涂辙穆然而传信后世的浩乎沛然之贤。

二〇一二年九月二日制毕于花望草堂

附　记

林纾"不以毁誉动其心"

商务印书馆宣统二年(一九一〇)四月初版铅印线装、江春霖题签之《畏庐文集》，封面与封二均有时贤阅后之墨评。

封面：

　　畏庐文，气体未甚闲靓，其游记、书事则特佳。盖文之饶于趣者。质诸聘耕，以为何如。

　　　　　庚戌（一九一〇）七月，智修持赠并志。

封二：

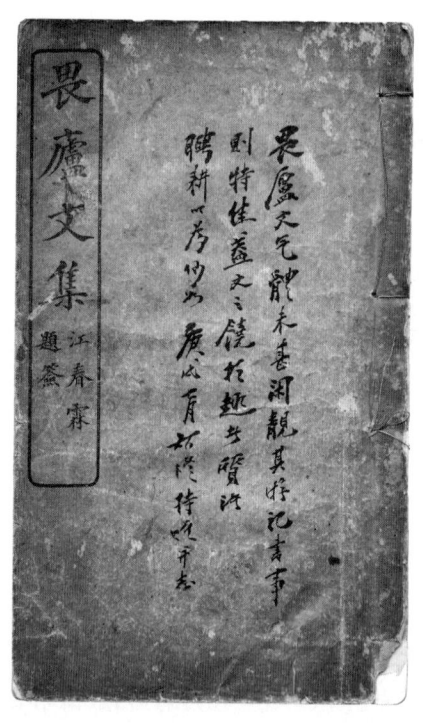

商务印书馆宣统二年四月初版《畏庐文集》书影及钱智修持赠之墨志

畏庐文，力追班马，纵辔绝尘。顾时失之缛琐，则以专工记事，不甚为论议之文，故造句遣辞，音节较短。以之作传记、碑铭，文字固有精密、幽微足动人者；若他体，皆不甚相宜。造诣已定，未可强也。

近人中，张濂卿颇长论议，而亦兼工记事；吴挚甫欲两全之，而反不可一得。畏庐则能自树立者，其不以毁誉动其心，可知也。

集中《超山梅花记》（应为《记超山梅花》），古致纷枝，奇节入雅，为全集上乘，余亦多可诵者。

中华民国元年八月初二日，录《太平洋报》鹓雏评。

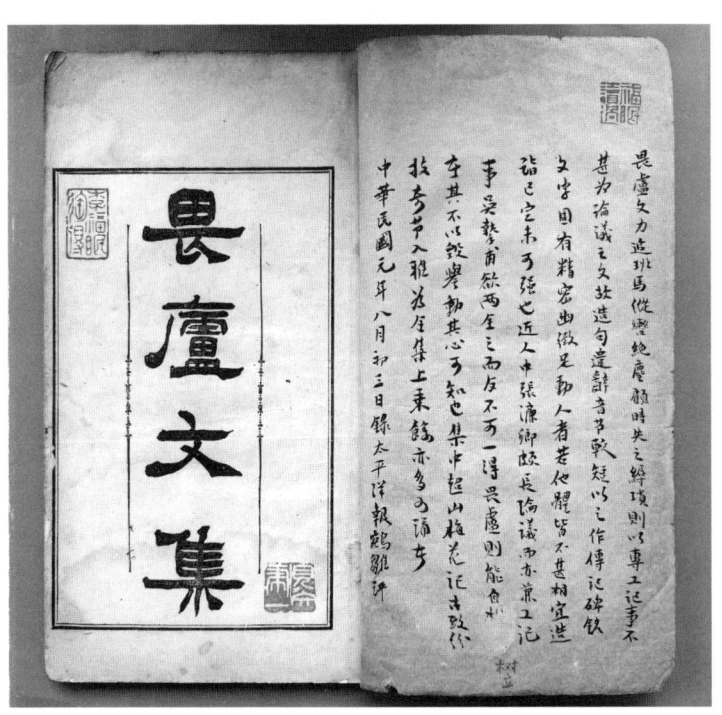

《畏庐文集》扉页·民国元年录姚鹓雏微评林纾文之墨迹

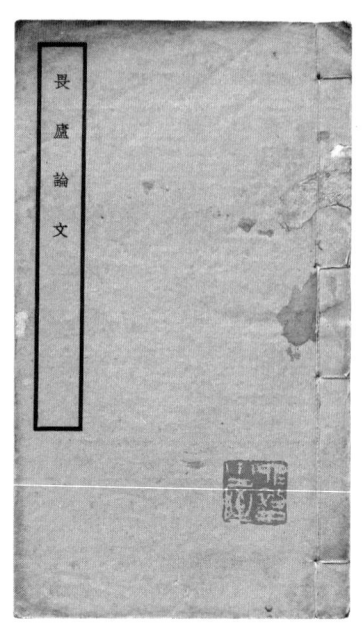

林纾《畏庐论文》书影

温雅融畅。这两通"畏庐文"之微评，乃情意映发之文学尺牍。

智修，即商务印书馆早期职员钱智修；鹓雏，乃南社社友姚鹓雏，著《江左十年目睹记》。其撰此通微评，时年十九岁。

受贻者聘耕，当为力求辞约旨达之书虫。封二之墨迹，盖为其翰。去鹓雏之姓而直呼其名，衣鱼之同党也。

他们那一时代，是文苑妙析奇致之世说时代。

二〇一三年教师节，制于天钥书屋

《姚惜抱先生家书》:
"此处已有里子,此处已买布做卧单矣"

姚鼐字姬传,室名惜抱轩,人称惜抱先生,安庆府桐城人。清代桐城派散文之集大成者。他的文章,我只粗览过《登泰山记》,是读之于语文课本。后购游记、摹景之文选,此文从不落第。

少年时代,我就断断续续听到有关桐城文之指斥,被弄得七荤八素,不明究竟,心臆桐城派文洵属弹硌劣文。云逝月朗,渐悟杀伐桐城文者,其作风文风,恰为溷浊驴鸣。

《姚惜抱先生家书》依手泽影印,大本线装,商务印书馆一九三八年

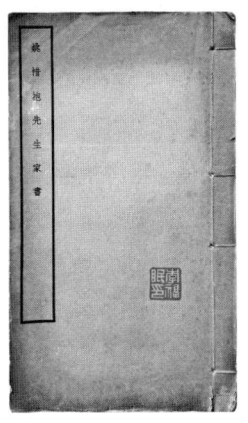

《姚惜抱先生家书》书影

153

一月初版。我淘得的是年六月再版本，可窥其溯洄之畅销。姚鼐门人管同异之，题是册云：

> 先生自在京至告归以终，五十余年，仕宦之进退，丧祭之措置，姻亲之任恤，以至米盐之鳞杂，琐细言家事者粗具，此抑曾有一事之不可告人者乎？

管同异之此语，正括是册之内容。

惜抱先生为文专注考据、义理。然考据、义理，实为煤球之坯、砖瓦之坯、糕饼之坯、茶墨之坯。灌而压之，注而焙之。若篇篇压焙，似贴瓷砖而呆板无趣。然家书如晤一室之内，与家人坦言轻率不得之家事，白话清通：

> 四妹览：顷家中想各平安，我此间平安。今寄来火腿一只，妹可查收。又，公中那我白银九两七钱，作藩处缴还；还来四妹取五两，三两与元姑，余一两七钱与十二姑，略以赎冬衣也。我今年受衡儿之累，手头甚窘，故无银多寄，不知明年何如耳。岁底我与人压岁钱已惯，势不能省。惟我生日可不会客，不设饭，此由在我可省者也。诸孙先生甚难得妥，亦在他们自发恨耳。先生岂能为力哉。此地今年格外冷，家中不知何如。献生想常有信来？谅不能大有所寄也。十月十六日姬传寄。

> 观儿览：昨汝二舅到，得汝字及笋子、文集；又得依平字云，五瑞定于初六日往浙江，甚好。而先接翼圣字又云，须夏秋间。二者孰为定耶？又，依平令吾作字寄嘉兴伊太守，不知伊太守已升广西道，曾经此地，赴任去矣。汝见依平、五叔可告之，吾不必复与回字也。又，马献生顷有字来云，伊在张太守处颇好，可告之四姑母。又

154

云，北耕有字与张太守云，其病已愈，可以赴馆矣。而张太守先有请方八先生之说，甚为难。吾思北耕系其旧友，又甚苦，自当让北耕去，方八先生可另图。见八先生，可亦告之干哥来时，可将吾房中架上大白纸带十张来。四月初二日惜抱老人。

观儿览：接汝端午日信，知平安。此间俱安好。我服琉黄，日不过二三厘，不至为害，但脾土终不能甚佳耳，然不敢多服也。麦已收，不过二十六七石，正拟卖去。寄来白银两锭，一以（五两）与恩儿赴广，一汝（四两五钱）可将作盘费。上江院考必是七八月，下江亦当在彼时。吾欲便趁其时一回家矣。十二姑夏布褂可急为赎来。五月初十日惜翁字。

复儿览：我在此平安，家中想平安也。汝须吃苦用功，世焉有玩息而能有立者乎。寄来白银三两八钱，作春祭扫之费；时银十八两八钱，送各位先生——半年束脩，即用此银，勿换桐城特低银也。汝作急作祭扫，勿延迟。三月十四日惜翁字。

观儿览：新年想家中俱安好，此间平安也。汝想于二月动身，抑便同大遥来耶？此地米价，雨雪后已大跌，看来必减至三两。若家中米近三两一石，则不必带来矣。银无人可托带。刘家必要带银来还账，兑会最妙也。我已八十岁之人，安可更（下残）……

盖为文故作高深，狺狺阔论酷爱某派、师法某家者，其家多不和睦，斤斤计较，其文腐木湿鼓，蠛不能读。

观儿览：汝近身无病否？闻汝妇小产，甚为忧悬。今寄真阿胶与之，此系吴竹桥所送，仅此些微，故是难（下残）……

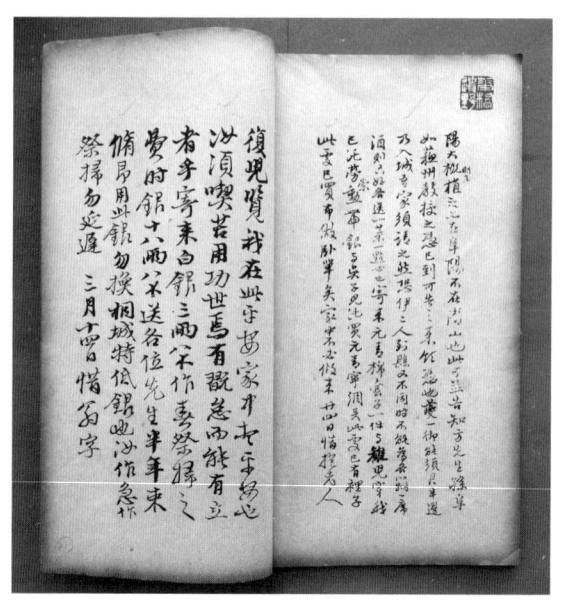

姚惜抱先生家书手泽

复儿览:家中想平安,此间平安。汝可取课读文及吾外稿,熟读精思。不解处,可请问青展先生。又须用心学字,如此年纪,岂可更怠缓耶。胡伯仁处,有那我四两三钱元丝银,取来可趁暖做冬至。其和尚会银事,已办结否?九月十四日惜翁。

希贵暴利。假冒伪劣,古已有之,于今为烈。《分类尺牍新语》,存明人吴柏女史《寄父书》,举阿胶而证言:

阿胶出自东阿,人尽知之。然驴必乌而水必井。自非目击,谁从辨之。向年陈氏为阿宰,其所见惠,或非赝品;乞两余入药,还留

156

得否？

以假乱真，古猷于书画苑。读吴柏此通尺牍，悉有明东阿县宰一把手，所贻阿胶，也被疑似赝品。在假冒伪劣层出不穷、蒸蒸日上、势不可挡之刻，惜抱先生函嘱"今寄真阿胶与之"，"汝可取课读文及吾外稿，熟读精思"，"取来可趁暖做冬至"诸素练，可谓寄托清婉。

惜抱先生与"观儿雉儿览"札云：

> 寄来元青棉套子一件，与雉儿穿。我已托劳崇勋带银与吴子见，托买元青宁绸矣。此处已有里子，此处已买布做卧单矣。家中不必做来。廿四日惜抱老人。

丁丑（一九三七）清明后一日，倪道杰于天津寓庐跋《姚惜抱先生家书》：

> 先生文章学行，为有清一代大师，其翰墨久重于世。此册家书，皆世行《惜抱轩尺牍》及续补两编刊本之所未载。积百余年，中更丧乱，流转于蝉尘兵火累劫之余，零落而仅存，固尤可珍惜也。

谐趣妙文之里子和卧单，剪裁于汉魏晋南北朝之碑帖、墓志、小说、志怪、诗文。

　　　　皓月映银床之二〇一三年中秋节，制于花望草堂

157

《不是集·书》：
"还留此一副本来面孔耳"

　　《不是集》，清江苏金匮浦起龙二田著，"燕京大学图书馆丛书"之一，一九三六年六月出版，铅印线装。钱穆题署封面，章钰题嵩扉页。

　　是书七十页。目录分为墓志、序、记、启、赞、引、跋、传、书共九种老调，排行老九之尺牍，沧海春潮，占四十页。

　　尺牍短简，则秋寒石瘦，意味深长；芜杂冗闷，乃为乏善之墓志传赞。而家书常比致友之函、学术之函，殷殷动怀。代撰之函，隔靴搔痒，赚银而已。缘于生活之肥腻优裕，故今之书函，杳无霁月开襟、春风一

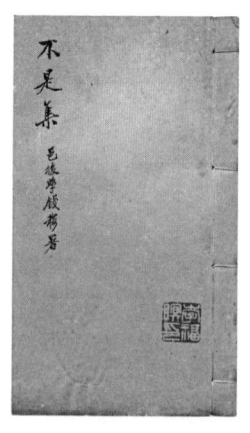

《不是集》书影

158

叶之情。

同一作者，书与衙僚之函，必敛手低眉，谀墓印板；而寄与脚碰脚之草根者，临颖无悚：

> 弟之不良于行，阙为拜送兄，兄所悉也。直以经年分首，重此把臂，故敢以不情之事相强耳。兄肯鉴其诚否？到即澡以盆汤。临晚旋驾，何如？率此申恳。暑衫团扇勿庄也。
>
> ——《致吕晋东》

> 昨抵舍一鼓矣。连日局中胜负何如？囊已罄否？颇以不得点筹为恨。午间煮豆腐一碗，屈过一谈，并拉对局人来。均此。
>
> ——《请秦冰轩先生》

朋友光临，诚邀其洗澡、足浴、桑拿，此待客之道，穿越唐人王维自是一副诗料的"故人具鸡黍，邀我至田家"之农家乐，而纡至魏晋栖逸。

> 好雨应候，当有丰年之庆矣。欲借尊轩为西庄祝釐之行，用过即归赵。率此。
>
> ——《与蔡体乾》

> 一春鹿鹿，未及叩谢，负歉良多。初三之期，烦枉棹到丁孔兄处，拉同过舍。道远不及再速也。率此。
>
> ——《与黄丹英》

> 早拟造府而不果行，天漏谁能补？奈何奈何？诘朝冲泥入城，当迂道请谒，先此驰订。范鸿儒想尚留也。率此。
>
> ——《致杨宸言》

湿过花间，杜少陵不因泥雨怯出，可谓勇于赴饮者矣。天公不做美，愿先生傍险一行，庶不减古人风致。

——《请秦冰轩先生》

春野雅居。好雨应候——好雨知时节，一春鹿鹿——当春乃发生，天漏谁能补——随风潜入夜，湿过花间——润物细无声。此乃半首杜工部《春夜喜雨》，亦周作人之《雨天的书》《风雨谈》。情深梓谊，感戴难名：

雪压牡丹，蕊花不甚盛，然亦未可忕煞冷落。座无杂客，唯丁孔兄、马健兄辈，皆忘形知己。至期小艇奉邀，幸携诸及门一过，勿相外也。所嫌供具草草，未免花王笑人，小束预致。不备。

——《与华光烈》

山僧甲子，草草一周。快雪初晴，放船三浙；薄游匝月，预白檀者。阒寂山扉，敬辞高驾。开罪开罪。

——《代梅老人辞寿》

《雪压牡丹》《快雪时晴》，洵属有明山阴徐文长、东晋山阴王右军之传世精品图帖。于此可窥二田夫子翰墨秉烛倾心浩落之缘趣：

前游仁里，承存念老饕，张具烹鲜，回味无已。启者：《史通》后半，陆续开雕。曾以借力，延陵为请。倘有意乎？或应或否，祇候报章。容候谢。不备。

——《致蔡思皇》

曹先生秋来兴味颇减，意其慈帏弃养也。倘有开吊之期，千万传示。兹欲借阅《五代史》，并储选欧文。幸即检付。专此。

——《与蔡敦复》

　　牙祭留香，微醺征询能否为己刊刻中的艰辛之著《史通通释》充任把关之"施工监理"或"南书房行走"，教新著臻达张具烹鲜、回味无已之境。

　　读前贤手札，常见其所借之籍，多是起码应备之书。不知何因，却不具存。盖其于私塾时，不求甚解于腹箧。

　　二田夫子报丧借书，亦魏晋之清醒任诞。

　　无高掌远蹠之才的二田夫子，毫不掩饰"所可对良友无愧词者，还留此一副本来面孔耳"："承垂问近好。近复何好，只是送穷不去耳。久盼显擢之音，几为眼穷。""极冷之署，极忙之缺。一月十早起，不胜怠也。""极冷之官，极忙之缺。六时五应客，十日七早起，不胜殆也。又奈苜蓿一盘，丛而食之者，三十口稍暇，唯仰屋自叹而已。"

　　"还留此一副本来面孔耳"，难能可贵。

二〇〇八年夏至后一日草，二〇一三年立夏后三日制毕

《新编尺牍三种》：
"送上壁架镜一面"

　　"新编"二字,乃浓烈时代烙印之历史语言。

　　巾箱本《新编尺牍三种》,光绪壬午(一八八二)春刊。三种为：芝仙丁善仪《双桂轩尺牍》、瓣香陆长春《梦花亭尺牍》、礼庭戴德坚《蓬莱馆尺牍》。三家轩亭馆之名,盖由撰者姓名滋润而萌。他们都生逢太平天国革故鼎新之风雷激荡时代,纪实亲历,是其尺牍共同主旨。

　　丁善仪《致某太夫人》：

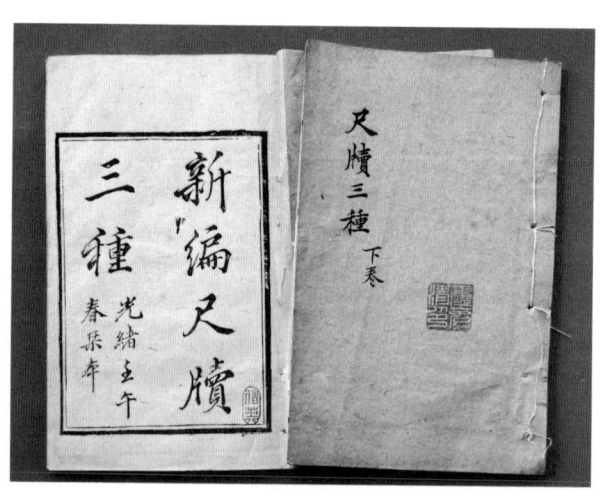

《新编尺牍三种》书影

162

慈云在望，镇日倾心。侄女移家来越，实缘禾地卜居匪易。兼之镇江、宁国警信频来，故尔决计东渡，非知此乡之能安磐石也。所以仅带随身行李而来，余俱寄存杭禾诸亲友处。此杨升目击深知者。

迩来天时亢旱，民不聊生。适有省中两处移来侨寓，荒村蛙见，日来颇有谣言。正在日夕愁虑去住两难，今忽发到多箱，殊为惶悚，毅然代存，惟恐设有他变。若交原使带回，值此时限，往返实非易易。姑且代存楼上，一俟慈驾迁移定所，即祈差妥人取去，庶可放心。此地如信乐土，侄女之物，岂肯转存他处。

陆长春《与钟琴舟》：

春间，由于征甫处送上《洋务丛钞》五册，谅俱已披览。前番抄撮之时，本拟删繁就简，辑为一书，嗣因其中情事未备，闽粤两省尤多星涛，传闻亦恐有未真，故不敢草草下笔。

近闻湘潭魏默生进士上新刻《海国图志》。其书专为英人而作，论海防战守事，确有所见，非仅纸上谈兵者。惜未之见也。

本月十一日，四明奉化县境，复有因官府加征税银，激成民变之事。此地往年为洋人蹂躏，田庐廛舍，焚劫一空。满眼疮痍，迄今未复。长民者，不加之抚恤，又从而朘削之。参之肉，其足食乎？足下闻之，当更以长歌代哭耳。

戴德坚《与陆箫士·十四》：

浦口援贼，本日数万。又加以陈玉成长蛇封豕之众，据高临我，逆焰猖狂。我师三面受敌，一面临江，势处危险。得殿帅调江南大队，以全力相搏，仅足相当。陈逆屡设诡谋，迄未得逞。乃突以其众，围扑六合官军营盘。八面冲突，连环鏖战，使官军首尾不能相额，日夜

163

不得休息。

上摘三札，可窥其虽处"烽火连三月，家书抵万金"艰困之时，但生活之趣、诗人兴会及星星知我心之高考诸家长里短之事，依然团栾于另简中。

丁善仪女史，非职场白领，乃全职老太。其《致王春绥大弟》：

> 耳挖乃姊所常用者，愿贤妹簪之。如与故人相对，无异一室晤言也。

《致梁夫人·其五》之和诗七绝四首：

于喁选唱妙心裁， 尺幅剩笺盥手开。 口愧琲珫难并玉， 翻劳佳句报琼来。	燕寝联吟出雅裁， 云帆恰指鉴湖开。 兰亭山水柯亭竹， 应待鱼轩选胜来。
乌飞兔走感年华， 无限离情对落霞。 孤负东篱好风景， 不教同赏晚秋花。	病余短鬓染霜华， 灵药空思饵碧霞。 一事报君同一笑， 蒙眬银海又坐花。

清新如孙犁之《荷花淀》，娴婉而激励，荡涤残酷。

踔厉精切。陆长春札中，多当代文学批评：

> 诗中多衰飒之语，似非盛年所宜。
> 近日大江南北谈声韵者蜂起，盲弦哑笛，塞破词坛。非自矜学

164

士，铜琶即谬许屯田。檀板倚声之厄，若倒狂澜。独吴江郭频伽《蘧梦楼词》，差强人意。茗生太史失之粗疏，谷人祭酒流于软熟，皆非频翁抗手也。

近求言词者，非师眉山，即宗柳七。几乎家家铁板铜琶，处处晓风残月，粗俗不谐乎音律，淫哇自卖其风情。

诗贵乎工，不贵乎多。廖廖数语，已足传铁笛矣。这位博导级学究，生活乐趣是："一曲高歌，三餐淡饭"。其之三"淡"，洵防高血压、高血脂、高血糖"三高"，即教今人歆羡之天然散养禽鱼和天然绿色食品。加上自我陶醉于当代文学批评之啸吼，境界超然。

院士类戴德坚，学识渊博，惜无文凭，故必力搏上岗证。草土余生，疲于奔命：

北闱诏狱，株连不少。数巨公囚服对簿，狼狈不堪。虽足为刘赞吐气，究非佳兆也。弟前科出房太迟，依然潦落。今年尚思一踏省闱，只以依人碌碌，无暇温习兔园，深知无益也。

弟自七月初到场，中元后返里。坐席未暖，即踏省门。场中文思艰苦益甚，意兴颓然。首录视，禾中诸先辈谬谓必售之作。然自知无可侥幸，不敢颠倒作梦想也。

弟深知福薄才低，于科名断难希冀。今年一踏槐黄，从此谢绝号舍，别图活计。刻下所以强自策励者，只期勿负此几千碗冷粥耳。

科举时代，屡试不第者，概有三类：一为思想言行，天马行空，出格难缚；一为穷愁潦倒，个性木讷；一为腰缠万贯，尤缺天禀。戴老先生盖属第二类。读其大札，聘其当男秘的，是李小湖诸省级衙僚，足见其学识翰林。他与第一类，虽处现实边缘，留芳史卷，却风光摇曳，生面别开。

南方书虫，依傍绿水青山，故笔滋墨润，善为尺牍。《新编尺牍三种》之三位书虫，陆长春为湖州人，戴为嘉兴人。从行文看，丁为嘉兴、杭绍之人。三人皆寓浙江鱼米丝绸之乡，实不差钱。惜这部新编尺牍，装帧了无新意，错字跳跃，印刷漫漶。不持放大镜，难以猜读。阅读过程，即考量自家腹中古文滂沛之深浅。

是书钤白文"卢彦清印"和朱文"仙英"二印，二〇〇二年二月九日，我淘得于博古斋，价六十元。书中夹行书短札一笺，墨书：

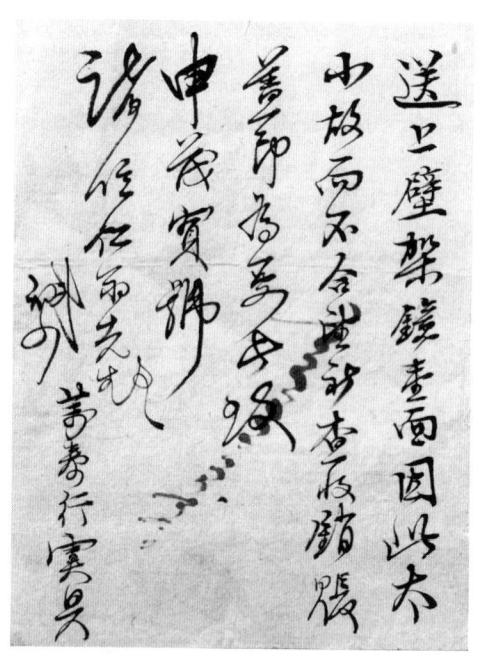

民国上海滩万泰行虞老板致申茂贸号诸位仁翁先生之尺牍，法书涵明人意韵

送上壁架镜壹面。因此太小，故而不合。望祈查收销账、盖印为要。此致申茂贸号诸位仁翁先生。

万泰行虞具，初四

鉴此，是书或为申茂贸号老板、CEO寝阅之书，或为万泰行虞行长濡染彬彬素养、构建笔谈生意平台之不释范本。"送上壁架镜壹面"短札，或申茂人收阅后随手夹于正兴赏之《三种》内，或万泰虞行长撰而忘送，抑或撰人自留之底稿。

上海又简称申。申茂贸号，正如申江服务导报之名，闻而即知其为上海滩生意经。其与万泰行，存在于一九五六年新中国社会主义改造高潮，对私营企业全面实行公私合营之前，或民国时期。

如今，以"号""行"命名之个体私企，又各地春风吹又生。《三种》与"送上壁架镜壹面"之尺牍手泽，也成稀世藏品和价昂拍品。书虫应不合时宜，柔翰多留"送上壁架镜壹面"。洵无上妙谛，功德无量。

二〇〇九年九月九日

《新编尺牍三种》：「送上壁架镜一面」

《松邻书札》:
"予最恨从理想中写景写情"

　　予最恨从理想中写景写情(点缀设色不在此例)。此为诗词言之。即推之一切文字，何莫不然。因课女，日日近词。偶见蒋鹿潭词，辄发此论。环顾皇城中，无可言者。敬告，先生何如？山公座右，甘遯顿首。

　　杭董浦闻吾言，必大喜。由是类推存，为小生学案可也。如有人用此说删汰一切费话，亦佳。

民国石印线装《松邻书札》书影

168

这通短札，抄自一九二五年依手泽石印线装之《松邻书札》。松邻即光绪三年(一八七七)举人、官至内阁中书之晚清刻书家吴昌绥，其号甘遁。此函上下两册，全为致光绪廿八年(一九〇二)举人、字彦云号山荷者张祖廉之信。

二十世纪五十年代末期至六十年代初期，乃我小学时代。老师谆谆勉励我们从小就要树立远大的共产主义理想。我们戴着红领巾，各自天真无邪抒发崇高理想，一同展望携手太空旅行、无比美妙之二十一世纪。那时，日日映入眼帘、照亮心间的，乃"今天是红领巾，明天是红旗手"这一理想红标语。

中学时代，语文课本上，新华书店里，满目杨朔《雪浪花》《荔枝蜜》之类"从理想中写景写情"的诗文，羡而理想之。

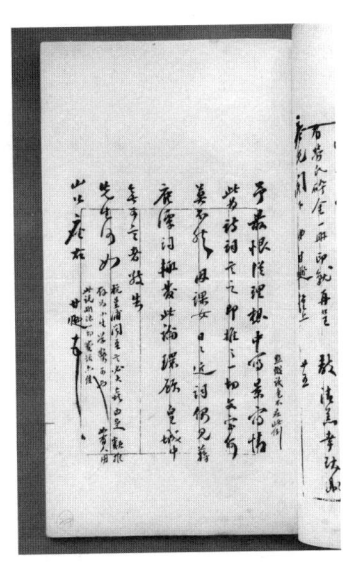

"予最恨从理想中写景写情"札手泽

我似乎天生逍遥派。小学时代之闷声理想，当米丘林、巴甫洛夫式科学家。中学时代之惬意理想，进美院学画山水，遵苦瓜和尚之嘱"搜尽奇峰打草稿"，做徐霞客之驴友。

> 昨书贾送来《浙西六家词》，附《山中白云》刻本，批点均精。又《玉台新咏》亦佳。两书各索六元，未免视弟为骎子，虽剧爱亦不能留。既去，则又怅惜不置。如何如何。

以出乎意料便宜之倒闭价、跳楼价、出血价，捡漏获得精刻妙椠后，或秘之不宣以待升值，或转地拍出天价，或重刻使之流布而取重利，是无文藏书家、刻书家自作多情之理想。

吴夫子惊见佳刻，喜而不露声色，又不愿挨无奸不商之书贾温柔一刀，相互面悦心刃地恭良对峙。无奈吐露"虽剧爱亦不能留。既去，则又怅惜不置"之酸言。此谓理想相钳。

> 久不诣厂肆，去则又费数十百镪。但极思往火神庙一看，且觅旧花盆耳。

> 今日未刻方归。蒙赐鱼鲊，借以下酒，饫德无涯。谢甚谢甚。

> 杭州买来茶叶，一甚细，一稍次。分奉哂存，换一小诗可否？张大人。绶，十四日。

> 今年思多刻数书，但绌于费，不副所愿，如何如何。

这四通小札，所述幽觅楚楚动人之旧花盆、铭感无涯之饫德、以茶换诗、多刻数书之四理想，将琉璃厂、火神庙春风披拂之人文景观、鲜美无

170

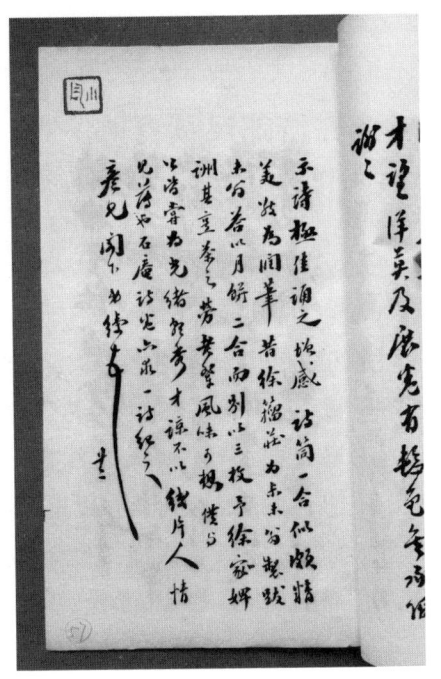

"老辈风味可想"札手泽

比之鱼鲊、潋滟空蒙之杭州山光水色、囊空如洗之哀叹全然白描，恪遵"予最恨从理想中写景写情"之自律。

　　唯不以纸片人情见薄、最恨从理想中写景写情者，方能写出老辈风味可想、负手疏林、一笑琅然之诗文。

二〇一一年十月廿七日

《许侍郎尺牍真迹》：
"一切用度，概从省俭"

一九〇〇年，力主镇压义和团、反对围攻使馆，据理而忤慈禧太后等人，终以"主和"之"罪"被杀的清末外交官许景澄(竹筼)，其出使法德意奥荷五国大臣时，沿途之艰幸见闻杂记；一八九二年，沙俄侵占中国帕米尔地区两万平方公里领土后，膺任清政府谈判代表，斥责侵略行径之慷慨激昂；以及关注民生、忧虑灾情、品鉴人物、绍介科技、开列药方、重视乡邦文献等耿耿素心，悉详于一九〇七年依手泽石印线装，衰家书三通、致朋好二十五人一〇六通，共计一〇九通之《许侍郎尺牍真迹》中。

《许侍郎尺牍真迹》书影

清代溯上，官员多为学人，十足书虫。其浩然之气，滋养于金石书卷。许景澄依然旧风味：

> 再：尊处前述有《观妙斋金石》一书，望带出一观。又及。
>
> ——《致许府贻》

> 去夏迄今，南邮北市，稍得书千余卷。一室罗列，聊以自娱。然邮架虽充，阮囊常涩，亦徒增望洋之叹耳。
>
> ——《致陈雪渔》

> 属询《快雪》重刻本，此次留沪半月，城内仅去两次，未及一访，缺于报命。甚歉。
>
> ——《致吴牧驹》

> 弟托校刊徐兰史解元诗集，现在若何？乞为详询复我。
>
> ——《致王越茳》

> 书局新刻《元和郡县志》并《史记校勘记》，希代购觅寄为盼。
>
> ——《致朱子清》

> 嘉善孙稼亭大令有《檇李丛书》之刻，惜其所辑零缣小说，无关要录。因思吾禾诸前辈，经学小学著述甚夥。近世王氏惺斋、冯氏柳东诸种，刊版既毁，传本绝少。若掇择精诣，或有著名人物未刻之诗文集，亦附其列，衷成丛刻，实足增文献之美。执事闻之，当有同志。惜山资未办，藏本苦乏，此愿殊不易偿耳。
>
> ——《致张公束》

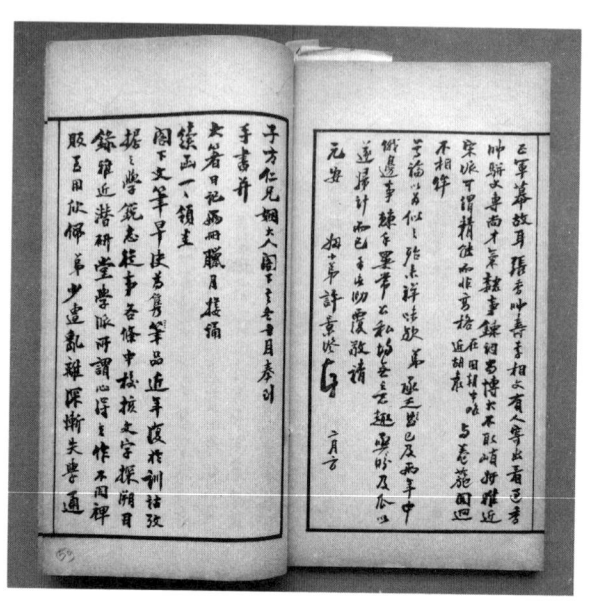

许景澄手泽

弟浮湛昕夕，尘事相属，与铅椠之缘日疏，学殖不增，殊无以告。

——《致吴琎轩》

　　媚请时尚名流作序或诔墓文，饰己涂脂抹粉而掩浅薄和无耻之降志辱身，时时有之。许景澄又致许府贻函云："孙氏墓志铭，屡以冗务欲握管而旋辍，近始竟草。特以录奉即望转交也。孙氏节略，无甚灿著可叙之事。而河乡诸善举，最足节浮縻而敦薄俗。以此注引，庶几可以传欤？"其之于书，不求珍籍秘椠，唯致可读实用之册，洵恪遵"节浮縻而敦薄俗"良知之省俭。

　　书籍之省俭，即优良浃洽之质量、朴素雅洁之装帧与版式。

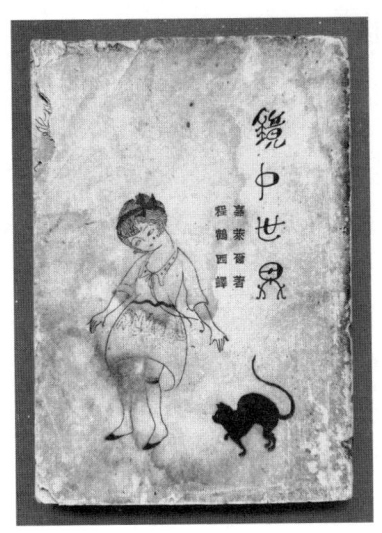

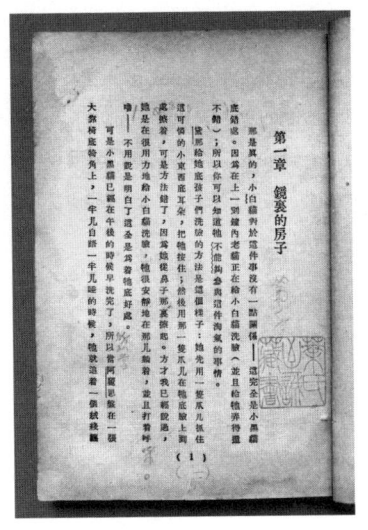

一九二九年北新书局版，程鹤
西译嘉莱尔《镜中世界》书影

程译《镜中世界》正文首页，
钤"叶氏至诚藏书"朱文印，
叶至诚乃叶圣陶先生之公子

　　棉稻科学家程鹤西(侃声)先生，在一九九五年第一期《新文学史料》之《不幸的书稿》中叹述，其首本译著——一九二九年北新书局版，嘉莱尔《镜中世界》，"因为北新书局不肯采纳我的意见，印上滕尼尔绘的插图"，"也就使该书在不甚高明的译笔之外更大为减色了。第二本书是在春潮书局出版的《梦幻与青春》，原名为《洛蒂卡》，张友松君嫌没有吸引力，要改为此名，也只好委曲求全，到底还是主人公的原名更为本色，可见书名之倾向'香艳'此风是肇始已久的"。之后，从二十世纪三十年代至八十年代，程先生之译撰《农业管窥》《狮狲世界》《野花野菜集》《程侃声稻作论文集》《亚洲稻籼粳亚种的鉴别》等著，或因装帧简陋，有碍销路；或因错字连篇，图照模糊，"使我感到好像自己也参加到制造伪劣

175

商品的行列中来了"。究其原因,皆省俭金针之失落。

半竿落日,也是省俭。

五妹、珠姬同览:

上月初十后,船到塘沽。我本拟借小轮并炮船护送,从水路达京;无如十三日起,津门信息愈紧,聂军在杨村与拳会打仗,津局总办力劝原轮回沪,只好照办。然幸而如此,否则十七八以后,京城日夜烧教堂、杀教民;杨村路阻,进退不得,必大受惊恐矣。

我于二十日偕侍郎那桐奉派出京,顺洋兵来处,欲与商阻,不必到京。随带翻译官三人,次日行至丰台(离京二十余里),遇见义和团一队拦阻,持刀齐令赴坛烧香。告以奉差大员,彼竟不理,并疑为欲通洋人。令对神焚表。如表灰连起三次,则为好人,即为释放;灰不起,即须杀害。当时无可如何,生死只听天命。幸表灰皆起,彼等乃慰谢,以受惊为歉。是晚即折回,不再前进(此队洋兵约二千余人,闻为义和团前后阻御,全数受毙)。

二十二日返寓,阖宅均庆更生。是日,幼笙雇标车挈眷,拟从陆路赴津,搭轮返南,因令顺宝同行。无如行至张家湾,知杨村不能过去,乃暂往京北遵化,州属东陵地方。因聚顺木厂,熟识所引,离京二百五十里。其地颇偏僻安静,惟回南须再回京城,方通大道,反为周折。此时救急,亦顾不得。汉京官眷属中道折回,闻有数百家,皆挤在通州,不知如何了局。前日接幼笙信,已安抵东陵,惟得失尚不可知,在京之物,更为渺茫矣。方明甫夫妇亦同往,并朱谦甫及石佛寺房本家二人。伊等亦无法回南矣。

义和拳(现称义和团)起自山东,蔓及畿辅,专与教民为仇。因洋人庇教,故并仇洋人。京城内外,居民皆信之(因积愤洋人之故)。京中旬日来教堂烧尽,惟东江米巷各使馆欲纵焚,终为所却。现洋兵舰已占大沽炮台,紫竹林已开仗。京城各使馆,经甘军围攻五六日,

176

至今日殆已歼尽。然两国失和，竟至驻扎公使，并眷口、商人皆不得免，亦意料万不能到之事。然各大国必不甘心，必大举报复，中国恐不能支。以后会匪，亦必乘间起事，烧教堂借此抢掠。上海租界亦恐危险，只好安守郡城。

现在南北隔阻，应如何家中调度，即由吾妹商酌妥行。一切用度，概从省俭。我与幼笙皆不及写信矣。

我位至卿贰，此时无求退之理。惟前日已脱一大险。自问生平，居心和善，或不免罹于劫厄。想明年总可平安。愿吾妹与珠姬，不必记挂，不必忧愁。大乱忽至，即忧愁、记挂无益耳。

兰姬亦望转嘱其省俭也。以后家事，即望与少谷、立三商之，随时妥行。我亦不能兼顾。总以省俭收敛支持苦过日子为嘱。

此问近好。

兄夫竹筼沏，六月初四日

"一切用度，概从省俭"，亦文章之臻境。

二〇一〇年十月四日

《苏黄尺牍选》:
"起居佳胜·呼灯作此·渐宜灯火"

　　我对苏东坡生平之初识,是一九六四年二月,购读了上海人民美术出版社版"中国画家丛书"之一,于风著《文同苏轼》一书。

　　岁月其徂。此后,陆续淘得民国石印、当代影印东坡诸帖,一度衷摹。砚情所及,亦淘购了商务印书馆一九三七年五月初版,陈幼璞选注之《宋诗选》上中下三册(书中选录苏东坡、黄山谷诗甚夥,我读苏黄诗,萌于是而庋于今);百花文艺出版社一九八二年四月一版,吴鹭山、夏承焘、萧湄合编之《苏轼诗选注》;人民美术出版社一九八八年六月一版,李福顺编

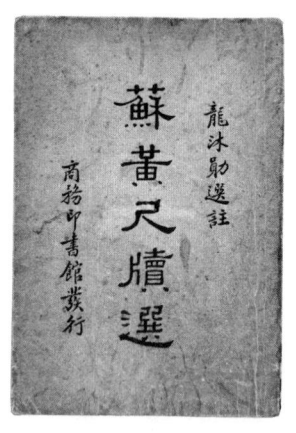

民国商务印书馆版《苏黄尺牍选》书影

178

著《苏轼论书画史料》；上海远东出版社一九九六年十一月一版，屠友祥校注《东坡题跋》。

久闻苏东坡、黄山谷尺牍精妙神逸之盛名，惜合册难觅。雪梅报春。一九九八年元月五日，我于福州路旧书店，不意淘得商务印书馆一九三九年七月初版，龙沐勋先生选注《苏黄尺牍选》，价八元。赡阅是书，知其应为二十世纪三十年代文坛提倡晚明散文小品风尚之别枝。

东坡尺牍，"佳胜"二字，如其诗喻雨点为跳珠，时时映目。

《与陈传道》"且审比来起居佳胜"：

> 来书乃有遇不遇之说，甚非所以安全不肖也。某凡百无取，入为侍从，出为方面，此而不遇，复以何者为遇乎？

《与傅维岩秘校》"仍审比来起居佳胜"：

> 然仕无高下，但能随时及物，中无所愧，即为达也。

《东坡志林·命分》云："岂吾道方艰难，无适而可耶？抑人生自有定分，虽一饱亦如功名富贵不可轻得也？"遇与不遇，乃塞翁失马，焉知非福。某"驴友"因车抛锚，终被车队甩弃。到达胜地之团队，突遭山洪暴发，几全罹难。而因车抛锚不遇团队者，却幸免遇难。此谓"随时及物，中无所愧，即为达也"之谛。中无所愧乃想得通，自得其乐即为达也。

东坡深悟遇与不遇之道，贬谪、暂释，皆悦然随时及物，中无所愧，随遇而安。

《与朱康叔》"具审起居佳胜"：

> 已迁居江上临皋亭，甚清旷。风晨月夕，杖履野步，酌江水饮之，皆公恩庇之余波，想味风义，以慰孤寂。

《答杨济甫(除丧还朝)》"兼审起居佳胜"：

> 都下春色已盛，但块然独处，无与为乐！所居厅前有小花圃，课童种菜，亦少有佳趣。傍宜秋门，皆高槐古柳，一似山居，颇便野性也。

《答言上人》"比日法体佳胜"：

> 雪斋清境，发于梦想。此间但有荒山大江，修竹古木，每饮村酒醉后，曳杖放脚，不知远近，亦旷然天真，与武林旧游，未见议优劣也。

古今贬谪之官，最大不同点，洵古官中无所愧，寄情笔墨，旷达山水。放浪形骸之名声和笔墨山水盎盎之趣，共佳胜传信。

性情兴趣一致，操守志向不渝。于温饱遇或不遇中满足现状，亦人生一大幸福。

《与眉守黎希声》"即日远想起居佳胜"：

> 然山水之秀，园亭之胜，士人之众多，食物之便美，计公亦自乐之忘归也。

忘归即无非分之想，涵容屏弃暴殄天物，严拒红包媚写谀文之窳劣。

《答陈季常》"具审起居佳胜"为慰：

> 又惠新词，句句警拔，诗人之雄，非小词也。但豪放太过，恐造物者不容人如此快活。

《答李方叔》"雪寒起居佳胜"：

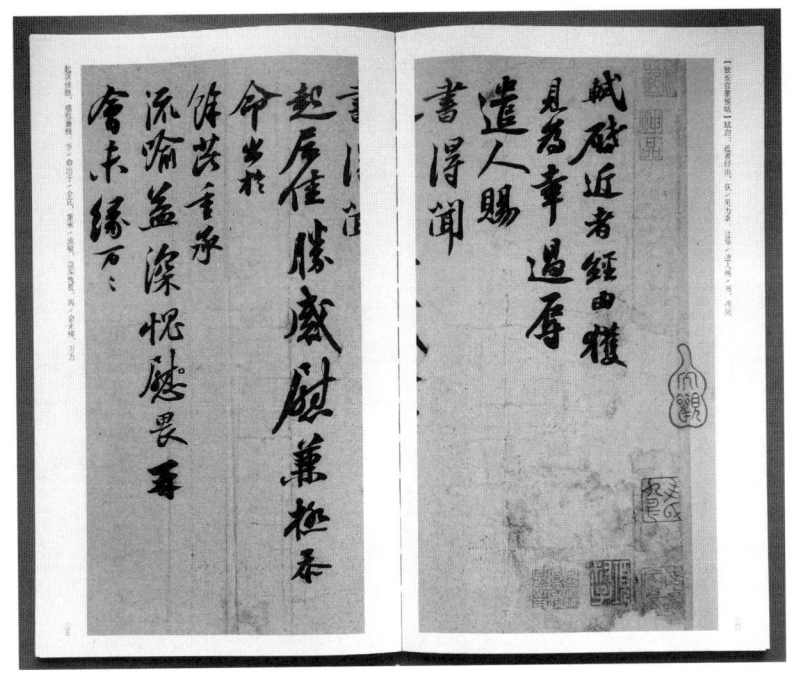

"苏东坡问董侯起居佳胜"札手泽

示谕，固识孝心深至；然某从来不独不作不书铭志，但缘子孙欲追述祖考而作者，皆未尝措手也。

近日与温公作行状书墓志者，独以公尝为先姚墓铭，不可不报耳！其他决不为。所辞者众矣，不可独应命。

我读苏诗，最喜其《正月二十日与潘郭二生出郊寻春，忽记去年是日同至女王城作诗，乃和前韵》七律之"人似秋鸿来有信，事如春梦了无痕"两句，且请翰墨同道破斧治"了无痕"闲章一枚，常钤于拙集拙墨，以志疏林樵子清素佳胜之趣情。

签记一九六五年十二月十三日,我于淮海中路旧书店,淘得一九三五年三月上海南强书局初版,王英即阿英钱杏邨编校《明人日记随笔选》一册。其中陈眉公《岩栖幽事》之"黄山谷尝云:'士大夫三日不读书,自觉语言无味,对镜亦面目可憎。'米元章亦云:'一日不读书,便觉思涩。'想古人未尝片时废书也"感言,少年之我,阅之颇觉情深若掬,敬划双红线。青春书情,至今悦然。

此后,每见山谷黄庭坚之法帖,无论石印、影印,皆忭然抱归。亦购存了上海远东出版社一九九九年一月一版,屠友祥校注《山谷题跋》。

迩来酷暑,汗流浃背。我赤膊南窗,伏读《苏黄尺牍选》黄山谷之翰,豆浆数碗,浩汤于山谷致其外甥洪驹父之"呼灯作此,极草草",致秦少章"天气日夜凉,渐宜灯火,想于文字益有功"之析精意远知音中。

山谷之"呼灯作此",乃立命修身之道:

> 如甥才气笔力,当求配于古人,勿以贤于流俗,遂自足也。然孝友忠信,是此物之根本,极当加意,养以敦厚醇粹,使根深蒂固,然后枝叶茂尔。

> 尺璧之阴,当以三分之一治家,以其一读书,以其一为棋酒,公私皆办矣。

> 文章直是太仓稊米尔!

> 自作语最难,老杜作诗,退之作文,无一字无来处。盖后人读书少,故谓韩杜自作此语耳。

> 古之能为文章者,真能陶冶万物;虽取古人之陈言入于翰墨,如灵丹一粒,点铁成金也。文章最为儒者末事,然既学之,又不可不知其曲折,幸熟思之!

疏林尺牍

学问之本，以自见其性为难。诚见其性，坐则伏于几，立则垂于绅，饮则列于尊彝，食则形于笾豆，升车则鸾和与之言，奏乐则钟鼓为之说，故见己者无适而不当。至于世俗之事，随人有工拙者，君子虽欲尽心，夫有所不暇。

——《与秦少章》

作为宋代书坛苏黄米蔡四大家之一的黄山谷，其砚边呼灯作此之梧影兴味，扬窈窕之音：

子瞻论作文法，须熟读《檀弓》，大为妙论。书字甚工，少波峭，政以观古人书少耳！可取古法帖，日陈左右，事业之余，辄临写数纸，颇胜奕棋废日。

——《与潘邠老》

笔十五，墨一，皆自用佳用；以公留意翰墨，故以相奉。研偶留局中，不携来，他日送上。来日恐子瞻来，可备少纸，于清凉处设几案陈之。如张武笔，其所好也。

——《与王立之承奉》

凡书之害，姿媚是其小疵，轻佻是其大病，直须落笔一一端正。至于放笔自然成行草，则虽草而笔意端正。最忌用意装缀，便不成书。

——《与宜春朱和叔》

读书写作与读帖临池，不可偏废而须并举。这一逸格学风，至新文学周氏兄弟、刘半农、钱玄同、台静农，及谢刚主、孙犁辈，尚清芬相承，此后式微于"政以观古人书少耳"之日趋阴窳无趣。

"数日来骤暖，瑞香、水仙、红梅皆开，明窗净室，花气撩人，似少年时都下梦也"之黄山谷，"渐宜灯火"而坦陈：

疏林尺牍

> 子飞、子均、子予，想数相见否？每相聚，辄读数叶《前汉书》，甚佳。人胸中久不用古今浇灌之，则俗尘生其间，照镜觉面目可憎，对人亦语言无味也！
>
> ——《答宋子茂殿直》

> 力行所闻，不以才高位下而自贬损，神之听之，实百福之所会。
>
> ——《与徐彦和》

> 老来懒作文。但传得东坡及少游岭外文，时一微吟，清风飒然，顾同味者难得尔。
>
> ——《答李端叔》

> 甲子雷雨，深慰民望，乃尊公清静忧民之应。钦叹！钦叹！暑气未解，计复作大雨，当了此下种插秧事尔。
>
> ——《与人》

苏东坡之"起居佳胜"今何在？依然在黄山谷"呼灯作此""渐宜灯火"之理事情景、旷然天真之自得其乐中。

二〇一二年八月一日制毕于天钥书屋之南窗

今日为二哥病逝两周年之忌日

184

《小仓山房尺牍》:
"余以为世之知钱者多, 知味者少"

少年之我, 读郁达夫先生之《关于黄仲则》, 始知山人袁枚之名。

人与人、与书、与艺、与山水花鸟、与形色诸物, 或有天缘, 或无缘分。检少年时代所淘民国商务印书馆"丛书集成""学生国学丛书"等版诗集或诗选集, 存谢灵运、杜甫、王维、孟浩然、李白、高适、岑参、苏东坡、黄庭坚、杨万里、黄仲则、舒铁云、王渔洋诸家, 唯无袁枚。

二十世纪八十年代, 我在博古斋, 遭遇民国石印线装, 袁枚与众名花尖锋时刻绿肥红瘦之吟之诵之艳集, 嫌其脂粉腻而弃之。一九九一年二

湖南文艺出版社一九九〇年九月二版, 范寅铮校注之《小仓山房尺牍》书影

185

月十一日，又于今已消逝在繁华中的南京东路新华书店，倏忽见到湖南文艺出版社一九九〇年九月二版，范寅铮校注之袁山人《小仓山房尺牍》。春水行船，久闻是著大名，举四元八角而购之。

然阅未及十通，读板桥、秋水轩、雪鸿轩之家书、尺牍时的挈鱼提瓮之兴，荡然无存。缘典故叠架，如行弹硌。但其《答章观察招饮》"今不求之于本物自然之味，而徒求之价高名重之物，以钱费自夸，是不如盘碗中散盛明珠一斛矣，其如不可食何？昔何曾日食万钱，犹嫌无下箸处，人多怪其过侈；余以为世之知钱者多，知味者少，故何曾蒙此恶声"之鸣镝，回环不已。

袁山人"惟孑然一弱弟"，名袁香亭。山人生怕弱弟混世吃亏，遂谦虚褒实，为弱弟知味炒作：

> 夫以香亭之才之学，原非绝类离群之士；以公之负重名，居显职，又岂无望风奔走，甘为役使之人？然而四年于兹，加颜色焉，常俸之外，加资助焉，以爱弟之道待香亭，不以幕府之道待香亭，是念旧之情重，而惜费之心轻也。
>
> ——《与刘介石太守》

> 香亭佐刘太守于徐州，见之者都有明月入怀、清风投座之意。仆鲜兄弟，而渠家又无健妇，故不欲其远行于六千里之外。书中招之甚殷，且待闱后，再为酌量。
>
> 香亭于举业之事，本非所好，工夫既浅，而又迫于家计，东驰而西突。是以旗亭乐府，齐唱香山；而雁塔琼林，屡因昭谏。
>
> ——《与胡书巢(一)》

> 家弟香亭，有为善之资，少坚定之力，自隶公麾下后，渐觉端静。方知南州小史，顿改风裁，为在张令门墙故也。

香亭竟为补山中丞之所荐，海内闻之，定皆额手。

——《答补山中丞》

《随园诗话》卷一第三十一则："本朝王次回《疑雨集》，香奁绝调，惜其只成此一家数耳。"

二〇〇九年十月廿三日，我于海上福建中路旧书店淘得诗文稿本一册，价二十元。此册线订，红格稿纸，封面以流畅隶书签"声出金石"，署"清笑轩主人"。稿本正文，乃袁香亭《效〈疑雨集〉体十三首》，小楷颇工。我没见过袁香亭墨迹与诗文，不知是册为其稿本，或为粉丝手抄本。缘于作此小文，遂将是册翻出。时维高温，我口嚼苦瓜清炒毛豆，赤膊执卷，读此香亭效艳之作。现抄几首，以窥"弱弟"香亭之脂粉功底，乃鉴其兄对弱弟品评之确否：

其　五

惺惺最是惜惺惺，倚翠偎红雨乍停。
念我惊魂妨姊觉，教郎安睡待奴醒。
香含被角倾身让，风过窗棂侧耳听。
天晓余温留不得，隔霄密约重叮咛。

其　六

窗外闻声暗里迎，胆娘有胆亦心惊。
常妨过处灯留影，偏易行来触瑟声。
条脱光寒连臂颤，流苏春暖放钩轻。
枕边梦醒低低唤，消受香郎两字名。

其　九

为恋恩深取次过，佳期无奈总蹉跎。

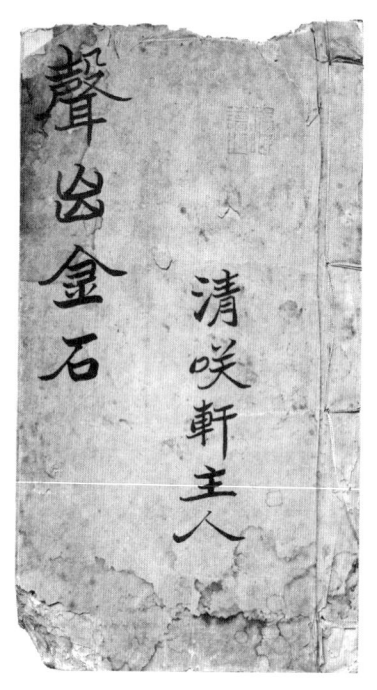

疏林尺牍

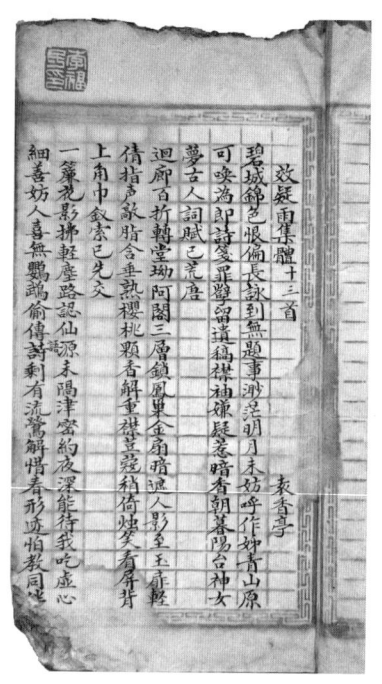

《声出金石》之文本

署袁香亭《效〈疑雨集〉体十三首》墨迹

不如意事机偏巧，但有心人恨便多。

强别难抛初熟酒，含愁怯渡未填河。

清溪桃叶迎双桨，一寸相思百尺波。

其十一

知郎无赖喜诙谐，刻意承欢事事偕。

学画鸳鸯调翠黛，戏签蝴蝶当金钗。

减他绣事来磨墨，助我诗情坐后怀。

百种温柔千宛转，不留踪迹与同侪。

抄诵之余,平心甚觉作艳诗委实不易。若无变态之心理,欠公公狂悖之臆淫,乏发嗲之娘娘腔,缺风花雪月之文学素养,登徒子之文,一字难着。

当下大行养生之道,各种养生籍品,令人眼花缭乱而尽倾银子。彼时袁山人见此风起云涌之风尚,遂《与钱竹初》风范而曰:

> 大抵养生之道,无心最妙。
>
> 晋人称王濛曰,"性至通而自然有节",此则某一生得力处。
>
> 人生如傀儡,行止往来,暗中有牵丝者,亦何能自作主持耶?

无心者,一切天意,任其自然。

养生与主持一辙,知钱者多,知味者少。

恭逢风行若"我的朋友胡适之"媚文之时代,袁山人《与翁东如》表态,感慨系之:"其人虽于世庸庸,于我落落,而无奈其子孙欲展孝思,大辇金币,来求吾文,则亦不得不且感且惭,贬其道而为之。"又自曝云,前在苏州,与薛君仅通音问,未见一面。"而家人无知,收其食物",弄得老朽无奈就范,"催逼作传,不得已,仿谀墓之例,撰成寄上"。君不见,此谓请君入瓮,落于"余以为世之知钱者多,知味者少"之仰天唾沫。

清初顾言武,倡导以实事求是阐明古义为主之考据学。袁山人躬逢其盛,其书简云:

> 近日海内考据之学,如云而起。足下弃平日之诗文,而从事于此,其果中心好之耶?抑亦为习气所移,震于博雅之名,而急急焉欲冒居之也?足下之意,以为己之诗文,业已是矣,词章之学,不过尔尔,无可用力,故舍而之他。
>
> 子之诗文,未造古人境界,而半途弃之,岂不可惜?且考据之

功，非书不可，子贫士也，势不能购尽天下之书；偶有所得，必为辽东之豕，纵有一瓻之借，所谓贩鼠卖蛙，难以成家者也。

——《再答黄生》

大概著书立说，最怕雷同，拾人牙慧。赋诗作文，都是自写胸襟，人心不同，各如其面，故好丑虽殊，而不同则一也。考史证今，都从故纸堆中得来，我所见之书，人亦能见；我所考之典，人亦能见。虽费尽气力，终是叠床架屋，老生常谈。有如贾人屯货，胥吏写供，得人之得，而自得其得，就使精凿异常，亦便他人观览，与我何与？况词章之学最古，始于六经，盛于三传，皆殷周贤圣之才？考据之学最后，始于郑马，盛于邢孔，皆汉唐龌龊之士，甚至戴圣、欧阳歙尽赃吏矣！其拘牵附会，穿凿侜张，殊非"大乐必易，大礼必简"之旨，不过天生笨伯，借此藏拙消闲则可耳，有识之人，断不为也。

——《寄奇方伯》

兴隆之乾嘉考据学及其学者，饱学盘郁，贤良方正；今之欺世盗名研讨者，拙陋阴袭，洵若袁枚所讽知钱不知味的龌龊之蠹。

二〇一二年七月七日小暑草，十八入伏日制毕

《俞曲园书札》：
"稍尝辛苦，亦文章顿挫之法"

　　此书购于南京，课余闲读，约廿余篇。八月来沪佣书，斗室无俚，案头又苦无诗文专集，晨夕遂以此自遣，穷兼旬之力，粗读一过，兴会所至并酌加圈点批注，无深意也。

　　曲园老人盖为一"为学问而学问"者，其人洒脱，惟仍不忘身后之名，各札中时时流露。毕生著作虽逾百卷，顾可传者无多耳！十年前余负笈吴门紫阳时曾读其所著《春在堂随笔》，又幼时于邻家夏公处见其所书联，语句已忘，惟笔态犹能仿佛一二也。读此书竟，聊

民国版《俞曲园书札》书影

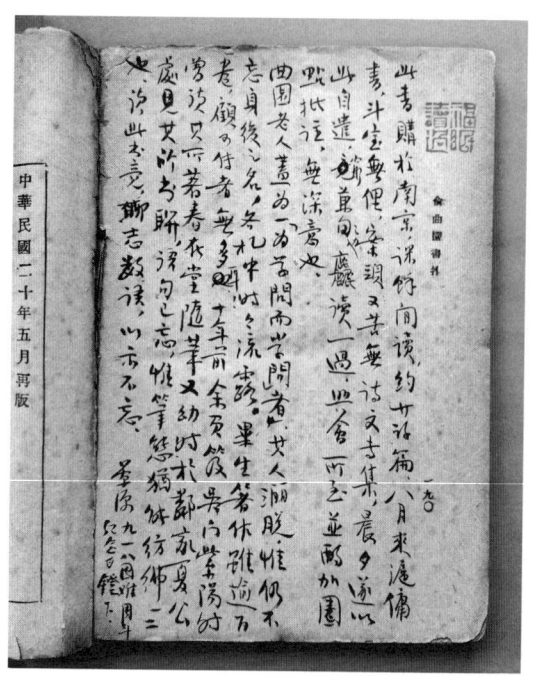

赵景源阅《俞曲园书札》之墨志

志数语，以示不忘。

景源"九一八"国难周年纪念日灯下

这通慨然短跋，书于上海大中书局一九三一年五月再版，冰心主人标点之《俞曲园书札》末之空页。是书我于一九九四年十二月廿八日晚淘得于海上福建中路旧书店。那时温暖如春。店中浏览数圈，无书可淘。街灯点点，转身出门。蓦见门口书架底层，一灰黄之脊醒我之目。抽出展卷，荧荧灯下，小楷眉批质实，圈点帖然俊朗，即付银八元抱归。

灯前拭净细览。是书收札二百十八通，正文前衬页墨书"景源廿一·五·廿南京"。书内多钤"赵景源"白文印,铅笔书21/9/5、21/9/6、21/9/8早、21/9/8晚等,又多海上逆旅短檠砚边批点而阅之读书志。其时择机应聘之待业知青,孜孜矻矻清淳简贵形象,肃然于眉批圈点中。

景源先生秉志弥固,眉批清远弘旷:

不善学老聃者,每易流为老奸巨猾,即以此乎?(《又与子高》眉批)

造就人才于故纸堆中,其何能济事?(《与李少荃同年前辈》眉批)

此老大有为学问而学问精神。唯所研求者,于社会太鲜实用耳。(《与杨石泉方伯》眉批)

中国科学之不能进步,此辈人士之阻力正复不小。(《与戴子高》眉批)

澹泊宁静以养志,曲园老人颇能之。斯亦不可及者。(《与曾枢允中丞》眉批)

通篇敷衍,殊属无聊。(《与李肃毅伯》眉批)

曲园老人以"花落春仍在"句受知曾湘乡,颇蒙赞许。故湘乡之殁也,为之悲不自胜。此幽情之并茂,允为全书第一篇。(《与世袭一等侯曾劼刚》眉批)

造句玲珑。(《与王补帆同年》眉批)

既了无恋恋，胡儿孙辈姻事犹未忘怀。甚矣哉封建思想之浓厚也。(《与彭雪琴亲家》眉批)

昔时刻书之难如此，学术之不昌明宜也。(《与吴平斋·又》眉批)

刮痧是否古之砭法，无可置信。唯中医治疗不下数千年，其中亦自有相当理由，斯足资研究者也。(《与宗湘文观察·其二》眉批)

文学上所谓个性，曲园老人言之颇是。/甚是甚是。(《与李宪之方伯》眉批)

民国学人之眉批，饱学淡定，疏逸有趣，常比正文扶疏风致。淘得这类籍册，如遇七贤，把臂入林，促膝草庐而励避时俗。

他们的眉批，见解独识，兀然成篇。弃正文而专阅眉批，亦为闲览之一大愉悦。

一九九八年五月十八日，我于福州路上海旧书店淘得商务印书馆一九三三年初版"小学生文库"第一集数本，其中《字谜》《驱除蚊蝇运动》等册之编纂、校对，乃景源先生。昭示其力避曲园老人为学问而学问，"唯所研求者，于社会太鲜实用"之弊病。

曲园老人之文字，无徐志摩、朱湘之流脂粉气。喜山乐水者，文字即形神灵动。曲园情致，亦复如是：

仆于九月初，携老妻至湖上，小楼倚槛，坐对全湖。晴好雨奇，随时领略；至夜，则月色波光，上下照耀，两三渔火，明灭其间，光景尤清绝。

——《与杜小舫方伯》

　　弟自去年春，从苏州紫阳书院移主杭州诂经精舍，其地在孤山之麓，有楼三楹，足揽全湖之胜，风晨月夕，倚栏俯瞰，不减贺季真之在鉴湖。

——《与彭丽崧孝廉》

　　眷属仍寄吴中，弟则自来西湖精舍，小楼高踞，平视湖山，时复掉一叶扁舟，放浪六桥内外。昨乘篮舆入山，至天竺灵隐礼佛遍，探紫云、金鼓诸洞，又逾棋盘岭，于山顶佛庐试龙井雨前新茗，亦一乐也。

——《与汪莲府》

　　尺牍要比捉刀报告、枪手发言及代笔总结、检查、研讨、评论、序跋、诗歌、通讯、广告、说明、悼辞、论文、调研、考察、巡访、宣讲、纪要、回

赵景源编校的"小学生文库"之诸书书影

忆、传记、网络文字等相对真实，了然思想。而最为清澈真挚舐犊者，乃家书也：

与次女绣孙

书来，知目疾未愈。每日用盐擦牙齿，即以漱口水洗目，久之自有验矣。

《水仙花》诗，寄托遥深，格律清稳，极为可喜。《咏古》诸章，无甚深意，且词句过涉悽恻，闺中少年人，不宜作此。以后作诗，宜以和婉为宗，欢愉为主，方是福慧双全人语也。吾前以福慧名汝楼，慧则付之自天，福则修之自我，汝宜深思吾言矣。

汝姊吉期，已定于三月二十六日，而衣饰至今未办，固由无钱，亦由为汝二哥哥病魔缠绕，举家都无心绪也。幸吾与汝母俱平善，勿念。

吾所著《群经平议》，已写副本寄杭州，浙中诸当事者，谋集资付刻；《字义栽疑》，亦写寄金陵，托友人校刊；皆未知能成否。"生前富贵应无分，身后文章合有名。"此白香山诗，吾常诵之。

与次女绣孙

得正月廿七日书，知汝无恙为慰。

吾于正月二十八日，在钱塘江首途，由严州、金华、处州、温州而至福宁。祖母今年八十有七，惟步履艰难，及重听较甚耳，饮食起居，与前年无异，期颐可望也。伯父之病，仍未脱体，幸公事清闲，颇足养病。吾在彼小住二十七日，仍由原路而还。水陆兼程，行殊不易。然泉声山色，颇足娱情。已于三月之末，至西湖精舍。笔墨丛杂，宾客纷繁，远不如福宁太守之清闲自在矣。

汝南旋之计，闻又不果。在都固无佳况，还南亦乏良图。触藩之叹，诚有如汝所言者。眼前既不成行，宜随时排遣，勿郁结成病。

汝有生以来，尚无大拂逆之境，此日稍尝辛苦，亦文章顿挫之法。昨得彭雪琴侍郎书，有诗云："欲除烦恼须无我，历尽艰难好作人。"此言有味，故为汝诵之。

吾尝言人生须分三截，少年一截，中年一截，晚年一截。此三截中无一毫拂逆，乃是大福全福，未易得也。三截中有两截好，已算福分矣。但此两截好，须在中晚方佳。若晚年不好，便乏味也，必不得已。中一截不好，犹之可耳。汝少年总算顺境，但愿以中年之小不好，博晚年之大好，仍不失为福慧楼中人。善自保重，深思吾言！

这两通致女儿之信，实曲园老人之情愫与企望：

一、民间土方治疾，其效有奇。偶尔用之，可避看病难、费用贵、神资双耗之苦厄。

二、青春期诗文，莫效时潮雷人之咆哮体。循和婉愉悦，以利天天向上。

三、开明之人生，商务身后名。

四、剔除自我折腾，力达清闲自在，经络给力通畅。

五、晚年幸福，才是真正幸福。

三句话不离吃饭本行。曲园老人之"稍尝辛苦，亦文章顿挫之法"，真意兴婆娑。其如是，景源先生如是，诸位边缘书虫如是。

二〇一一年十二月卅一日，晴
二〇一二年二月十九日，雨水节，抄毕

《苏曼殊文集·书信》：
"直欲吊人胃口耶"

疏林尺牍

　　二十世纪六十年代初，少年之我，淘得本翻览松散、封面柳亚子先生题署、开华书局一九三三年九月初版之普及版《曼殊全集》。衬页钢笔签书：

　　　　一九三三年耶诞节
　　　　寄赠
　　　颂羔先生顺祝新禧

　　　　　　　　　　丰子恺(钤"丰子恺"朱文印)

民国开华书局版《曼殊全集》书影

198

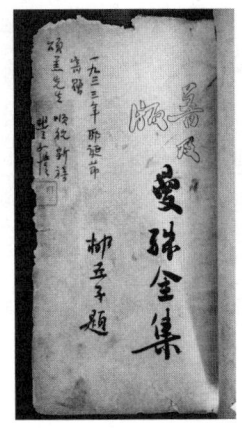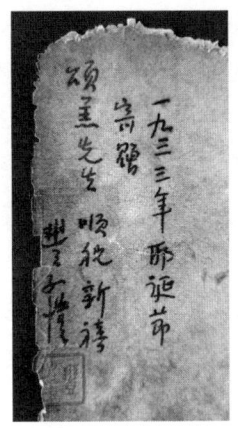

一九三三年圣诞节，丰子恺先生签赠谢颂羔普及版《曼殊全集》之手泽

初淘书者，好古好旧好破之籍，尤喜龌龊沾手之册，以为检得珍宝。

其时，我根本茫昧于苏曼殊、柳亚子、丰子恺、颂羔各为何人。唯觉灰褐是书，正文前冠树旁一位光头着袈裟露右肩双手合十端坐之照者，乃古之人，遂清纯淘下。"文革"屠戮，我把丰子恺先生题签之页坚壁清野，余焚之。

春行明达。至八九十年代，我零星购阅了由上海市出版工作者协会编辑、学林出版社出版之《出版史料》，华夏出版社一九八八年十一月一版《丰子恺遗作》。于史料与丰氏致颂羔之墨函，悉颂羔为谢氏。民国年间，从事哲学和宗教研究，广学会之编辑。

《出版史料》一九九〇年第四期，刊有江文汉《广学会是怎样的一个机构（下）》。文中云：

> 在广学会的中国人当中，有两个特殊人物，即谢颂羔和刘美

丽。谢颂羔是一九二六年六月由季理斐安排到广学会来工作的。一九一七年他毕业于苏州东吴大学，一九一八年经美国北长老会传教士经馥兰资助去美国留学三年。他在广学会有二十六年。他主编过《明灯》《平民家庭》等刊物。他写的书总在一百种以上，大部分是翻译的，其他也都是根据英美书刊编写出来的。

是后，我于博古斋淘回之一书中，不意检得夹于书内，草于一九三九年三月十一日和十二日两张日历纸反面之二函草稿：

颂公先生赐鉴：

倾间奉到来示，敬悉一切。已转达杜再新先生，请去照办。

《明灯》五月份稿，陈先生早□付印，惟竞新尚未送校刻。已催蔡君，想不日当可送校。

上海一切如常。迩来桃花盛开，璀璨夺目。示云港地天气热不可耐，则似已入夏季。与江南之莺飞草长者，似又另一气象矣。

府上均安，请勿念忧。张、陈诸君世衡已代为问候。先生何日回申？我们都盼望应斾早日言旋。沈君昨午送来赵晋卿先生访问记稿一首，顷已转交治明先生，□编入六月份《明灯》中矣。

舍妹蒋君奇夫人，住□□九龙。前闻其身体不适，久未来信，深以为念。

舍妹她先生□信道理，极热心。舍妹夫任汕头久大精盐公司经理。去冬曾到海防，不知现回港否。先生如有便，请驾临舍妹处一探望为感。

兹附致舍妹书一件，请酌交为感。

二妹如握：

久未奉书，甚以为念。

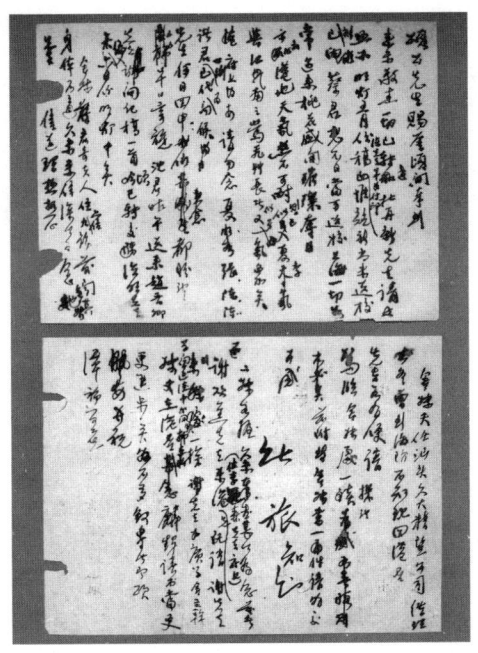

某公一九三九年三月致谢颂羔两通尺牍之草稿

某公致谢颂羔尺牍草稿之反面

兹者谢颂羔先生来港(住李森先生府上),兄托请谢先生到妹处一探。谢先生为广学会主干,学问道德,中外同钦。妹夫在港否?麟甥读书当更进步矣。恕不多叙。专此即颂体安,并祝潭福□□。

初识之余,我又淘得本仁约翰著,谢氏译,广学会一九四〇年四月三版《圣游记》(原名《天路历程》)(正文末钢笔直书"主后一九四八年七月十二日读毕·尹兰荪"之签);台尔·卡乃基著,谢氏、胡尹民合译,上海长风书店一九四〇年四月再版《欧美名人传》;台尔·卡乃基著,谢氏、戴师石合译,上海竞新印书馆版《处世之道》。

上由《曼殊全集》之丰先生签赠,瓜蔓谢颂羔其人。现蔓瓜而回。书话之趣味,贵得于风来帘外。

一九九二年十月十日,我于海上康平路自力书店,购得花城出版社是年五月二版,马以君编注、柳无忌校订之《苏曼殊文集》。单间自力书店,不久关门大吉。悲矣夫,读书衰世,惨淡经营,力不自矣。

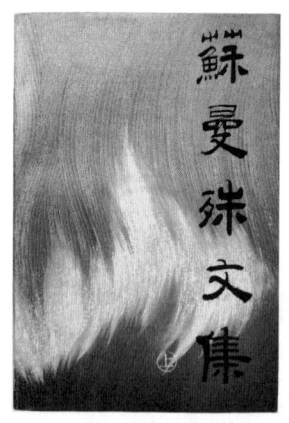

一九九二年五月花城出版社二版《苏曼殊文集》书影

民国戊午岁次一九一八年五月二日，苏曼殊病逝于海上金神父路广慈医院，即今之瑞金二路瑞金医院。享年三十五岁。

广慈医院地属法租界。其周遭之花园坊、金谷村、明德村，寓宅新型洋派。黄萍荪、曹聚仁、苏青等作家，曾居或编辑部设于此。

我家居是路南端之打浦桥。小学时代，我常至医院对过今名之绍兴路玩，那里出版社、书店栉比，林荫幽静。记忆里，今之上海文艺出版社那幢气派洋楼，门口大理石墙镌着"中华学艺社"五字。门两旁花坛大理石宽围栏，明亮可鉴，我们坐在上面，滑来滑去，乐趣无穷。其斜对门之儿童花园，民国至今，依然鸟语花香。而书店式微，咔吧、画廊、艺苑、酒家等高档休闲场所，超级炫目。

苏曼殊英年早逝，读其书信，知其体质羸弱。函云：

> 日间须往横滨病院静养，盖得肝跳症也。
> 曼近日肩下生疮甚痛，全愈时当勉应命。
> 雪近为脑病所苦，未知何日得西归相见？
> 瑛比来咯血之症复发。
> 连日生洞泄之疾，心绪无俚之至。
> 足痛，迎江寺未便赶斋。
> 英连日生洞泄之疾，已觉弱不胜衣矣。
> 抵皖不觉三周，一切甚适，惟腹内常痛。
> 昨日至西京琵琶湖游次，病复大作。
> 瑛自今夏患痢，已阅四月，仍未痊可。
> 瑛痢疾已除，而痔疾大作，日卧海宁医院。
> 吾病两日一小便，五日一大便，医者谓散里哆扶斯病（即肠伤寒病），劝余每日吸鸦片三分。

从其自述病历鉴，苏曼殊上中下三焦，皆病魔缠身。病征之因，一为

沉湎散精伤神之淫靡勾栏:

> 瑛东渡以来,病骨支离,幸得良医,近日稍能赴各地游玩。但有酒能赊,无油可揩,远不如海上斗鸡走马之为快耳。今拟五六月间过沪一游,未识犹有旧时豪兴否耶?
>
> 衲东居百病丛生,无复昔时斗鸡走马之豪气。吾燕君闻之,作如何感慨邪?
>
> 此间天气已凉,虽有倚槛窥帘之盛,何如春申江畔斗鸡走马之快邪?或晤女校书辈,乞为我代询近况。
>
> 此处有酒能赊,无油可揩,君将何以教我?

函中海上、春申江畔之谓,乃灯红酒绿十里洋场,花丛征逐之上海滩。

二十世纪五十年代初,梁羽生先生担任《新晚报》副刊编辑,曾开设"一日一联"小专栏。其出上联,征读者对下联。

> 白日放歌须纵酒;黑灯跳舞好揩油。

此上联取杜甫诗句之对联,为将近两年之征稿中教梁先生印象深刻者之一。

病征之因,二为嗜糖成瘾:

> 日食摩尔登糖三袋,此茶花女酷嗜之物也。
> 今得广州书,复承远颁水晶糖、女儿香各两盒。
> 又恐不能骑驴子过苏州观前食紫(采)芝斋粽子糖。
> 老大房之酥糖,苏州观前紫(采)芝斋之粽子糖,君所知也。
> 君便中购摩尔登糖四瓶,外国火腿一只。
> 摩尔登糖二百三十七粒,夹沙酥糖十盒,红豆酥糖十盒,敬领

拜谢。

连日吃八宝饭甚多，然非吾之所谓"八宝"耳。

或至小蓬莱吃烧卖三四只，然总不如小花园之八宝饭也。

但得时往亲友家大吃年糕，医者不知之也。

连日背医生往亲友家大吃年糕，病复大作，每日服药三次。足下试思之，药安得如八宝饭之容易入口耶？

余屡问医生，吾病何日可愈？何时可至上海食年糕、八宝饭？医生笑而不答。

除夕梦至海上吃年糕及八宝饭。

燕肠疾渐就痊可，惟医者屡次吊人胃口，余甚思至沪吃八宝饭也。

念君远适异国，猪油年糕必不可得，为凄然久之。

此处亦有莲子羹、八宝饭，惟往返须数小时。

八宝饭，由糯米、红豆沙、红枣、蜜枣、桂花、彩色瓜果条、桂圆、蜜饯、瓜子仁、核桃仁、猪油、白砂糖等尤物，据己口味喜好，选制裹蒸而成。其与猪油桂花糖年糕，为江南重油重糖甜食之无上妙品。新春佳节，必不可少。梅林间，水仙前，赏而用之，欣羡衷怀，洋洋陶然。

偏嗜之偏，涵不可理喻、无可救药之意，乃心理极端之病态的回光返照。我昔之一位沙姓胃病同事，其偏嗜咸鸭蛋，以为零食。

绝缘绿蔬之苏曼殊，《致刘三》坦言："医师云：'肠病最难疗治。'余既不专心系爱，天心自有安排耳。"展现了拼死吃河豚鱼，作死之不可理喻。

病征之因，三为暴饮暴食：

前夕，商人招饮，醉卧道中，卒遇友人扶归始觉。

生鲍鱼加糖酢拌食，味究不恶。

昨夕梦君见滕上蒋虹字腿、嘉兴大头菜、枣泥月饼、黄炉糟蛋各事，喜不自胜！

　　又谓素君能制丝枣，直欲吊人胃口耶？

　　今日能食粥三碗，牛乳、牛肉、鸡子及奈良渍物甚多，然则吾病或能愈耳。

　　午后试新衣，并赴源顺食生姜炒鸡三大碟，虾仁面一小碗，苹果五个。明日肚子洞泄否，一任天命耳。

　　近发明一事，以中华腐乳涂面包，又何让外洋痴司牛油哉！牛乳不可多饮，西人性类牛，即此故。

　　月饼甚好！但分啖之，譬如老虎食蚊子。先生岂欲吊人胃口耶？

佛教清规戒律，玄精静寂。

苏曼殊修明止观，深悟王右军《兰亭集序》"当其欣于所遇，暂得于己，快然自足，曾不知老之将至"之怀，"或取诸怀抱，晤言一室之内；或因寄所托，放浪形骸之外"，连书信落款"曼殊书于红烧肉、鸡片、黄鱼之畔"，凛然玉盘珍馐之臻，故有"直欲吊人胃口耶"之曼殊曼语。

　　　　　　　　　二〇一二年十月六日制毕于天钥书屋之南窗

《张謇存稿·家书》:
"食少油，勿过饱·胜似说无益话"

新书须养——养之书橱、养之高阁、养之纸袋、养之床底、养之老屋。十年廿年后，一朝启视，醇旧之气，盎然沁怀。此老版书，我有他无，令其羡煞。

我平时闲览之籍，皆为陈酿久养之书。疏林陈叶，抵俗养气，故无捧新书臭脚之跟屁虫书评。

这册《张謇存稿》，上海人民出版社一九八七年四月一版，一九九六年二月七日购于海上绍兴路东方书林俱乐部，价六元六角。

《张謇存稿》书影

是书实为张謇未刊尺牍、函电之衷集。我择其致儿之函阅读，缘其少装腔作势，多真情实意，凭尺眷眷。

民国上溯，饱学之士、金石书画家、杂家艺人，多通中医。他们清静淡泊，襟怀纯明，与笔墨纸砚为伴，皆为东坡志林中奇人。章太炎如是，张謇亦复如是。

中医之籍，乃国学国故，学人之必修。昔人读医书，出于不为良相即为良医之治世理念，抑或出于谋生或看病难之故。其之文本，青绿溪山，自绕清韵。权当科普随笔、唐宋笔记、晚明小品来读，最大益处，可教撰文洁简，舒卷自适有趣。

二十世纪九十年代初，我于博古斋淘得两部医书。

一为清乾隆乙亥(一七五五)版《伤寒论注》。此书钤"浦左愿学斋顾氏藏书"长方楷书蓝印，天头、地脚与行间，批注若沙，间关读书。我佩而淘归：

> 虽有勉为之解者，终非真理。且仲景各条之文，明白通畅者多。何以此条独为此艰晦廋语，使人不解，必无此理。注家当合全文看之，不能单论一条也。

> 极是可疑之点。是条必有误。文饰强解，是注家第一大病，如陈修园辈为尤甚。虽文理极佳，言之成理，如喻西昌者，亦不过文字好看，实际并无用处，且有害矣。读书者，慎勿为所惑。
>
> ——《桂枝汤症上》

> 读书须会意。此二条所述之症，似乎宜相易乃合，然总当以临症时活法变通为要。如见热利之状而表不解者，即用此方；或见虚寒利下而表不解者，则用上方，不必拘于本文也。
>
> ——《桂枝汤症下》

一为光绪丙申(一八九六)七月线装本《本草便读》。此书由毗陵张秉成集选,书牌页钤"苏州绿荫堂福记精造书籍章",《凡例》阐明:"此书原取简便易读,故每药一种,其联句概从简略。尚有意义未尽者,于每味下另增小注,读者玩之。"供"读者玩之"之籍,必为荷露烹茶、浇薄书林中独抒异趣之作。

以"读者玩之"心态买书、淘书、读书者,实为奇雨好晴、咏吟自当之边缘书虫。

张謇家书,乃于辛亥革命前后书与独子张孝若之函。其初函云:

> 兹又寄去《徐霞客游记》一部,此书记所游,颇奇突,亦中国探险家也。无事时可看一小段或属润讲之,胜似说无益话。

斋存之《徐霞客游记》四册,为一九三四年六月上海新文化书社再版本,一九六四年淘得于海上淮海中路旧书店,是读了课本上之节选后清纯索淘的。其时,是书置于玻璃橱内,价一元,足证其珍贵。

其后,我屡思再购部新版是著,翻来看去,其或装帧粗俗,或内页花不棱登而大伤目力,或糨糊续貂之白译,终教我掉头不顾。

二〇一二年五月,我闲逛海上古籍书店,憬然购得中华书局二〇一二年五月版式朗澈之《徐霞客游记》一部。

除了嘱儿闲览《徐霞客游记》胜似说无益话之类点铁之咐,张謇又教导爱儿,循序渐进,兢兢于书法修养课:

> 小字帖先将父所书二小帖各两张,用油纸影临。盖油纸于帖而照写者名影临,置帖对面而照写者名对临。

> 学山谷书,须知山谷之所学,山谷用俯控之笔,得之《瘗鹤铭》。

《褚河南书圣教序》，即俯控之笔，可体玩也。（《褚圣教》二：一《同州圣教》、一《永徽圣教》，此言《永徽圣教》也。）山谷书于平直处、顺逆处，须注意。须更观山谷谨严之字，乃能悟其笔法。

字迹亦渐重、渐整，以后每日即用此格临苏字四行或五行，不耽阁时间也。

儿文已寄去，作文须先能长，乃能发挥笔气，能长而后来其当，乃不落于窘涩。

苏（东坡）黄（山谷）米（南宫）蔡（襄），为宋书坛四大家。张謇教授爱子书学苏黄，此亦可窥张謇思想、学识之一斑。

烹调之最高境界，乃关火盛盘之刹那心无旁骛，周遭了无熏眼刺鼻、沾肤钻发之油腻黏味，仅是袅袅冉冉、丝丝飘然之清香锅气。而诗文之笔气，金石书画之笔气，源于手不释卷之书卷气，自得其乐之想象，不为习尚所移之偶偶独步。

深宅大院内之子女，通医擅医者之子女，往往易病。张謇常为其儿函授医道：

怡儿服：甲日服头煎，乙日服二煎，先服两帖，面色黄退即止。否则服三帖。
土炒白术改生白术，怡儿照服。

即到校亦要每日洗脚，脚汤须滚开，待稍温后洗，并可加入酒一大杯。药水洗脚后，生草乌磨敷，如不大效，亦可用黄丹研末掺于水泡、乃脚丫湿处。服父药方如何？若嫌燥，可将北参、川石斛二味提出，另加霜桑叶一钱、侧柏叶一钱五、藕节三个分服，以清肺胃之热，兼以治鼻血。润为怡儿施之。亦可问张师。

顷与汝权询儿体气，据云并非先天不足，乃北方地气高亢，或坐久肺气不舒所致。不可服柔润滋腻之品，如生地、麦冬之类。平时可服杏仁露、枇杷露(用枇杷叶所蒸化者)、冬瓜糖之类。

儿左胁痛是否肺气不舒所致？可请俞、熊二君细诊察之。若以附子、川芎拌入炒热盐内，推转熨之，合否可问俞君。或以如意油自涂掌心，推摩亦好。要使气血不凝滞，即不痛。

若脚桠有湿水，则用海螵蛸研细末掺之可愈。

儿目疾甚念。

每日兼用中西法治，中法以谷精草、霜桑叶、野菊花煎汤日熏洗三四次。西法以硼砂水日洗三四次，日夜用温水洗足各一次，无事闭目静坐。手搓脚心涌泉穴左右，每次一百。

当下养生，风靡海内。袁子才澄穆清论："大抵养生之道，无心最妙。"张謇之传统医道，今以减肥、养颜、足浴诸时尚新名，广而告之。此亦阴阳平衡之处世哲学。张謇送抱推襟："世道日趋于乱，人心亦日趋于恶，君子处之，惟有中正澹退。""世变未知所届，惟守正而处中者，可以不随不激。"其践如何？亦见致儿之函：

胸襟须放开，处一切事须有"振衣千仞岗，濯足万里流"之概，何至郁闷？父生平得力即在放开怀抱。

顾世事日变，非有学问，不能有常识，即不能有声望。居今之世，若无学问、常识、声望，如何能见重于人？

父一生止是不说慌、不蹈空，到今无论如何，我惟有心安理得。

慈善虽与实业教育有别，然人道之存在此，人格之成在此，亦不可不加意。儿须志之。

父生平待人坦怀相与，不事机诈。人之以机诈待父者，往往自败。

儿宜自勉于学，将来仍当致力于农，此是吾家世业，世界高格，不愿儿堕仕路之恶鬼趣也。

誉人亦不可过，此关自己审判力及语言程度。

行政人无常识，大危象也。

食少油，勿过饱。

张謇经世勋功，千秋不朽。敏锐"能于辛苦中得有乐趣，则天机自活"之禅意，彰显于"食少油，勿过饱·胜似说无益话"之万流仰镜。

二〇一二年十月四日，游西天目山归来制毕

《章太炎先生家书》：
"宜常服橄榄萝菔等物，以防时病"

"文革"时期，唯有毛主席、鲁迅先生两伟人之著可读。我翻阅了鲁迅先生《关于太炎先生二三事》，记住了时违时忌怪诞章太炎之名。

自二十世纪八十年代始，我陆续淘购了原版《太炎先生自定年谱》；上海古籍出版社一九八五年二月一版，汤国梨先生编次《章太炎先生家书》；中国广播电视出版社一九九七年一月一版，陈平原、杜玲玲编"学者追忆丛书"之一《追忆章太炎》。最教我喜出望外的，乃一九九五年十一月二十五日，于博古斋一堆破书中，不意检得一八七八年春仲杭州汪氏

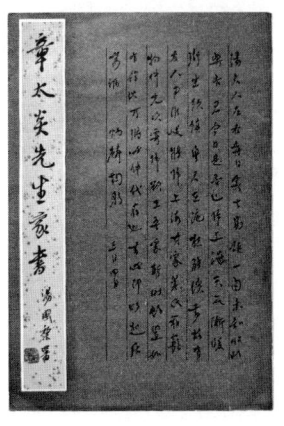

《章太炎先生家书》书影

213

振绮堂刊张之洞《輶轩语》一册，全书眉批二十四则、末页小楷墨跋一篇，署"庚子(一九〇〇)二月枚叔跋"。熏笼壁间，太炎先生手泽也。香薰锦裹，什袭珍藏。

汤国梨先生编次之《章太炎先生家书》，共收书札"八十四通，起一九一三年八月，讫一九一六年六月，值'二次革命''云南起义'诸役，先生为袁世凯羁禁于北京时之手迹也"。其中致夫人汤国梨八十二通，致三女儿两通。

是书我于一九八五年九月廿一日购于海上福州路上海书店。辜鸿铭、章太炎，皆为以披坚执锐之激烈革命思想，持洞然朗照之学术椽笔，特立独行，承前启后，屹立于时代风雷之巅的人物。其言行文字，多有清醒的不可思议之怪讶与明朗的倜傥学识之造诣。然写家书，太炎先生清和在抱，跌荡昭章："眷念既深，夜不成寐，得君片字，珍于拱璧"，"念至此，岂独我思君，君亦宜思我也"，"秋月初圆，木叶已脱，延跂江天，不胜惆怅"，"食不甘味，读书不乐者，正为思君一人尔"等微博温婉情句，洵其云璈水瑟之另面。

太炎先生致夫人信中，引苏东坡"惆怅东栏一枝雪，人生看得几清明"之咏梨花诗句，倾述珍重之愫。然维系遥阻京沪危困中二人之怀者，乃慧福之书籍。

其嘱夫人读书之道：

> 天气新凉，起居宜慎。时时弈棋打毬，借以排闷并令血脉和调，是为要务。如欲浏览书籍，案上所庋，皆可翻观。但每阅一册毕后，当仍归却案耳。

> 君近阅何书？眠食安否？严先生家有《娱亲雅言》一书，小说之流，不失典则。其版若存，君当借观，以排闷也。

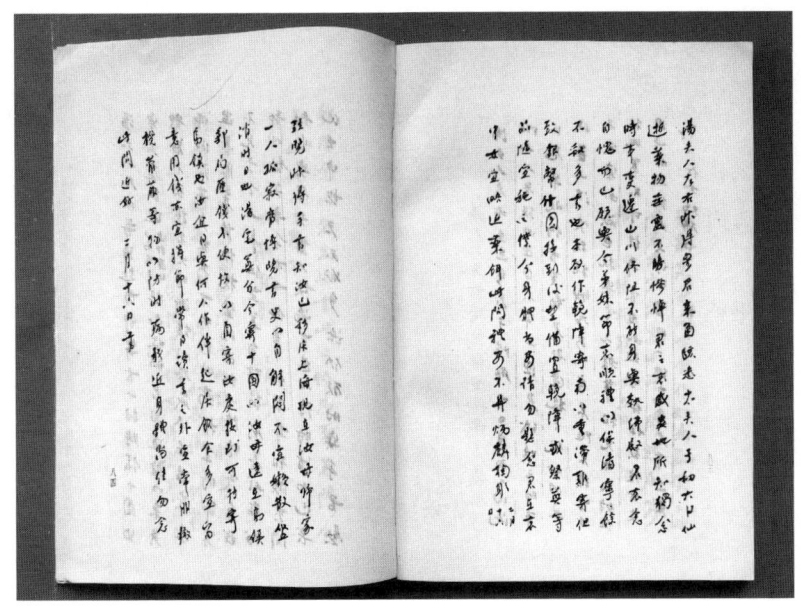

章太炎先生家书墨迹

吾在日本，曾购小字《藏经》一部。今书籍及《藏经》，并寄存哈同花园黄中央处，可以往取观。惟《瑜伽师地论》在家。此书百卷，精微奥博，不可复加，观之益人智慧。

宋诗人陆游存诗《书愤》《书感》《书事》，慨世事艰困，老徒伤悲，枉然枕戈之绪。而太炎先生，亦"羁禁"于"三书"。

书愤衷怀：

在京终日杜门，诗以写愤。神经衰弱，不能多言。既羞与魑魅争光，亦愚者之养拙。城南南下洼，地方百亩，素棺栉比，殆有万数，

215

见者寒心。此皆戒严之效果也。

愤慨既极，惟迎诗以自遣。有时翻阅医书，此为性之所喜，但行箧此种殊少耳。家中医籍尚多，务望保藏弗失。昔人云："不为良相，当为良医。"此亦吾之志也。

书感慰藉：

不佞虽在风尘，周身之防亦密。比惟日览文史，聊以解忧。

京师冠盖之区，暗如幽谷，惟有终日杜门，自娱文史而已。戒严令日益酷厉。

书事志林：

迩来万念俱灰，而学问特有进步。盖非得力于看书，乃得力于思想耳。幸得苟全，此事终不能放过。次则平生所好，又在医学；君亦当涉猎及此，愿同注意。家中颇有医书二三十部，皆宋明精本。数年搜求，远及日本而后得之，望为我保持也。

新迁房屋如果可居，则甚善。移家时，吾所有书籍一切，皆望整理，弗令阙失或凌乱无次为幸。

既赁马立司路房屋，移居时，应稍注意书籍勿散乱，器具勿遗失，初迁尤宜防盗也。

迨迁居时，仍弗令物件遗失、书籍散乱也。

附上在京在家书籍清单，及自著各种在内，亦间有不及者。书籍则惟择其精善者言之，君可偕未生料理。自著多有未编成者，其当弃者，亦有十分之二，未生当能与同门商榷也。

家中所有存款，并银行尚存之款，(如长期者，不妨向他人挪借，以折归之)，宜速汇来，以供买书之费。(买书虽万，全不厌多。)

夫妻两地书，过分恩爱，则为肉麻作秀之发嗲，或适各怀鬼胎、同床异梦，行将拗断之潜征。致儿之函，多严教厉训。而致女儿之信，多春风雨露、无微不至之抚。俞曲园夫子如是，太炎先生亦如是。其平素有意的古怪奇倔之性，于给小女儿的信中荡然无存：

久不得汝手书，但知近日颇习读书，吾心为慰。所需史书廿四史，须百余元方可置备，一时亦难穷览。石印《资治通鉴》，不过七八元可买，实即全书之节本耳，览之亦易也。吾向日教钟稚琚，只令其览《资治通鉴》，不令其览二十四史，盖以人苦目力有限故也。果熟读《资治通鉴》，在今日即可称第一等学人，何必泛览也。

闻汝近亦知节用，甚好。终须竭力务学，以为后图。汝姊之死，固由穷困。假令稍有学业，则身作教习，失可自谋生计，何至抑郁而死也。此事须常识之。此问近好。

(一九一六年)四月二十日

近当写一手书来。

太炎先生对其爱女读书"何必泛览"之教益，正与郑板桥告诫其弟"若一部《史记》，篇篇都读，字字都记，岂非没分晓的钝汉"之旨，思想识见，一致深刻宏达。

217

斋存之民国有正书局版石印《明拓汉隶四种》之版权页,有原玩家姚伯宽于一九五四年仲冬小楷"石印本世不重视。此种初版,今亦不易得矣"之精美慨论。然风云际会,"石印本世不重视"之论,于今扶摇直上之拍卖声中,戛然作古。石印本乃辉煌印刷史之短暂舶来一页,太炎先生时代之石印本《资治通鉴》,珍贵当下。

典章稽古,意气风雷之太炎先生,精通中医。于时令节候之养生,尤擅注意。致夫人、女儿之信中屡屡谆嘱。

致夫人:

天气新凉,宜自珍重。勿多啖瓜果凉水,开窗当风而卧。

白露渐零,天气凉冽。龙须早去,珍重自爱。

寒暑代更,宜自珍卫。少餐瓜果,勿当风偃寝。

君在沪中,总宜常服橄榄,莫多近火。

京师时疫甚多,想南方亦同此病。务宜时节寒温,兼服芦菔、橄榄、盐汤诸物,以防时气。

京城喉疾甚多,恐此又将染及上海。芦菔、盐、橄榄等,日日需服。猝遇此病,施治甚难。

致爱女:

汝近日与何人作伴?起居饮食,多宜留意;用钱亦宜撙节。常自读书之外,宜常服橄榄、萝菔等物,以防时病。

涵良相良医之风的太炎先生,语重心长教诲爱女要"常自读书"。此真清明在躬之谕。

二○一二年端午节后一日制毕于天钥书屋

《弘一法师书信》：
"但必须不伤害鼠命者乃购之，否则不购"

　　中学时代，我从语文老师秦学林先生处借得民国版《书法大成》一册。作品图版中，沈寐叟、弘一法师两位"古人"的作品，给我留下奇瑰印象。

　　之后，又于淮海中路旧书店，淘得叶圣陶先生《未厌居习作》。其中《两法师》《弘一法师的书法》，教我初识弘一法师之行状。

　　十月六日，我始于天钥书屋拜阅林子青编《弘一法师书信》。此为北京三联书店一九九〇年六月一版，我一九九一年元月五日购于新华书店

生活·读书·新知三联书店一九九〇年六月一版《弘一法师书信》书影

219

静安区店。十三日,阅是日《东方早报·文化》版之《弘一法师〈断食日志〉原稿首展》报道,悉今年乃弘一法师诞辰一百三十二周年、谢世七十周年之纪念。

一九三七年十二月二十日,弘一法师于晋江草庵分别致芳远童子智鉴、性公老人慈鉴:

> 传贯师前往厦门时,途中逢盗,放枪弹伤贯手腕。今仍居厦疗治。传贯师经此番灾难,深自庆幸。谓可以成就代众生受苦之凤愿,大菩提心,益复增长。

南无阿弥陀佛。弘一法师称此代众受苦,为人民服务之慈悲善行,为身入娑婆:

> 故拟谢绝人事,一意求生西方,当来回入娑婆。
> 近来余深感娑婆之苦,欲早命终往生西方耳。
> 故于此娑婆世界,已不再生贪恋之想。
> 必须先生西方,回入娑婆,乃可负荷弘法之重任。
> 其未了者,俟当来回入娑婆时,必可赓续。
> 将来娑婆缘尽,往生西方,与母弟永为莲邦之净侣。
> 朽人迩来衰老益甚,于此娑婆世界,未能久住。

娑婆世界之思想与精神核心,乃外内善根相发:

> 如不能常茹素,每晨粥时可茹素一餐,名曰吃早素。仁者可以是广劝他人。此事甚不为难,常人皆可行之,亦可种善因也。又不宜买活物在家中杀戮。若需食者,可买市上已杀之物。如是虽食荤腥,亦可减轻许多罪过。

左侧竖排:疏林尺牍

余所居处，鼠害为患。拟请仁者到上海先施公司，购西式捕鼠器一件(但必须不伤害鼠命者乃购之，否则不购)。如无者，乞于便中至上海城隍庙购铁丝编成长方形之捕鼠器亦可(此物决不伤鼠命，但不甚灵验耳)。此捕鼠器俟余至宁波面交。

胸怀"但必须不伤害鼠命者乃购之，否则不购"之和谐襟情，若钵中青莲，滋润于《护生画集》《戒杀画集》：

　　因子恺之画，朽人与湛翁(马一浮)之字，皆非俗人所能赏识。故应于全体美观上，十分注意也。

　　《戒杀画集》出版之后，凡老辈旧派之人，皆可不送或少送为宜。因彼等未具新美术之知识，必嫌此画法不工，眉目未具，不成人形。

弘一法师遗像

莆田广化寺佛经流通处翻印本《护生画集》书影

又对于朽人之书法，亦斥其草率，不合殿策之体格(此书赠与新学家，最为逗机。如青年学生，犹为合宜。至寻常之寺院，及守旧之僧俗，皆宜斟酌送之)。

《寒山拾得诗》中，有戒杀诗数首。昔人著作中，似未编入。今或可选出，录入《护生画集》中。

二十世纪五十年代后期，神州上下，遵伟人之伟大教导，史无前例，轰轰烈烈，展开消灭"害人精麻雀"大运动之同时，又乘胜追击，大灭苍蝇、蚊子、蟑螂、老鼠之"除四害"风暴席卷中华大地。

东西南北中，男女老少齐上阵。不仅观看深刻揭露老鼠累累罪恶之科教片，而且处处张贴鼠害之危、灭鼠各法之宣传画。各块居民小组长，严肃不苟，挨家挨户上门发放捕鼠之器、灭鼠之药，强调传达此次灭鼠运动之深远历史意义。蓦然，雨中传来战警，一只惊弓之鼠，钻入阴沟；众人闻号冲起，义愤填膺围剿之。小街小弄，为之堵塞，盖为今朝车堵之先河。

二十世纪九十年代前，我蜗居陋间，所购淘之籍，多藏于纸板箱，塞于床底，久而久之，遂成鼠之安乐窝。冬逝春来，躬身取书。少年时代，淘于古籍书店之民国有正书局珂罗版《雪个苦瓜墨妙》《吴滔临金农画册》，今版之《文言常用八百字通释》《左宗棠全集·札件》诸册籍，被文化之鼠津津有味所啮，形如梯田。想到自己属鼠，同喜啃书，天意授之，心里悦然平衡。能自我平衡，所向便绰然有余。

胸襟慈悲，气量含宏。一九二九年，弘一法师应开明书店之邀，书写"总以适用于排印佛书及古书等为主"之铜模字。

然"素重然诺，决不愿食言"之弘一法师，"铜模已试写三十页。费尽心力，务求其大小匀称。但其结果，仍未能满意。现由余详细思维，此事只可中止"。弘一法师致夏丏尊居士函，谈了中止之三点理由。其一是

"此事向无有创办者"，了无经验可鉴；其三是"余近来眼有病。将来或患增剧，即不得不停止写字"。其二是：

> 去年应允此事之时，未经详细考虑；今既书写之时，乃知其中有种种之字，为出家人书写甚不合宜者。如刀部中残酷凶恶之字甚多。又女部中更不堪言。尸部中更有极秽之字，余殊不愿执笔书写。此为第二之原因。

"为出家人书写甚不合宜者"之观瞻，泅"但必须不伤害鼠命者乃购之，否则不购"之方便法门。

"古诗云：'莫嫌老圃秋容淡，犹有黄花晚节香。'吾人一生之中，晚节最为要紧，愿与仁等共勉之也。"此则警策，弘一法师与李芳远、郑健魂、穆犍莲三居士和性常法师函中，谆谆斯言。若一杀鼠，遂沦丧尽天良、晚节不保之溷厕。

善根坚贞，不违四大。弘一法师不单惜鼠，即草木园蔬、湖光山色，亦冲明在怀：

> 晚晴种树，甚好！
>
> 近日霜浓，蔬菜甘美。
>
> 承惠施紫菜、蚕豆，今晨始知，敬谢厚意。
>
> 且以拙见言之，菜食一盂之中，约以蔬菜占五分之四，豆类及花生等占五分之一，乃为适宜也。
>
> 煮豆类、花生及蔬菜之汤，亦不可弃，其中含有多份之滋养料。倘弃其汤，而唯食其质，犹如服中国药者，弃其药汤而唯食其药渣也。

净峰寺在惠安县东三十里半岛之小山上，三面临海（与陆地连处仅十分之一）。夏季甚为凉爽，冬季北风为山所障，亦不寒也。小山之后，玲珑重叠，如书斋几上所供之品，惜在此荒僻之所无人玩赏耳。

居深山高峰麓，有如世外桃源，永春亦别名桃源也。

昨午雨霁，与同学数人泛舟湖上。山色如娥，花光如颊，温风如酒，波纹如绫。才一举首，不觉目酣神醉。山容水态，何异当年袁石公游湖风味？惜从者栖迟岭海，未能共挹西湖清芬为怅耳。薄暮归寓，乘兴奏刀，连治七印，古朴浑厚，自审尚有是处。从者属作两纽，寄请法政。或可在红树室中与端州旧砚，曼生泥壶，结为清供良伴乎？

——《致陆丹林》

铭感于"但必须不伤害鼠命者乃购之，否则不购"之止观，春柳濯烟，则心平气和，不为习尚所移。

二〇一二年十月廿日制于天钥书屋

《樱花书简》:
"新国少年，皆当存揽辔澄清之志气也"

　　《樱花书简》，郭沫若著，唐明中、黄高斌编注。收录郭沫若一九一三年至一九二三年间所撰家书六十六通。其中，一九一三年初出夔门三通；一九一四年至一九一五年八月，东京和第一高等学校预科期间二十七通；一九一五年九月至一九一八年七月，转入冈山第六高等学校二十七通；一九一八年八月至一九二三年一月，升入福冈帝国医大九通。是书，四川人民出版社一九八一年八月一版，一九九二年元月六日，我淘得于福州路旧书摊。

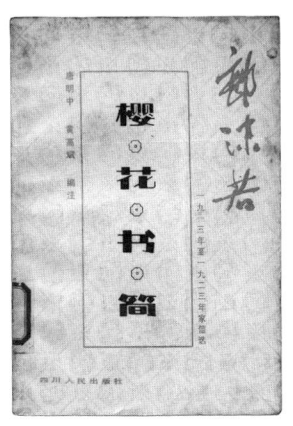

《樱花书简》书影

225

郭沫若学生时代这六十六通留学家书，乃其时与归国后，翰涉诗歌、散文、小说、历史剧、考古、自传、回忆录、美术、书法诸领域之先河蓝图。骐骥骏骏，恣肆斐然。春色骀荡，按图大致索骥与相关阅读如下：

　　男东来留学，志向在实业及医学两途。（一九一四年三月）

　　现在国家弱到如此地步，生为男子，何能使不学无术，无一筹以报国也。（一九一五年四月）

　　男幼受父母鞠养，长受国家培植，质虽鲁钝，终非干国栋家之器，要思习一技，长一艺，以期自糊口腹，并借报效国家；留学期间不及十年，无夏（禹）、苏（武）之苦，广见闻之福，敢不深自刻勉，克收厥成，宁敢歧路忘羊，捷径窘步，中道辍足，以贻父母羞，为家国蠹耶！（一九一六年九月）

　　元弟可许容再出门读书否？国家积弱，振刷须材，年少光阴，瞬间即逝，殊为可惜也。（一九一六年十二月）

　　士不可以不宏毅，任重而道远。能以为己任，不亦重乎？死而后已，不亦远乎？（一九一六年十二月）

　　相关阅读:《巫峡的回忆》《我怎样开始了文艺生活》《郭沫若选集·自序》。

　　然而盛衰治乱，一切皆有天数存焉；风云紧迫，正酝酿豪杰之时，新国少年，皆当存揽辔澄清之志气也。（一九一七年六月）

　　相关阅读:《女神之再生·凤凰涅槃·炉中煤·地球，我的母亲·月下的故乡》。

　　春气宜人，此邦樱花近已开残矣。（一九一六年四月）

郭沫若在日本时的全家合影

春日融和，樱花烂漫，山巅水涘，游人甚多，霸者之民，皞皞如也。故乡桃李，想亦开放矣；屋后桑树数枝，想亦已绿叶成荫矣。此间桑树颇少见，有则均矮小，茶树颇多，小簇如绣球，在家时，曾未之见也。（一九一七年四月）

樱花开罢，牡丹杜鹃等花渐复着花矣。家中所植，不识如何。（一九一七年五月）

相关阅读：《梅花树下醉歌——游日本太宰府》《百花齐放》。

七妹字迹潦草，遗落颇多，显系倩枪，相别年余，毫不进步，殊不满意也。(一九一四年八月)

然无奈字有字病，语有语病，仅此乃又多不甚了了，故今次实行用此诘责，亦是读书人应讲究事，不可谓我喷喷多言也。(一九一五年四月)

相关阅读:《怎样学习书法》《培养中小学生写好字》。

此间风景虽不见佳妙，气候较东京为清爽也。且地近海边，日以海水浴为事，甚觉有趣。(一九一四年七月)

男在房州统住一月有余，日日在海中浴沐，已能凫水五六丈远。(一九一四年九月)

儿今岁留冈，甚是愉快，每日午前在家读书，午后下河洗澡。(一九一七年八月)

住家离大学甚近，走不上两百步，便是大学的后门，上课算很方便呢，离海岸，亦不远，天晴便可入海凫水。今日天气甚好，打算吃了午饭之后，便去凫水去。(一九一八年八月)

相关阅读:《浴海》。

男想古时夏禹治水，九年在外，三过家门不入；苏武使匈奴，牧羊十九年，谨龁冰雪。(一九一六年九月)

相关阅读:《电火光中·怀古——贝加尔湖畔之苏子卿》。

海岸山有苍松万千树，照眼皆青，空气甚新鲜也。(一九一八年八月)

相关阅读:《夜步十里松原》。

　　已入初夏,此间入梅雨期,时雨时晴,如是五六日,今渐晴定矣。(一九一七年五月)

相关阅读:《雨后》。

　　时已入夏,想见柳荫堆地,草色涌青,暮鸦朝蝉,高鸣清韵之概也。(一九一五年六月)

相关阅读:《鸣蝉》。

　　新年猪头肉,已四个年头不曾吃得,想起便流起口水来了。大头菜炒肉,真是得吃。(一九一七年一月)

　　想吃过年粑,不得到口,不觉口中便流起口水来了。(一九一七年二月)

　　想起家里的甜浆稀饭,便又汪汪的流起口水来了。(一九一七年八月)

　　峨眉山乃绝好避暑地,父母请可往游也。(一九一四年七月)

　　暑中伴二老登峨眉为最宜;峨眉天下秀,吾辈弟兄生长峨眉山下,未曾登过一次,真是笑人事。(一九一八年三月)

相关阅读:《自然的追怀》《峨眉山上的白雪》。

　　　　二〇一三年元月九日,星期三,阴寒,天钥书屋

《宾虹书简》:
"取士夫之学人，不取簪缨之文人，切切分别"

　　我的一个买书而得之"上海书店期刊部"大纸袋里，保存着"文革"期间路边散发的数本"大批判"册。其中刊于一九六七年十月，由"工总司冶金系统联络站上海铁合金厂大队·上海市文艺界批黑线联络站美术分站·上海财经学院东方红兵团大批判组"联合编印，名为《高举毛泽东思想伟大红旗——彻底批判反革命修正主义文艺黑线在上海美术界的流毒！！！（二）》册内之《附件：上海美术展览馆历年来举办的放毒美展》，将一九五六年建馆至"文革"前夕之一九六五年，所办"放毒美展"之"举

《宾虹书简》书影

230

办时间""展览会名称""作品件数""参观人数""问题"五项，一一列明，揭其"罪恶"，全民批判。

期间，黄宾虹先生画展举办两次。一为一九六二年之《黄宾虹作品内部观摩》，未记"作品件数"，"参观人数"仅为六百四十六人。照鉴于"阶级斗争要年年讲，月月讲，天天讲"之严肃岁月，对"放毒"作品之无情监控。"问题"是"笔墨至上，技巧至上，无视物象的真实"。二为一九六三年之《黄宾虹作品展览》。此展应为经内部"三审制"严谨观摩甄别后的"无公害"之公展。"作品件数"为二百九十一件，"参观人数"为四千九百二十七人。"问题"依然是"笔墨至上，技巧至上，无视物象的真实"。

这次展览，观众四千九百二十七人中，包括少年之我。如今，书画展览蝉连举办，贺篮贺标追尾堵塞，观众却寥若晨星，门可罗雀，杳无二十世纪"三年自然灾害"、国困民艰时期观众春风鞭策、意气风发之精神。

我至今依稀记得，这次展览，靠南京路之馆窗的展板上，挂着的镜框内，为尺幅一尺左右之炭笔、墨笔速写；左边一大展板，并列四幅早期所作大条屏。展览的作品，法备气至，浑厚华滋。之后，我又购得王伯敏先生所编《黄宾虹画语录》。此书半文半白，我似懂非懂。

二十世纪九十年代，我又于原址新馆，参观了黄宾虹先生作品展。作品多为宾公谢世后家属捐赠而从未面世之杰作。当年捐赠后，有关部门用当时报纸包衬。风云沧桑，年代久远，报纸与作品融黏而一并展出。

乘兴归来，复造访了从湖南路搬至武康路之宾公女棣顾飞先生与其夫裘柱常先生。裘先生签赠其著，人民美术出版社一九八五年七月一版《黄宾虹传记年谱合编》。此前，少年时代所购之《黄宾虹画语录》，未悉鹤之去向，又重置一册。情愫依依，仍陆续购备了赵志钧编著、人民美术出版社一九九二年六月一版《画家黄宾虹年谱》，赵志钧主编、浙江美术学院出版社一九九三年一月一版《黄宾虹论画录》，文化艺术出版社二〇〇六年一月一版《黄宾虹自述》，及各大小画集、画册与明信片。

二〇〇三年深秋，与太太客杭。贤伦道兄陪我们于西湖美术馆参观了黄宾虹先生花卉展、西泠印社藏品展。笔墨澜翻不竭，徵实捷悟并臻。

这册我于二〇一二年十一月十九日上午十一时十五分在编辑部阅毕之《宾虹书简》，汪己文编，上海人民美术出版社一九八八年十二月一版。一九八九年五月廿四日，我购得于海上南京东路新华书店，价二元。

黄宾虹先生于艺苑道德文章，有"取士夫之学人，不取簪缨之文人，切切分别"之谆谆嘱咐。其论述士夫之学人：

> 市井江湖画不可学，学必以士夫之卓卓者。
>
> ——《致朱砚英》

> 苏(辙)米(芾)崛起，书法入画，为士夫画，始有雅格。画格当以士夫为最高，因其天资学力、闻见鉴别与文人不同。
>
> ——《致傅怒庵》

> 近之荐绅往往以清代文人画即为中国上品画之代表；不知中国有士夫画，为唐宋元明贤哲精神所系，非清代文人画之比。正以其用笔功力之深，又兼该各种学术涵咏其中，如菊如梅之犯霜雪，而其花愈精神也。
>
> ——《致傅怒庵》

> 今则骎骎于各家著录之品，非士夫画不入选。
>
> ——《致曹一尘》

> 士夫之作如垢道人、汪之端、汪叔向、僧渐江及新安名家，尚得睹否？
>
> ——《致曹一尘》

232

此关乎士夫学人骨气骨法之深刻思想，黄宾虹先生阐明于二十世纪三十至四十年代国危时艰、中华民族到了最危险之际。

傅雷(怒庵)先生于一九六二年十一月为是书所作《前言》云：

> 黄宾虹先生(一八六五——一九五五)不仅为吾国近世山水画大家，为学亦无所不窥，而于绘画理论、金石文字之研究，造诣尤深。或进一步发挥前人学说，或对传统观点提出不同看法，态度谨严，一以探求真理为依归，从无入主出奴之见羼杂其间。平生效忠艺术，热爱祖国文化，无时无刻不以发扬光大自勉勉人。生活澹泊，不骛名利，鬻画从不斤斤于润例；待人谦和，不问年齿，弟子请益则循循善诱无倦色。凡此种种，既为先生故旧所共知共仰，于书信中亦复斑斑可考。

一九四六年，黄宾虹先生于北京致函女棣朱砚英，有"沪上近有傅雷君知我之画，且评论的当"之语；而早在一九四四年，其致傅雷函云："今以拙笔幸得大雅品题，知己之感为古人所难，而鄙人幸邀之，非待私心窃喜，直可为中国艺事大有发展之庆也。"对独具只眼，以士夫精神，澄百流以一源，向社会绍荐自己的"非仅以理论著作名家"之傅雷先生，深表热忱之意。

他们岁寒松柏，冰清玉洁，淡然处世。"文革"凶燹，傅雷先生弃卑躬屈膝而舍生取义，岂偶然哉？

于《八十自叙》，以"宾虹学人，原名质，字朴存，江南歙县籍"开篇之黄宾虹先生，在《画谈》《国画理论讲义·立志》文中，轩昂孜孜，侃侃"古来画者，多重人品学问，不汲汲于名利，进德修业，明其道不计其功。所以古人作画，必崇士夫，以其蓄道德，能文章，读书余暇寄情于画，笔墨之际，无非生机，有自然而无勉强也"；"有品有学者为士夫画，浮薄入雅者为文人画,纤巧求工者为院体画。其他诡诞争奇,与夫谨愿近俗者,皆江湖、朝市之亚,不足齿于艺林者也"审辨之道,了然浮薄入雅、纤巧求工者,多为簪缨之文人:

> 惟市井江湖与文人画,切切不可学(稍能诗文而画无传授之者,又不肯多用功之人),学之则终身入于苦境而无一日之自由矣。
>
> ——《致朱砚英》

> 文人画即与市井相去无几,以其练习功缺也。
>
> ——《致朱砚英》

> 画有二种:一江湖,一市井。此等恶陋笔墨,不可令其入眼;因江湖画近欺人诈吓之技而已,市井之画求媚人涂泽之工而已。
>
> ——《致朱砚英》

> 我邦画者不习书法,不观古今名迹,不读前人名论著作之书,不友海内外通人,以扩闻见,而以展览欺愚蒙众,以高值骇吓富豪,此颜习斋大儒所谓诗文书画天下四蠹,诚痛乎其言之也。
>
> ——《致僧理岩》

簪缨文人与江湖、市井文人,乃"此功名之士,更不言学问矣"之一丘之貉。其处江湖、市井之泊位,袖金低眉于簪缨,红包诓求题署、作序、剪彩、合影,恶炒闹市;簪缨忽而下野,溷占江湖、市井之位,舞文弄墨,附庸风雅,欺世盗名。若黄宾虹先生所唾所揭:

> 如演剧行头,优孟衣冠,不为真识者所重。
>
> ——《致朱砚英》

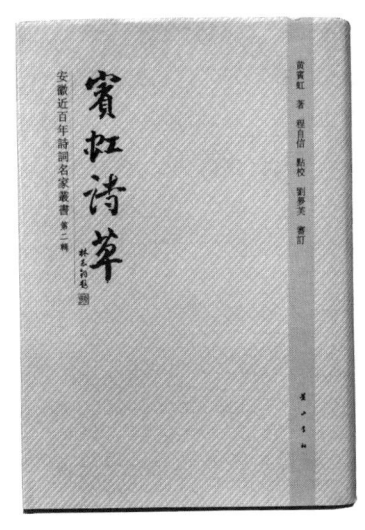

文化艺术出版社版《黄宾虹自述》书影　　　　黄山书社版《宾虹诗草》书影

只是效人面目，其精神浮薄等于优孟衣冠耳。

——《致曾香亭》

黄宾虹先生于致朱砚英函中，阐扬"取士夫之学人，不取簪缨之文人，切切分别"之哲谛，洵其"此吾辈当今所以用力之本，此救国之要亦在是"，"借以联络民族精神"，"愿有志救国者共勉之"的凛然襟怀。

二〇一二年十一月廿一日，小雪前一日，天钥书屋

235

《明人尺牍选》：
"于今每忆当年好处"

　　"明人"二字，少年之我，首识于二十世纪六十年代初期，在淮海中路旧书店，淘得民国南强书局初版，王英即钱杏邨选校之《明人日记随笔选》。后又于古籍书店，目染满架、满柜、满橱、满桌盈盈民国珂罗版明人山水人物、花鸟草虫画册和法书碑帖。"明人"于我，微微溢目，滂沛胸中。

　　同时同行，难免滥俗。八十年代以降，阿英、刘大杰、沈启无、施蛰存诸学人，于三十年代所选刊之明人小品集，陆续"出仕"。淘而读之，厌倦生焉。

　　虽然厌倦，但不期而遇"明人"，兴会依然，花银揽之。一九九八年六月十七日，我在博古斋见到这部常熟王含章、休宁程汉乘同辑，姑苏集古山房藏板，清康熙乙酉(一七○五)年刊行之四卷本《明人尺牍选》，以银二百，脉脉检之。

　　乙酉中秋，汪绎于广陵涉园寓馆作是书小引云："尺牍，小技也，然非有得于古者不能为。自前明以来，选者数十家，而善本绝少。大都采撷繁则意象杂，伸写易则蕴蓄浅，斯实文家之通病也。"他赞是书"其去取剧有苦心，非苟以悦俗者也"。

　　同年端午，王含章乡党严虞惇题词云："盖笺启之作，施于达官贵人，其体多骈偶之文。而尺牍则阑言长语、单词只句、冲口信笔、嬉笑涕洟，无所不可。令读之者如闻其声而如见其人，则亦笔墨之高致而通人之绪余也。"

　　汉魏六朝，世风奇崛，生活简洁：枕流漱石，情景交融，翰墨风骨，散

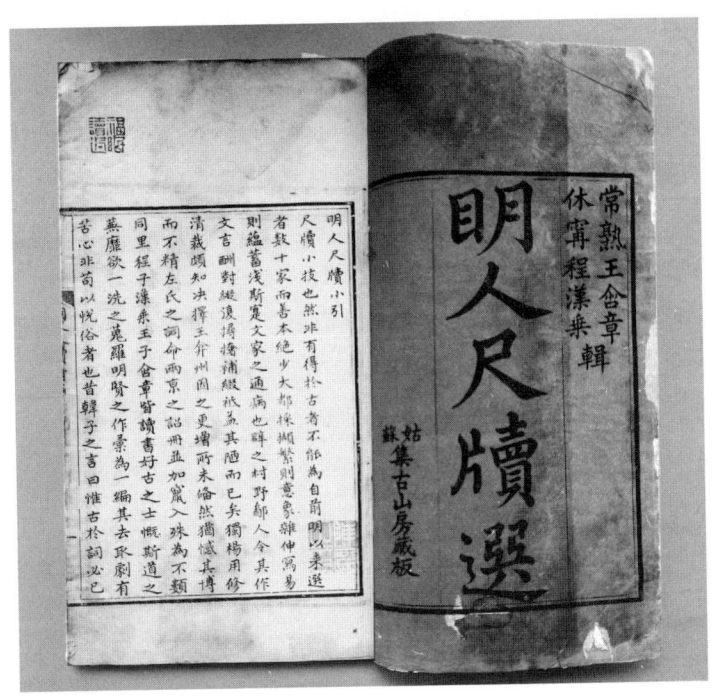

姑苏集古山房藏板《明人尺牍选》书影

淡兀傲。而明代名流之文，酷似其时之冗杂奏疏。鉴此，我读是书，从首卷之首宋濂以降，方孝孺、李东阳、张居正、屠隆、海瑞、瞿式耜等，及有集子热销行世者，和"别后无日不悬念""未尝不在梦思间""兄宏材大度""一行作吏，百苦相攻""一行作吏，奔命日不暇给""诗不云乎""贾生有言""有一瓢一衲，五岳四海皆吾奚囊中物矣""生平不喜见尊贵客及礼法宴会"各掩饰真性、絮叨说理之札，皆一翻而过。而那些蜷伏于晚明文坛大家中的"小名头"作家，他们的尺牍作品别具点染，独立异趣，因而我更加欣赏。其千林红叶，柳岸夕烟，无不意味深长。

总之，功名固有数，读书亦甚难。有志之士，苦无好笔端；灵秀之士，又苦无好缘法。天与之资，父母与之闲，家与之温饱，身与之无疾病，如此而自废，何以子为，何以生为矣。

——俞琬纶《与宋汝章》

扇恶不能作佳书，如美人行瓦砾中。虽有邯郸之步，无由见其妍也。一笑。

——莫是龙《与曹芝亭》

昔之谈吏者，以任事任怨为能；今以任而招讪矣。

——王在晋《复水部乔讱斋》

今天下事，坏在纱帽气，不坏在头巾气。假使天下士大夫，不论官大官小，宦浅宦深，常带些秀才意思，迂阔古板，终是儒者行径。

——杨涟《答山西巡盐李》

上录之言，道尽有志灵秀白领、待业青年于职场、打工之颠沛困厄；美人瓦砾，蕴黍离之悲；凡以"今"字起慨，皆世风颓腐之纪实。杜甫深切企望天下寒士各有经适房。而杨涟对乌纱之操守，要求极低，几同胎教。即使迂阔古板，也无大碍，稍具私塾尔雅儒风遂可。察其微言，殊觉根器深切。

纱帽与头巾，沆瀣一气；仆隶舆台，恬不知耻。陈衍感叹其时文坛荫庇借魂，如砖大传之著和鹜名炫利之蟫灰酷评，蜚蠊横行。凛然作札：

求诗文而采声名，自是常态。若方兄之仰望台慈，则名实相副，非俗比也。然作志传，必一一择其人，又必一一不涉过情之语，则蔡

阿英钱杏邨编校之民国版《明人日记随笔选》书影

中郎无复郭有道之叹矣。

——《与钟仪部》

所谓批评者，一则能抉古人胸中欲吐之妙，以剖千古不决之疑；一则援引商略，判然详尽，以自见其赅博。如论汉魏而下证晋唐，如谈诗赋而兼核子史之类也。倘语意平常，不如无批。轻薄率易，尤为可厌矣。

——《与邓彰甫》

书坊倘伴，我于题署、序跋、合影等种种"采声名"之轻薄率易谬作，概不检购。

趣味，寻声逐响，即个性和生活之写照：

239

承问穷愁何如往日。大约弟往日之穷，以不举火为奇；近日之穷，以举火为奇。此其别也。

——罗伦《茅栖答友》

承惠琵琶，开奁骇甚。听之无声，食之有味。乃知古来司马泪于浔阳，明妃怨于塞上，皆为一啖之需耳。今后觅之，当于杨柳晓风、梧桐秋雨之际也。

——沈周《答友惠枇杷误书琵琶》

读书之论，我厚古薄今。刘荣嗣《答卢德水》全札：

读书而病，与饮食应酬而病，孰愈？乃弟尤愿年兄以读书却病，勿以读书取病也。寂寥闲谈之中，饶有一种苦趣。以诗书作声歌，以古人当朋友，以节劳减食当医药，此亦尘世修仙之诀矣。

弟尝言：读书时，好处即在读书之时。若到发迹以后，其味索然。于今每忆当年好处，真如陶靖节作《桃源记》。想象追思，不可再得也。

我之厚古，即厚"当年好处"；薄今，亦非掉头不顾。乃疏林增韵，披襟临芳，心仪耕堂、瓜蒂庵。

二〇一〇年小满，小瓦山房窗前

《玉茗堂尺牍》：
"光色犹若可异焉"

　　草长莺飞之三月，我检上海远东出版社一九九六年十二月一版明汤显祖《玉茗堂尺牍》闲览。粗诵一过，知其鲜有时文衙僚之气。原因何在？其《答朱公子茂正》云："文字亦有无可奈何者，时也。"

　　粉墨登场者，每每好色。汤显祖无可奈何于"时"外，亦色有独钟：

　　　　凡文以意趣神色为主。四者到时，或有丽词俊音可用。

　　　　　　　　　　　　　　　　　　　　——《答吕姜山》

汤显祖《玉茗堂尺牍》书影

大致李(梦阳)气刚而色不能无晦；何(景明)色明而气不能无柔。

——《孙鹏初遂初堂集序》

物之态色，时之机趣，无所不经。而尽菀蓄以游于文。

——《超然楼集后序》

旦起，觉精色迥畅，欣欣然若有所得者。

——《赵乾所梦遇仙记序》

以上为玉茗堂主人华章的摇曳之色。

小吏闲职之汤显祖，在《秀才说》文中坦言：“久之有省。知生之为性是也，非食色性也之生。”其“非食色性也之生”感言如下：

夫亦知好斗之祸烈于好色，正不知好得之讥深于好斗耳。

——《答舒司寇》

好得，即孔夫子“君子有三戒”之三：“及其老也，血气既衰，戒之在得。”然老而贪得无厌者，赴釜卧铡；老不正经者，枯木萌子，豢为恶少而囹圄之。

仕宦固争浓淡之路矣，置之淡则无色，与贵人亲易媒，远则难致。

——《与司吏部》

孙犁先生乃“置之淡则无色”“远则难致”者。其耕堂芸斋，洵一片洁白世界之荷花淀。荡漾着永驻人间的芙蕖之色与撩人的菡萏之香。

“月亮升起来，院子里凉爽得很，干净得很。”

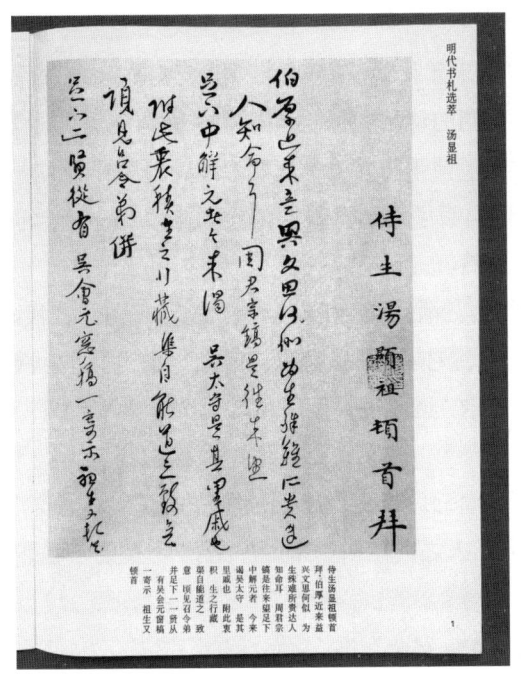

汤显祖霞笺手泽

不佞非有夙慧，然能读门下应制之文，觉有殊诣，非时人色泽而已。

——《答管东溟》

以非时人色泽之笔，纪录现实色泽，是文，乃为传言后世之殊诣雄文。而觉此殊诣雄文者，其言其行其作，亦必不沾时人之色泽。

见此道神情声色，已尽于昔人，今人更无可雄。

——《答王澹生》

二十世纪六十年代初，少年之我，陆续购得上海人民美术出版社出版于五十年代中期的《文同苏轼》《王冕》《徐渭》《朱耷》等册。书中"出版说明"云："为了便于广大美术爱好者和美术工作者对中国绘画史的学习和研究，我们出版了这套资料性的中国画家丛书。"当时我阅之忘饥，佩作者学识之渊然。

尔立之后，闲览渐广，方知被传者之故实，多蕴于古代绘画经典著作、唐宋元明清笔记、被传者作品题跋与诗文集中。丛书每册作者，皆为贤良方正之前辈。故"见此道神情声色"，领先于"开裆裤"，教少年无识之我顿首顿首。

及今重览这套面世于春风风人时代、每册数十页、价仅数角数分、图文相益、影响一代人之"中国画家小丛书"，"今人更无可雄"。

观察言色，发药良中。

——《答余中宇先生》

上之八字，为汤显祖屡试不第后创新驱动、转型发展之感言。

鄙一同仁办公室主任，退休前夕，肺腑闲聊。其针对晨令午改或命而自忘，令手下无所适从之领导，策略是：答应捷干脆，执行慢半拍。此即谓"观察言色，发药良中"。

第睹三数年间，陆公既老，李公复摇，正色端言，亦何容易。

——《奉朱澹庵司空》

致仕以后，汤显祖敬仰两位前辈："陆五台先生奇中有正，李渐庵先生正中有奇。"

奇正正奇，正色端言，相得益彰。

忽偶有承应文字，或不得已，竭蹶成之，气色亦复何如。

——《答山阴王遂东》

文章之气色，即陆机《文赋》"嘉丽藻之彬彬"。

人之气色，乃文章之气色。

汤显祖于是函中，慨云"弃宦一年，便有速贫之叹"，"因贫折腰，待稍治生"。故违心竭蹶作应酬文字，换点碎银，维计糊口。是类勾当，于其"忽偶有"矣。

然于道德操守崩沦之时，唯利是图，獠牙腥语之序之评之传之感之研讨之腰封之新集之炒作等等腐沤，"气色亦复何如"？

弱冠，始读《文选》。辄以六朝情寄声色为好，亦无从受其法也。

——《与陆景邺》

少年之我，天赋喜好颜鲁公情寄声色之法书。先自然而然临朵云轩版《大字麻姑仙坛记》选字本，后三哥自西宁回沪探亲，于西安碑林购得全本《颜勤礼碑》帖贻我。二十世纪七十年代初，于古籍书店淘得一九二八年文明书局版石印《李元靖碑》一函，读临玩之。

不惑以降，朗读其松心竹筠之《祭侄稿》《争座位帖》。潜移默化，始悟六朝造像与墓志法书"情寄声色"之奇趣妙境。其时之文，亦复如是。"亦无从受其法也"，即灵明湛然之大法。

拟过溢口，庶挹清真之色。

——《与葛芑瞻大参》

清真之色，于社会即春和景明，于官场即公正廉洁，于做人即君子不器，于文化即春风风人。

弟少学诗赋，只以自娱，不似前人用此挟交作声色也。

——《答罗敬叔》

只以自娱，有二境况：一为喜而乏天赋，永为门外汉；一为天赋而喜，无师自通，意境别开。而"用此挟交作声色"者，多为心术不正、窳劣险诐之人。

汤显祖于《王季重小题文字序》中，赞美不畏权势、特立独行之王季重"天亦若有以异之者"。万卷万里。其为文字，"高广其心神，亮浏其音节，精华甚充，颜色甚悦"。而特异者，乃"多风人之致，光色犹若可异焉"。些微序语，洵为夫子自道。

二〇一二年四月十二日草，谷雨制毕

《缁林警策》:
"境界决无有静之时之处"

这册铅印线装之《缁林警策》,忏盦居士编辑,商务印书馆一九三六年一月初版,一九九七年八月十一日我淘得于海上博古斋,价人民币四十元。钤"潜渊"朱文印。册末空页,书墨朱二记:

> 此十大师之精警语也。质直恳至,晨钟暮鼓,发人深省,岂止作缁林之警策而已哉。凡有心人,皆应奉为圭臬。手此一册,朝夕不离,然后于道理或可稍有入处。

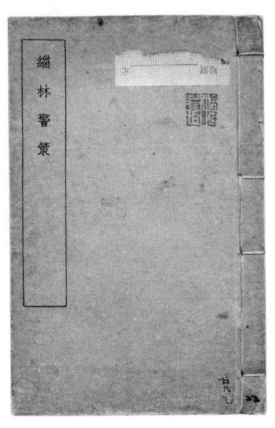

民国商务印书馆版《缁林警策》书影

247

丁亥(一九四七)冬暮,就食海上,公暇得之商务(印)书馆。抽三日略通读一过,欣幸无量,喜而记之。

时在丁亥冬月初十日潜渊(钤"王村龙"朱文印)

卅七年(一九四八)元月廿三日,灯下初读竟,并加朱焉。时天气忽暖而寒,窗外狂风如吼。

潜渊再记于海上

两记书法二王。

五十年前,潜渊居士打工于灯红酒绿、十里洋场之上海滩。工余,非鸡鸣狗盗、勾栏瓦舍,而是潜渊四马路河南路口之商务印书馆读者服务部,购和尚尺牍一籍,裹寒圈阅,欣然书记。半个世纪后,我于酷热中,依然此路,淘得是书,诚副憨山大师"念到花开见佛"与"佛者觉也"之意识。

是书录沩山、永明、中峰、天如、楚石、莲池、紫柏、憨山、藕益、为霖十僧尺牍,数篇诗文。除首篇沩山《警策》外,余之一百二十七篇,句句朱圈。民国书虫,清和在怀。

少年之我,淘阅《晚笑堂画传》《芥子园画传》《任伯年绘画真迹》《古今名人画谱》,民国珂罗版、石印山水人物花鸟草虫画册,画家丛书之《文同苏轼》《倪瓒》《王冕》《徐渭》《朱耷》《龚贤》等,潜移默化,油然心寻一霞始晴、一峰始明、一禽始清、一水始泠之静境。

今年,风乎舞雩之四月初,我展卷相晤十五年之《缁林警策》,复诵全籍,不任吟想,藻教我怀。其莲池大师《杂答》两则之二,尤启心田。"问:做功夫必应避喧取静否?"

答:工夫最怕拣择。有志于学者,只是一个正念常在胸中,逢静时也如此,逢闹时也如此。凭他静闹变迁,而我这个念头断然无有移易,如是方无间断,谓之善做工夫也。岂不见古人道,智者除心,

248

愚者除境。如必嫌喧取静,则境界恐无有静之时,亦无有静之处。

夫求静者,莫如居深山之中。然深山静矣,而樵斧闻于隔云,牧笛鸣于斜照,则耳畔又安能静也。然樵斧牧笛,或可屏绝之,使不交于吾耳。至于清宵而猿啼虎啸,白昼而鹊噪鸦鸣,则耳畔又安能静也。然猿啼虎啸,鹊噪鸦鸣,或可驱逐之,使不交于吾耳。至于狂风起而万窍怒号,迅雷发而千山震撼,则此时嫌喧取寂者,将屏绝之耶?驱逐之耶?

以此推之,境界决无有静之时也,决无有静之处也。学人但患志不猛烈耳。存一猛烈之志,则何之而不可。

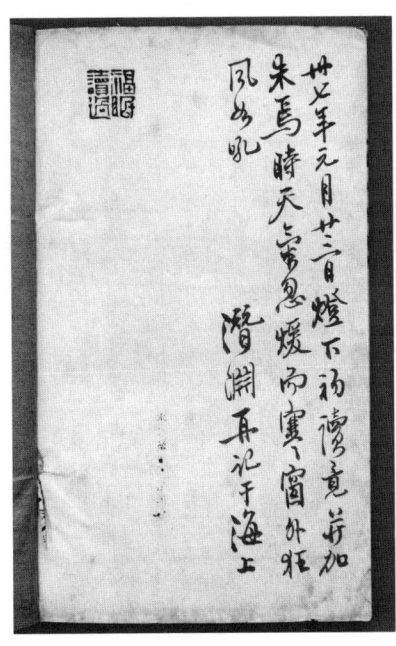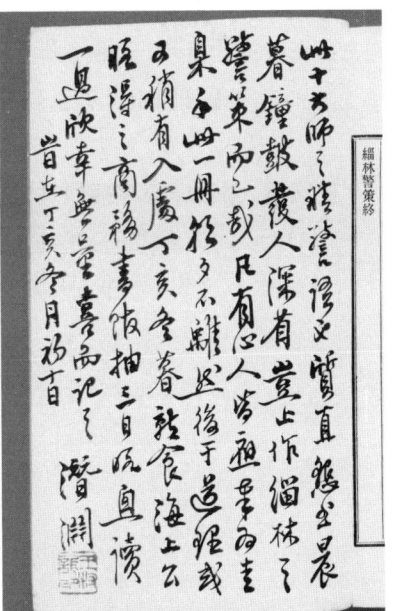

一九四七年冬月,潜渊阅览是书后所翰墨志

静境精奥，方厌膏腴。可与知音说，难与俗人道。

绿柳阴中啼鸟静，翠微深处落花闲。开卷《缁林警策》之四月廿八日早晨，外甥女驾车，行时三小时半，载我抵江苏东台弶港龙王古寺。此次七日水陆法会，太太已参五日；我莅是寺，悉获清净。

素斋用毕，我独坐二楼水陆内坛廊间之条凳上。静晤红栏红柱，丛绿蔚然光目。仰观廊顶之燕窝，鸣声相续。翼然眸前，洵平生壮观。

背后坛内，法器之声、众诵之声，庄严抑扬。我以膝当桌，写小文《书法偶淘》之引言。

我少年始淘书，至二十世纪九十年代，每每捡得夹于书中，多为民国之墨迹纸片。其或为小札，或为签跋。而逸笔草草于封面、衬页、扉页、正文、封底之题识、眉批，翰墨烂然，感佩联翩。某些小籍，非我所喜。然随笔其上之墨迹，神韵魏晋，文思超然。爱屋及乌，故亦收之。些是墨迹，虽非晋唐遗珍，亦一时代之人文雨丝风片和微博。

春风细雨到山窗。检聚趣叙，篇名《书法偶淘》。

民国学人书虫，心存猛烈之志，彻悟境界绝无有静之时之处之真谛。

二〇一二年五月八日草，十二日制毕于花桥花望草堂

《徐光启集·书牍》:
"独有澄江冷月，羌堪语此"

敝居天钥书屋不远，即明代伟大科学家徐光启之圹光启公园。其墓道牌坊之联：

> 治历明农百世师经天纬地，
>
> 出将入相一个臣奋武揆文。

墓侧之召解碑廊，有徐光启行书七绝一首：

《徐光启集》（全二册）书影

251

为政心闲物自闲，朝看飞鸟暮飞还。

寄书河上神明宰，羡尔城头姑射山。

旨意经奇，旷达洵雅，具备深邃科学发展观之徐光启：

少尝感愤倭奴蹂践，梓里丘墟，因而诵读之暇，稍习兵家言。时时窃念国势衰弱，十倍宋季，每为人言富强之术。富国必以本业，强国必以正兵，二十年来，逢人开说，而闻之者以谓非迂即狂。

其"强国必以正兵"之中华民族伟大复兴之梦，洵当下改革开放攻坚期强国梦也是强军梦思想之先河。而"富国必以本业"之思想结晶，乃其皇皇巨著《农政全书》。然农政之宏观，原始于对故园环保之眷眷关切。其家书云环保创利说：

闻山上松树都坏了，木樨坏否？冬青都活否？桑树看来今年可养得三四十筐矣。自家无人养得许多，可卖了些叶如何？如自养，该要去顾湖州人来看火蚕了。冷蚕费叶，无利，做绵亦无利。必要湖州人来看火做丝方好，海上住的湖州人顾一个试之，如不好，来年到彼顾好手。顾了一两年，人都学会了。若沿俗习非，终无长进也。凡事皆如此，切记。

徐光启于一封"此书万分秘之，不可与人看一字"之家函中，严切慎嘱家人"谓平安不可忘战"，谨识备战备荒之时务，"要于南京或杭州卜居，正欲避去海上薄恶风习"。至清明前后，以种桑养蚕为由，神不知鬼不觉地搬出城外，恬居乡村，种桑养蚕。"若海上无警，可住到六月初头，搬入城来。向后年年该如此"。战乱频仍，其依然耿耿不忘农政本业。

"方欣膏脉动，忽见草光新。泛绿依平野，浮青渡水滨。"徐光启此首

252

《赋得草色遥看近若无》之句，乃百年前其故园风光之写照。此江南旖旎田园之景，二十世纪八十年代，敝居周遭尚映怀而存。徐光启钟灵毓秀：

> 我回家还要寻得一处有田、有屋、有池的方妙。西舍油车屋并店房□该留下，待我回来造桥借人开店方是。油车屋十分要坍，折了也罢。

徐光启不仅顺应出租房屋予打工者之时尚经营，而且牢固树立了不破不立之辩证观念。

其《复张深之司隶》纾"独有澄江冷月，羌堪语此"意味深长之言。农家清趣，足以流盼：

> 今新寓中颇有隙地，可种杂花草。家中可觅五色鸡冠，并各色老少年子，罂粟子，各色凤仙子、腊梅子，要好者一一寄些来。城外新插葡萄，秋冬间可剪去细枝，只留一根直上，仍用竹木帮定，令其势直上，成一树，待高与人齐，便如剪桑法年年剪去细条，大约如乔海宇家城中园内梅花堂四紫薇花样就是。数十年后，其根如柱，亦只高得四五尺。顶上撑出大干如椽，亦只有七八条，长二三尺，如此则七八尺地便是一株，一株上便可生子数斗。每一亩可收百担，此西洋法也。
>
> 山后河沿上新插北京种葡萄，可耘去草，时用粪拥，令速长为妙。庞先生教我西国用药法，俱不用渣滓。采取诸药鲜者，如作蔷薇露法收取露，服之神效。此法甚有理，所服者皆药之精英，能透入脏腑肌骨间也。但我处无各种鲜药，今亦宜择常用者，多方觅取道地之种之。如六味地黄丸、人参固本丸之类，此常用者。今我在此寻鲜人参，倘到底不得，只用参作细末，杂在诸鲜药中亦可。如麦门冬已自种，闻顾会浦家有鲜天门冬，种在西门观音堂内，可托人往觅其种。

《徐光启集·书牍》："独有澄江冷月，羌堪语此"

·山茱萸、酸枣仁、甘枸杞之类，亦可用子自种之，川芎亦可用根就种，只要寻取当归远志之类，可问人觅其种，我此中亦多方觅之也。又各种要用之药，凡成熟时，便可取了露，各种收藏。又经久不坏，待用时合来便是，所以为妙。芍药亦可自种，须单台白色者方是。江阴人来卖牡丹者，常有根带来，卖亦甚贱也，可寻买之。

蚕桑年年要将好桑压秧来广种，拣极好桑留一两科，采极熟椹子晒干，寄到北边种，北土桑出种不好故也。番薯旧岁收得几许？钱三持，人言他家甚多，甚大。今年可多种蔓菁，千万多种，收子寄来。苎麻也要留些不割，收子寄来。

稼穑清风，感慰至深。读此亲炙学识、与时俱进之家书，望风怀想，能不凭尺依依。

与时下小区社区"防范治理天天抓，平安全靠你我他"宣传标语一道，与禁烟先驱林则徐一辙，徐光启也十分重视预防火灾之发生。其于《守城条议》，严明规定：

每垛须军人二名，民人二名，水火夫一名，平时更番，有事并力；火器火药，守御最急。每城选委透晓其事者，专管装药点放；防火巡警，城中急务，宜每辅设火夫若干名，预备水缸及拖纷挠钩等具。遇有失火，总甲率夫扑救；火药除旧制者拣试应用外，其新造者各匠头逐名另贮，不得混乱。如有不堪驳回，以失误军机论罪。

条议中之"拖纷"，即拖把、拖布；"如有不堪驳回，以失误军机论罪"，乃今对居位而不作为者之问责。其于《药局失火疏》，向朝廷如实汇报此次烧毁火药三千余斤、厅房十余间，伤毙"未知的数"之特大生产事故，深刻检讨云：

至臣受命稽核，仍管制造西铳，教练官军，向因铁匠无从雇觅，旦暮督促，每日到局稽查一遍，时时丁宁告戒，惟以慎火为急。乃事变如此，教道不明，无所逃罪。恳乞显赐斥罚，以为鉴戒。

有此血之教训，其于家书，愈加惶恐兢兢：

只是蚕多了，看火上山两件，切要谨慎火烛，浙中多有受累者。至慎！至慎！至慎！

家中门户火烛小心，厨房后通外腰门可密封锁，不可与人擅开，钥匙须自收，外门夜间钥匙，亦可自收也。觅得《房稿选题》，可收看。

城外住切不可露意，只说养蚕，见住房家人可打发开，或仓上或乡间住了，略带几个看蚕妇女们出去。但要早夜谨慎门户火烛，房后可把芦头打笆护壁，内外俱用尤妙。

宵衣旰食。致力科技之徐光启，其《与李君叙柱史》函，开首坦言"仆之生平，志在静退"，洵退避三舍，潜心读书研究著述，岂被眼前空花瞒过之襟怀。其致老亲家之函，亦流露是胸臆：

西山中斋堂一路，多有深岩幽谷，良田广宅，清泉茂树，可以避世，昨岁颇为都人所物色。天气清和，老亲家或于彼中觅一佳处，甚善，万万不宜出东南来也。或房山涞水易州，亦有佳山水处可居耳。

"独有澄江冷月，羌堪语此"者，先生之风，山高水长。

二〇一二年十二月十五日，寒雨，制毕于天钥书屋

255

《郑板桥尺牍》:
"半窗画意写江南"

　　康熙秀才，雍正举人，乾隆进士，"七品官耳"之郑板桥，其《赠巨潭上人三首》之二高吟："墨碟铅匙一两三，半窗画意写江南。谁家绢素催人急，先向空中作远岚。"乐天知命，以"半窗画意写江南"布衣之襟，绘乡土湿地之景，洒然而无所罣碍。

　　本无吏治之才，"初志望得一京官，聊为祖父争气，不料得此外任"之郑板桥，除数年北漂，任鲁之范、潍二县科级县令外，大部时间生活于"两堤花柳全依水，一路楼台直到山"之扬州，及其周遭"白菜腌菹，红盐

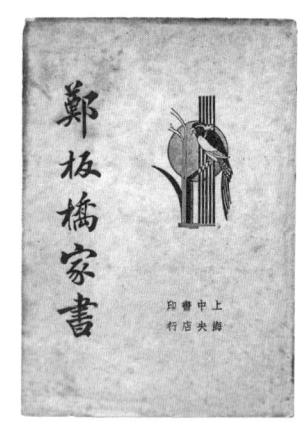

民国上海大通图书社版《郑板桥尺牍》书影　　民国上海中央书店版《郑板桥家书》书影

256

煮豆""一塘蒲过一塘莲,荇叶菱丝满稻田"之江南苏北水乡。日日醖郁,翰墨自然润含春雨。文如其仪:清、轻、新、馨。此融尤于尺牍。

> 山居安适,读书有进;日月疾徐,都非所问。此间岚影水光,松风竹雨,泉流鸟声,在在饱含诗情画意,怡悦心目。当旭日初吐,野露尚滋,暑气未浓之际,科头跣足,起自竹榻,轻披敞衣,独凭山窗,展卷读杜少陵《秋兴》诗,字字寻味,句句咀嚼,如啖冰瓜雪藕,心肺生凉,一日之中,暑氛任何毒烈,不能侵我半点也。前人屡言夏日山居,如何至乐,令身尝之,可喜无量!
>
> ——《焦山别峰庵与徐宗予》

焦山在镇江市东北,浮峙长江,传东汉末焦光隐居读书于此。二十世纪八十年代初,我曾与太太一游,瞻赏大字之祖《瘗鹤铭》残石。又渡长江,抵"春风又绿江南岸"之瓜洲,换车进入神往已久之扬州。后插队务农之知青妻妹和妹夫,辗转调入扬州工作,我客扬机缘渐多,然至今未临姑妄言之姑听之"扬州八怪"纪念馆或故居一览以慰夙奇。每次莅扬,欲独自出门一访,或遭雨阻,或被给力劝拦:"去勒块(那里),干啥? 乖乖韭菜炒大葱,没得意思,没得意思! 钱啊,明早富春园吃早茶——吃大煮干丝,吃三丁包,吃盐水鹅,买甜得'瞎杀人'的沙头瓜。"呜呼,要不入时趋,独辟蹊径,何其难也。

去年五月,榴花耀眼,枇杷金翠。我与太太又莅扬州,慕名漫步古旧东关大街。品虾皮豆花、黄桥烧饼、四喜汤圆;于广陵古籍刻印社门市部购折扇一把,价三十元。扇印"八怪"中坚金农冬心之书画。一面法书"置莲怀袖中,莲心彻底红",此出自南北朝佚名之《西洲曲》的诗句颇通郑板桥一脉之骚情;一面妙绘仿王冕笔意之墨梅图,旁题:"驿路梅花影倒垂,离情别绪系相思。故人今日全疏我,折一枝儿寄与谁?"每念长风,不胜眷然之感。

披览焦山岚影水光，"睡于是，饮食于是，便溺于是"之郑板桥，又抒《高邮舟中书寄许衡山》之神越形超：

> 泊舟之所良好，几家茅舍，一带垂杨，绿山照人，好风微拂，与曩年山居情况，又觉为之一异。当夕阳将下，村舍饭罢，三五村姑娘手携小筐，摘取塘中嫩菱，坐门前大树下剥而啖之，嬉笑天真，全无作态。或有一二人转喉唱歌，歌词清妙，声音柔媚，转折疾徐，自合拍度。倚船窗倾耳而听之，但觉魄动神飞，心灵溶化，是醉是梦，都不自知。迨歌声倏寂，娃影不见，举目一望，月在林杪，船舣河畔，方知此身尚处舟中也。此时不禁呜呜自歌，把杯独酌，歌毕酒空，颓然倒卧，一枕乍回，东方明矣。此游之乐不易，听村娃唱歌更不易！彼酸溜溜之秀才，规行矩步之道学先生，目不斜视，耳不旁听，若闻我此游有此乐，虽不骇杀，亦当恨杀。

这篇淋漓酣畅、游兴豪然、娓述风清月白和谐之新农村社区生活小品，疑似出自高邮籍现代作家汪曾祺先生之胜颖。

江湖云月。花甲犹味小时溽夏，板凳纳凉，配泡饭的无比鲜美之高邮红油汪汪咸鸭蛋。

北漂贫困之县，郑板桥依然恋恋"半窗画意写江南"之愫，心摹手追潍署饱目之妙：

> 署后有小园半亩，结构甚妙，中一池如掌大，池中多栽芙蕖，应时作花，清香四溢，傍通一小径，径边杂花浅草，相间互映，亦有清趣。小楼一间跨水上，楼中仅可坐四五人，安置一几一炉，文房用具，四面开窗牖，身处其中，尚觉光亮。凭窗望朝霞夕晖，岚光峰影，水色波纹，莫不愉快。公退之暇，每登楼科头袒跣，偃卧其中，熏风南来，胸襟爽朗，不欲复问人间事。越半个时辰，襟怀既爽，意兴自来，乘

时而起，铺纸研墨，拈毫画大幅之竹，以寄我故人李鲟。想此画到得江南时，知了已叫于树杪，炎火长夏，对此翛翛之竹，亦可助我故人涤烦却暑，何况画中竹与水相间乎。

——《潍县署中再寄李复堂》

百姓之公仆，隽深人文精神，清廉之风，冷然善也。郑板桥暮年，耿耿于怀时书声朗朗之真州。其《晓行真州道中》：

> 僮仆飘零不可寻，客途长伴一张琴。
> 五更上马披风露，晓月随人出树林。
> 麦秀带烟春郭迥，山光隔岸大江深。
> 劳劳天地成何事，扑碎鞭梢为苦吟。

意犹未尽，续有"曲岸红薇明涧水，矮窗白纸出书声""山花雨足皆含笑，絮袄春深欲换绨""山雨乍晴如洗沐，江烟一起又黄昏"之《真州杂诗八首并及左右江县》，与"三冬荠菜偏饶味，九熟樱桃最有名""溪边花落三春雨，江上潮来万古愁""最是老农闲不住，墙边屋角韭为畦"之《真州八首，属和纷纷，皆可喜。不辞老丑，再叠前韵》梦魂化蝶之诗，倾情于《潍县署中再寄李复堂》姿趣尺牍：

> 板桥少时，读书真州之毛家桥，日在竹中闲步，潮去则湿泥软沙，潮来则溶溶漾漾，水浅沙明，绿荫澄鲜可爱。时有鯈鱼数十头，自池中溢出，游戏于竹根短草之间，至足乐也！斯地斯情，犹依留于我之心上，而少年不再，此乐难逢，画事既竣，不禁惝怳若有所失。

袁枚云："大抵养生之道，无心最妙。"此语滑头偏颇。其于美食、校花诸随园食色，老不正经，非无心矣。

郑板桥养生，有心于"半窗画意写江南"之焦山别峰庵、高邮泊舟、少时真州；管领潇散之绪，向往孔夫子的研究生曾点"浴乎沂，风乎舞雩，咏而归"的诗意人生。

当下茶馆，富丽堂皇；款款茶具，乾隆珐琅；豪举饮崽，肥头晃荡。诚如袁子才慨叹："余以为世之知钱者多，知味者少。"

衷情朝霞炊烟、疏林篱落、豆棚瓜架、村犬相吠、斜阳归舟之郑板桥，于《仪真县江村茶社寄舍弟》尺牍中云：

> 江雨初晴，宿烟收尽，林花碧柳，皆洗沐以待朝暾；而又娇鸟唤人，微风叠浪，吴、楚诸山，青葱明秀，几欲渡江而来。此时坐水阁上，烹龙凤茶，烧夹剪香，令友人吹笛，作《落梅花》一弄，真是人间仙境也。嗟乎！为文者不当如是乎？一种新鲜秀活之气，宜场屋、利科名，即其人富贵福泽享用，自从容无棘刺。

郑板桥画兰，喜配荆棘。其《答博也上人》尺牍，释怀而言：

> 余之画此，非恶兰也，爱兰也。兰得荆棘而护持之，可以长保其幽贞之性，王者之香，独处深山，永其年寿，不亦可乎？

从容淡定，喝草根茶社无棘刺之村茶，冀馨逸之香，弥漫考场，涤净职场；保幽贞之性，得兀傲荆棘之护持，笔端朗润，篇籍亦文质彬彬。郑板桥此愿景，一如其诗句："而今说醒虽非醒，前此俱为蝶梦魂。"

"最爱一窗晴日照"之郑板桥，四时恋景，无过初夏。其于《枝上村寄金寿门》尺牍，颖濡销夏：

> 昔人有云，四时之景，无过初夏，老青嫩黄，俱作香气，亦不辨其为何香也。每至雨后初霁，是时晓烟将收，红日未挂，如昭仪出浴，

备觉秀媚撩人。人行蹊中，面面皆收寒绿，心神旷然，初夏之景，能说不可爱乎？

初夏清和，村居甦适，临窗挥汗，亦称至乐。莫待炎日熇蒸，蝉鸣树杪，剖瓜挥汗时挥翰，已有负此佳胜矣。金农来乎？

孟母三迁，房价便宜。从唐杜工部"安得广厦千万间，大庇寒士天下俱欢颜"之梦经适房，到郑板桥"将来若有盈储，拟以制钱五六十千，买地一大陂"，造房建院，非炒房产，乃书虫之素心栩栩：

春夏之交，灌木阴翳，细草幽香，黄鹂清歌，绿漪清漾，蛙声断续，萤光明灭，游息其间，何必桃源？幽澹之趣，岂独柴桑翁所可领略哉。时或良朋偶莅，雅客忽临，先饷苦茗，继具嘉酿，池内鲜鳞，烹而佐酒，畦中时蔬，煮以充馔，对坐长谈，兴趣弥永，主醉客归，客醉主送，及门一揖，就此而别，不作酬应场中一句俗语，真爽快也。若有恂夫俗客，昧然闯到，嚣呼竟日，也不开门，此所谓身饱烟霞之气，心绝宇宙之尘，人能如此终身，又何浮荣之足慕乎？略言鄙愿，勿嗤狂狷。

——《与图牧山》

清代情融疏林、文采烂然绘景之文，我最喜郑板桥、林琴南两家。尤其他们那些未椠行而散见的册页、扇面、条幅、雅集诸洒然之作，在在透露着妙趣隽逸、精微弘旷、清远雅正。"半窗画意写江南"，传信于个性端庄、读书博览、书画标鲜、砚边自得其乐四项清婉。

二〇一三年小满制于小瓦山房

《历代名媛书简》:
"玉尺璇玑富异才"

　　我于夫妻老婆店式或"男女搭配,干活不累"式之著,几不翻阅。亦有破戒之购,仅限民国版,然其少之又少。绍兴王秀琴编集,昆山胡文楷选订,从汉迄清之二卷本《历代名媛书简》者是也。

　　史上最热的癸巳之夏阑珊。蟋蟀孤鸣,我于昆山花桥小瓦山房检览此册。其《再版跋》云:

　　是书于民国二十九年(一九四〇)校印行世,未数月即售罄。当

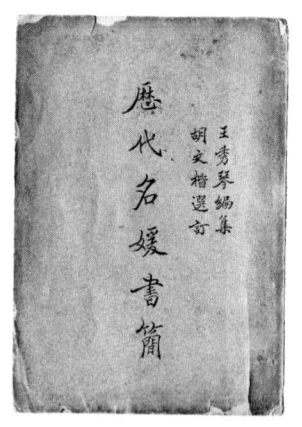

《历代名媛书简》书影

时志在网罗文献，殊少别裁；屡欲删正再版，不克实行。岁月易逝，搁置已逾十年。今岁九月二十七日，为亡妻王氏秀琴五十诞辰，乃将此书重印，借留纪念。爰取旧版，略加厘订，存其菁华，以广流通。忆昔秀琴年十七来归，归十七年而卒。今秀琴之卒，又十七年矣。人生若梦，转眼皆空。痛念逝者，音容渺茫。欲如前之晤言一室，相对共读，其可得耶？而余叠遭忧患，穷愁潦倒，先代旧业，荡然无存。抚是编也，不胜死生盛衰之感矣。庚寅（一九五〇）中秋，玉峰胡文楷。

胸中绳尺，不走窘步。链接近似，得理道之意。

一

妾今别矣。妾至汉关，效月支公主婚乌桓事。一拍胡笳，一曲琵琶。音荐苍云，腔存丹霭。上谢君王之德，下泣父母之恩。千秋万岁，传我陛下有女臣嫱。持节边庭，则妾之勋名，庶几侔霍嫖姚，媲傅介子，不犹痛快于帷幄燕私金屋贮娇者哉。

——〔汉〕王嫱《上元帝书》

公元二〇〇四年岁次甲申八月十三日，我于海上博古斋，见一售价八百元、印名"二品教官"、别署"三天侍从"张之万书法条幅。手泽略逊，弃而未购。谨抄全文：

余散官出都，改官江南，一时送诗者如云，惟多以王嫱见诮。故临行口号："琵琶一怒靖边尘，欲报君恩屡顾身。只是内家妆束改，回头羞见汉宫人。"其时，笏山副宪尚为孝廉，亦赠诗四章。张之万。

张之万与张之洞，为一奶兄弟。其改官之时，国学未湮，操守恪遵，

263

官场即春泥滋润、斐然可吟之文苑。遂有同僚外放，众以昭君出塞之故实恶搞之、玩笑之，和"只是内家妆束改，回头羞见汉宫人"之自谑。泅乌纱下，乃汤显祖"得一人知己为已足也。伊人一水，那得一苇航之""千里风期，曷胜契阔之叹"的书虫之清折。

卫有一弟子王逸少，甚能学卫真书，咄咄逼人。笔势洞精，字体遒媚，师可诣晋尚书馆书耳。仰凭至鉴，大不可言。弟子李氏卫和南。

——〔晋〕卫铄《与师书》

二〇〇三年十月十日，于博古斋抄得售价八百元之拓本《魏马鸣寺碑》末页墨志：

> 马鸣寺在山东青州府属。余于光绪十七年(一八九一)经办小清河工程，同事何鲁生大令赠余二纸，皆旧拓。惜乎拓得不精，颇以为憾。

> 民国十二年(一九二三)，湖南湘长沙神童夏南斗，年方十二龄。书学刘文清(石庵)，绝相似。欲改临《马鸣寺》，沪上碑帖店竟无此碑。告于余，故赠一纸；夏书立轴以报我。

> 所赐花子，想纸厚不通风气，下种生机索然。尝见右军帖中，谓百果之子，须盛以布囊，古人之见，信不诬也。

> 父所索麒麟蕉，一名文殊兰，花如佛指诀，子可为念珠，彼人珍惜之甚。乞得数子，春寒出稀，加以霉雨侵伤，仅存一本。开花时女

264

正归宁，子俱为人取去，此种遂失，俟觅得寄来。

——〔明〕吴柏《寄父书》

二〇〇四年三月卅一日，于艺苑真赏社见售价三千元之缪稻塍《兰草四屏》，画钤"绍兴稻塍缪之颖游艺"朱文印。抄录其四首题画诗：

荆棘强横势草生，兰花柔弱暗吞声。

世间久已无公理，更向何人诉不平。

自由两字有藩围，不是成群可示威。

我写好花牢束缚，免教跋扈受人讥。

丹青妙笔善传神，叶叶花花宛似真。

从此幽兰长在座，画图留得四时春。

癸酉(一九三三)春三月缪稻塍写

我写幽兰束缚加，自由两字误人家。

明知难与潮流合，一片深心是爱花。

癸酉春，应其椿先生雅属，
并请大方家正谬。稻塍缪之颖涂。

四

城不如郊，郊不如山。徙之西林，诚善也。山静日长，惟君自爱。

——〔清〕周庚《与夫子陈挟·其二》

二〇〇三年三月六日，于博古斋见售价三千五至四千之林琴南山水一幅。题款云：

> 余于庚子(一九〇〇)秋游花坞，过藕香桥，始见红叶，而画眉之声四彻。画眉七里泷为多。吴兰雪诗所谓"画眉声里又严州"，盖描出浙江风物。今春拟为湖游，以了石果意。九月风高，花坞红叶极酣。二十年抛下杭州，当一温诗梦也。
>
> 庚申(一九二〇)三月林纾并识

五

愚姊妹登山揽胜，过候兴居。结构出自新裁，点缀尤饶余韵；且明湖照映，绿树参差；净几无尘，琴书满架——诚闺秀而兼名士者矣。

燃来百和，胜兰麝之芳；烹就龙团，似金茎之露。况以清谈洒洒，雅意殷殷，令人齿颊俱香，消除鄙吝也。蕊等何缘而得此。

——〔清〕金蕊《谢李夫人书》

人生行事，有些可以敷衍拖拉，有些必大步流星速践之。

我退休疏林，即与太太、妹妹、外甥女，驱车陪九十五岁母亲游西湖、南北湖、天目湖、太湖鼋头渚诸名胜。

兴致杭州西湖。二月春风，吹面微寒。雨中船行，沤波映怀。苏堤午餐，一春幽远。信步西泠，孤山瞻碑。湖光染翠，莲花世界。

绿荫斑驳。五十元一位，茶座于平湖秋月。初春煦暖，杭白菊枸杞之馨，裛缭眯盹。划然而醒，舟桨翛然摇过，渐成点线。

闭目回味。少年时代读过于敏先生之《西湖即景》，至今琅然。青春沨然，记住了其引用于文中"冒雨游山也莫嫌，却缘山色雨中添"之宋人杨万里诗句。亦由是启，购置了至今依然闲览以涤俗气之周汝昌先生选注、上海古籍出版社一九七九年五月新一版之《杨万里选集》。

266

雨点蓦然洒下，急避婆娑。眺赏东坡西湖跳珠图。阵雨刹止，夕阳斜洒。复入座闲饮。伴静穆之保俶塔，携外湖与内湖，中庸返行于白堤。

今年海上酷夏，为一百四十年(自一八七三年)来史上最热之溽暑。

八月卅一日，赤炎阑珊，我与太太，又莅是位，面湖闲饮。树翳腴润，闲坐凉生。而一步之外阳光下，炽燥若常。翌日，灵隐寺午餐罗汉素面后，复至是座，风情依然。

六

　　阅儿信，谓一身备有三穷：用世颇殷，乃穷于遇；待人颇恕，乃穷于交；反身颇严，乃穷于行。昔司马子长云："虞卿非穷愁不能著书，以自见于后世。"是穷亦未尝无益于人，吾儿当以是自励也。

——〔清〕郑淑云《示子朔》

我父亲略识数字。明月澄澈，清芬流袂。他始终收藏着一封"奖金尺牍"，即在疯狂杀伐之"文革"扫"四旧"岁月，亦未惶恐将其销毁；坚壁清野，薪火于今。

一九五三年，读小学六年级之我三哥，其上半学期，成绩优良，获校嘉奖：

　　六年级学生李来福，在本学期中学业成绩优良，准奖。奖金叁万元正。在下学期学杂费中扣除。

私立江淮南区小学。

一、廿三

"奖金叁万元正"，意味下学期之三元学杂费可以免交，为双亲大人飒然减负。

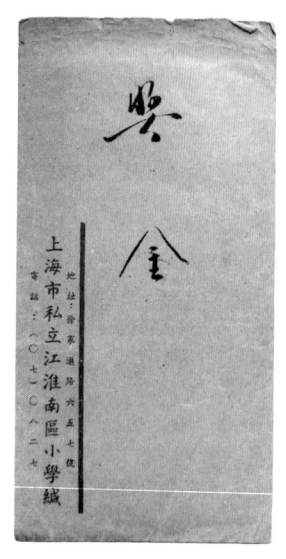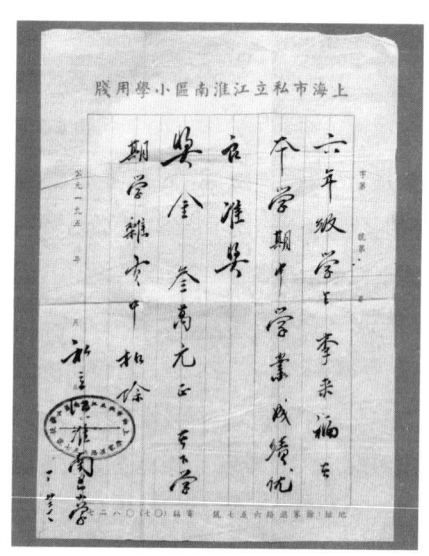

法书道美之奖金尺牍

这封"奖金尺牍",现庋于我之书橱。

三哥生平,喜阅乐游,亦为"三穷夫子",如今悦饴二孙。人之一生,退归疏林后,能风调雨顺,才是真正幸福。

闲叙闲聊。九八高龄之母亲说:"你三哥光会看书,煎个鸡蛋都不会。油热了,蛋清蛋黄流在外面,蛋壳倒进了锅。"曩之谑趣,于今岂不快哉。

我时常展览这通"奖金尺牍",一诣昔之供职小学之学人,偶一搦毫,形式内容,即涵奇俊辨博、天趣自流之书卷气。

叶恭绰先生为是书题七绝二首,有句云:"玉尺璇玑富异才"。新中国成立后,叶先生任政务院文化委员,精通书画,深谙璇玑之谛,拙文亦引玉为题。

二〇一三年教师节后一日制于天钥书屋,雷雨

《女子书翰文》：
"藻翰纷披余韵长"

出版家舒新城先生，在其中华书局一九二九年四月版《近代中国教育思想史》中指出："民国以前的女子教育，虽然以贤母良妻为唯一的目的，但有不少卓荦的女子，受着当时新出版物底濡染，很注意于国家大事，于民国初元而有参政运动及女子北伐队之组织；男女平等的声浪也充满了社会。""五四而后，妇女问题竟成为社会问题的中心，《新青年》《解放与改进》《新潮》等杂志常有关于女子教育的论文，少年中国学会之《少

包天笑《女子书翰文》书影

年中国》并于二八年十月出《妇女号》,其《少年世界》则于二九年七、八两月出《妇女号》两册,讨论女子解放问题,介绍世界关于女子问题的学说,记载国内外男女同学及女子学校的实况,其中各文每每论及女子教育问题,其思想大体倾重于男女教育平等及经济独立诸方面,而主张打破旧日狭隘的贤母良妻主义。"报人、作家、南社社员包天笑先生,是这场风起云涌"打破旧日狭隘的贤母良妻主义"新思潮之积极参与者。除编辑《妇女时报》,他编撰的《女子书翰文》,是在这一历史时期面世的鼓呼刊物之一。

《女子书翰文》,线装上下两册,依手书墨迹石印。通篇无铅印照排状如算子之狙,充溢着亲和灵动、家书抵万金之气息。斋存是著,为上海有正书局一九二四年四月六版,一见其当年之指南畅销。上册为虚拟湘芬姐与蕙士妹之清纯通信,下册为湘芬、蕙士致祖父母、父母、兄弟、同窗、朋友之雅函。内容涉及历史、经济、科技、风土、教育、卫生、心理、工艺、书画、音乐、莎士比亚、拜伦、爱迪生等世道之观。

包天笑先生诞生于光绪二年(一八七六)。编撰是著,已届不惑。戊戌庚子以降,风雷激荡,红霞喷薄。此著宗旨,即上册第六函所阐:"我辈虽女子,亦属国民中之一分子。惟当自励于学问之途,以雪国耻。"

梁启超先生在其著《饮冰室诗话》中强调:"今日不从事教育则已,苟从事教育,则唱歌一科,实为学校中万不可阙者。举国无一人能谱新乐,实社会之羞也。"这一思想,亦宣示于《女子书翰文》上册。包天笑先生以其十七岁开馆教授之经验,连撰四信,坦陈:对传抄之歌,"须择其音节深长,词意新警者""如女军人祈战死诸曲之悲壮,令人振起其尚武精神;爱之花长相思,则缠绵悱恻,沁人心脾;新世界苏菲亚,亦高尚渊雅"。其导迎善诱:

　　鄙意以为,音乐一道,其品至为高贵。选调命词,必求完满,且与文学有相关之理。今则庸夫俗子,竟以鄙俚之词入曲,而命意更为陋劣。芬窃谓，苟长此堕落者，必一落万丈之渊矣。

妹谓除幼稚园、初级小学，歌词宜求浅显通达，使儿童易解外，余此当以高尚优美为宗。第哀感顽艳之作，亦不适用。我国词家，自成一派。文字脱能改良其柔靡纤佻之旨，宁非大佳事耶。

人之言行，蕴涵文学之理，乃神逸书卷气。而众达高尚优美臻境，洵春风风人之和谐社会。

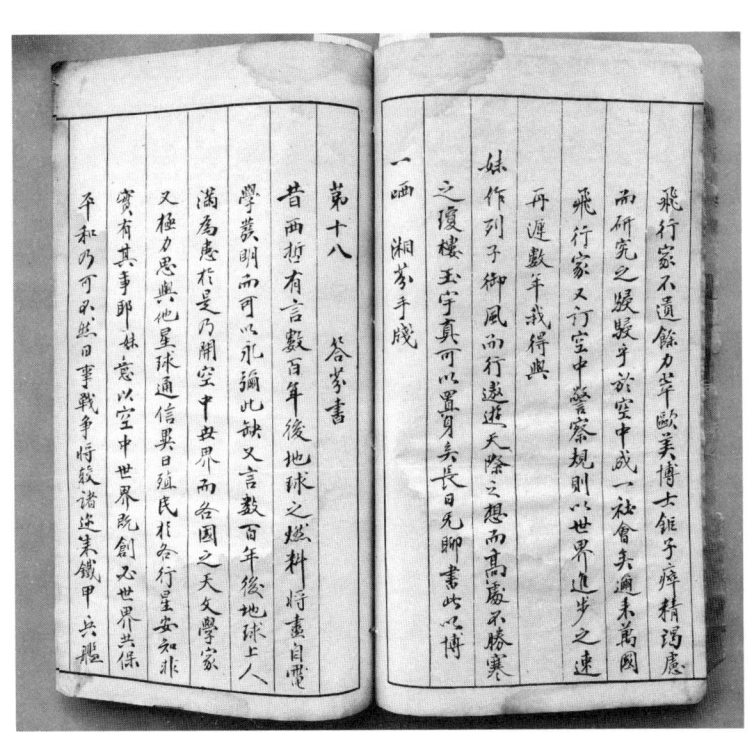

《女子书翰文》墨迹

舒新城在其著《女子教育思想进展的因果》篇，作出深刻结论："及五四而后，科学思想渐进，女子教育思想亦从科学上着眼而立了较稳固的基础了。"包天笑先生是"女子教育思想亦从科学上着眼"的重要实践者之一。他在上册两信中娓述：

　　偶阅近人所译《空中未来记》，小说于三十年后空际经营，言之备悉。此书脱于前十年阅之，以为是不过文学家于无何有之乡，营此空中楼阁。理想中一片之影，未必遽征诸实事。顾就现世界观之，各国之奖励飞行家，不遗余力；萃欧美博士巨子，瘁精竭虑而研究之，骎骎乎于空中，成一社会矣。迩来万国飞行家，又订空中警察规则。以世界进步之速，再迟数年，我得与妹作列子御风而行、遨游天际之想，而高处不胜寒之琼楼玉宇，真可以置身矣。

——第十七《致蕙书》

　　昔西哲有言，数百年后，地球之燃料将尽。自电学发明而可以永弥此缺。又言，数百年后，地球上人满为患。于是乃开空中世界。而各国之天文学家，又极力思与他星球通信。异日殖民于各行星，安知非实有其事耶？

　　妹意以空中世界既创，必世界共保平和乃可。不然，日事战争，将较诸迩来铁甲兵舰、快枪毒弹为尤烈。虽万国平和会中，已禁止空中投炸弹之举。然究不能禁于战争时，飞行之器不用。以是言之，科学幼稚之国，不能自创飞行器，以树一帜于天空者，宁得不遭鲸鲵耶？

——第十八《答芬书》

包天笑先生撰著的此二信，已过八十多年。其热企"我得与妹，作列子御风而行、遨游天际之想"，今属家常便饭，且随季风而票价打折。忧国忧民"宁得不遭鲸鲵耶"之霾,也被神舟七号空间出舱活动圆满成功,浩瀚太空,留下中国人足迹之伟大壮举,彻底荡涤。

门户少禁,学术蔚荟。包天笑这代学人,生逢薪尽火传之时。其中,多学贯中西、恪守道德和学术之底线者。他们精通外语,视野和识见,展示于官衙或民间创办之风格各异的报刊杂志中,教后昆书虫增添神往而不可言传之无穷淘趣。他们烂漫而雅致之笔笈,也令残煤敝箦者逊不可望:

> 人类交通之便,莫便于水。德儒墨革云:水性使人通,山性使人塞;水势使人合,山势使人离。欧人自十五世纪以来,与隔海之美洲及印度,交通已久。而于陆地接壤之亚斐两洲内地,反阂隔而疏逖之。盖以水道通,其国富而强;水道塞,其国贫而弱。水道通者,其民智;水道塞者,其民愚。不观夫英伦三岛乎?英之兴也,以商立国,其地四面环海,其国之繁盛,非无故也。迩惟春和日丽,诸惟为学自卫。
>
> ——第二十一《致蕙书》

> 来书谓通塞之故,本原于山水。复引西哲之言以为证。惟此说施诸已往则合;施诸未来,则微有不合矣。盖自火车发明以来,铁轨路线,蒙络大地,有如蛛网。试展地图,纵横作黑线者,非耶?故以后之灌输文明,倡导新智识者,恐不在水而在陆也。即以中国内地而论,虽长江黄河商贾辐辏之地,而识见之浅隘者如故。迨今日轮轨交通,瞬息千里,而人才亦愈蔚矣。然则,此后之交通,亦不全恃夫水耳。
>
> ——第二十二《答芬书》

自晚清开始,神州沿海之城,得风气之先而循序开埠,渐立物质和精神双文明之市。改革开放,筑路致富。此路与富,涵盖政治、经济、文化、

273

科技各个领域,也涉及道德、品藻、理念、甄拔诸清廉自律方方面面,即"为学自卫"之人格金针。

风日清美,诵读咀咏。包天笑先生于信中,诚然道及"儿童心理学所以为教育之本,社会心理学所以为涉世之方",谕防学生厌学、出走、自杀、暴弑诸悲剧之发生;关注民生,寓意深刻之"与其疗治于后,无宁防护于先。虽疾病之来,出人意表,究竟善卫生者,病魔亦退避三舍耳";世象存照之"须知窃他人之物为贼,乃不知窃国家之公款亦为贼。乃此辈窃款之贼执政者,转信任之,直云以巨贼笑小贼可尔";谴责"内外官吏,以唯诺为秘诀,以粉饰为手段"之玩忽;纪实类今世博会之"近以比国浦鲁赛耳,于明年西四月一号开万国赛珍会。我华绣工,素有特色,为欧洲士女所欢迎。而各女学中,近时所出绣品之成绩,进步良速。故比公使,发电各省教育总会征集此项绣件,以备陈列会场,供万国之观瞻,亦我辈女界光也"等等,尽彰斐亹不穷之致。

社会科学文献出版社一九九四年四月一版,邵迎武《南社人物吟评·包天笑》诗云:"先生鲁殿耀灵光,藻翰纷披余韵长;柳已成围笔仍健,从知胸次有沧桑。"妙绘超逸,确为包天笑先生之栩栩写照,寿近百岁之缘。

二○○八年立冬,时寒雨连江

《嘤求集尺牍》：
"卿既相思入骨，仆尤望眼将穿"

　　我淘下民国上海文光书局版许葭村《秋水轩尺牍》，广益书局版龚未斋《雪鸿轩尺牍》和上海新文化书社版缪艮《嘤求集尺牍》，皆因其为蓬头垢面、旧气十足之籍，而于其内涵，则渺然不悉。

　　花甲退归疏林，取而闲览。三位师爷文本反映之情性，虽共性哀叹于仰人鼻息，然秋水轩主无奈谐谑，雪鸿轩主寄情山水，嘤求集主则"仆本情痴，自居情种"。秋水、雪鸿、嘤求三斋名，师爷之情怀，亦昭然若揭。

　　斋存这本《嘤求集尺牍》，为三四两卷，乃是下册。上海新文化书社

民国上海新文化书社版《嘤求集尺牍》书影

275

一九三六年三月再版本。钢笔签书"38年勉之购于春申"。春申者,上海也。未读正文,嘤嘤春鸣,已盈盈于耳矣。

缪艮(一七六六——一八三五),字兼山,号莲仙,杭州府仁和县人。他仕途蹇塞,只得长期离乡背井,靠教读作幕为活。这位西湖老缪师爷,函述自家南国打工生涯,憔悴于虫兽之状:

> 弟累重如山,岁除近逼,罗雀掘鼠,窘迫什倍从前。
>
> 仆马齿就衰,蝇头生活。文有送穷之句,事无如愿之偿。
>
> 弟蝇头生活,马齿增加。怀季札之深情,怅杨朱之失路。
>
> 弟蝇头生活,马齿增加。避债无台,送穷乏术。
>
> 弟疲驽恋栈,困守盐车。利觅蝇头,味同鸡肋。
>
> 弟老至依人,驽骀恋栈。味已同夫鸡肋,利犹觅夫蝇头。
>
> 仆潦倒穷途已阅十六载,欲归不得。老尚依人,鸡肋蝇头,不遑糊口。

上为西湖老缪师爷雀斑、蝇头、鸡毛、马尾常态南国打工之局部。其全景式为:

> 弟自别后,流离转徙,总无一好机缘。省垣株守多时,嗣后两至广宁,初次与龚裕庵同事,尝有信托龚澄轩丈转达,亦未知收到否。广宁以下,一至鹤山。前岁赴龙川,去年由海丰到东莞。其间普在肇庆府阅卷,并未就馆高要,所以尊札竟至浮沉。而彼时足下安砚番禺,亦茫茫不知。草草劳人,奔走衣食。年来窘况,可不必言。
>
> ——《复王补堂》

> 艮来粤廿一年,离家四千里,橐笔禺山之幕,侨居芳草之街。脩不过二百余金,齿已届六十五岁。客囊如洗,归计难图。暴露者不

仅两亲，啼号者非徒八口。因念此间当道，尚恤穷途，获上无由，必须援引。倘得大人矜怜提拔，敢求远颁一纸书，贤于十部从事。伏春风之遥拂，俾小草以向荣；想天乎定润桑榆，或仁者不遗菅蒯。则贱子余生之日，皆大人再造之年。盖老困盐车，当服辕而谁控；早施甘雨，咸润物以无声也。

——《寄祁竹轩》

困顿塞羁、马齿就衰之西湖老缪师爷，《复保朴林》函云："艮以牛女渡河之夕，致鳏怀泣夜之悲，未免有情，谁能遣此。"又《复查辛香》函云："弟前岁潮州小住，品骘群芳，心赏者颇不乏人。初交春意金莺，继以纫安八贯，四美既具，未敢多求。然集中所选诸姬，皆弟意中人也。"可谓枯木逢春，春心荡漾。

其《寄黄霁青》《寄吴春意》之函，通篇"春"字，洒下春光一片。《寄吴春意》云：

春回草径，晴添千里春痕；春入梅窗，香逗一枝春信。正班春而春灯竞放，悬知春满凤城；愿买春而春舫齐开，回忆春生鳄渚。当元日之春韶乍起，嬉春于七十二候之初；洵岁朝之春序难逢，迎春于三百六旬之首。

伏稔春意芳卿，乘春适兴，春已言归；以春为怀，春云将反，乐饮屠苏之春酒，春气融怡；催开顷刻之春花，春光明媚。春朝度曲，琵琶声彻于春江；春宴传杯，蜡炬影摇于春夜。想见春容无恙，眉画春山；因怜春色胜常，腰肥春柳。人间春到，喜青春之及笄；天上春来，祝长春之不老。仆对兹春景，祇益春慵。春雨春云，剩绸缪于春梦；春风春月，徒缱绻于春情。记去春鸳枕双栖，极三春之欢聚；慨今春龙潭远别，积一春之离思。近看春水方生，春愁黯黯；远睇春波又绿，春恨绵绵。在鳏生固已泪湿春衫，料玉人亦应泪盈春袖矣。爱书春帖，

277

复候春祺不一。

打工者对"性福生活"之向往，绍兴师爷秋水轩主与雪鸿轩主，尚无表述，盖秋、鸿之压抑也。而西湖老缪师爷，秉苏东坡"水光潋滟晴方好，山色空蒙雨亦奇"之愫，春色无边，绿肥红瘦而老当益壮：

仆韩江解缆，水宿风餐，初则返棹东莞，既而买舟顺德。自忆篷窗并坐，朝夕盘桓，因爱老而戒色荒，更怜才而为书惜。雅人深致，不愧抡元。此真巾帼丈夫，可谓闺帏知己。每一念及，感激涕零。正不徒梦断巫峰，肠一日而九回也！

——《寄陈金莺》

忆自金莺船上，深谈半夜，两意缠绵。未免有情，谁能遣此？嗣后天作之合，缘订三生。惜别匆匆，能无恋恋？

——《寄麦纫安》

春江花月夜，老鳖焕青春。忽春意盎然，移情别恋：

仆慕芳名久矣。前年自顺德移砚番禺，适友人王笠舫之子苍山，述卿喜阅文章游戏拙集。感深知己，一面缘悭。同人相与唱酬，至今恋恋不舍。讵料一昨于诗札中得读大著，如获珍宝。奈因七夕三更，塞遭姬人林柔卿病故，悲喜交集，心绪茫然。勉和四诗，书扇持赠，并将旧日奉怀诗四首呈政。复承雅爱，赐和元韵见寄，始知卿之念仆，无殊于仆之念卿。惺惺惜惺惺，此日之相知，未尝非天作之合也！但不审三生石上，尚能一偿凤愿否？愿卿明以告我。倘蒙示复，即当趋侍左右，庶可面陈万种相思耳。耑泐布候，起居不一。

——《寄周红豆》

278

顷接还云，并承示赐和题壁元韵诗一首，情深语挚，镂骨铭心。捧诵再三，珍如拱璧。仍用元韵奉酬一首，江郎才尽，颇有珠玉在前之愧。借稔芳卿怜才若渴，一片婆心。惟是万种愁肠抑郁谁语，望风怀想，能不依依！香山诗云："同是天涯沦落人，相逢何必曾相识。"矧吾两人爱而不见，安得无搔首踟蹰耶？所欣菩萨多情，皆行方便，秋窗独坐，早已醉心；夙夜思维，益不胜延颈待命之至。数行珍复，意不尽言。倘遇机缘，再当面陈一切。

——《复周红豆》

　　红豆因弟六月间诗社稷兴，忽得伊吟卷，访问取诗人任杏田，始知其侨居西关。于是书札往来，诗篇倡和，亦未经一谋面耳。

——《寄施香海》

　　仆本情痴，自居情种。幸遇多情菩萨，能毋情见乎辞。无如死者不可复生，佳人终难再得。茫茫苦海，寂寂愁城，更从何处寻人生乐趣耶？

　　一灯枯坐，四壁萧然。未免有情，谁能遣此？读卿"何日浇愁图一醉，与君同采落英霞"之句，感卿心许，益我肠回矣。又读"黄泉岂少怀人泪，不在君前君不知"，并"夜来落叶西风急，寒到郎边锦被无"之句，更不禁失声痛哭，顿足捶胸，恍若起泉下之幽魂，向孤馆寒灯而喁喁絮语也。

——《复周红豆》

　　伏念芳卿多愁多病，体弱天寒。仆恨不能日侍药炉茶灶间，熨贴周旋，稍慰自己寸衷，实深怅仄。惟望顺时珍摄，调护吟风弄月之身。倘天假良缘，得能并肩唱和，未尝非人生一大快事耳。

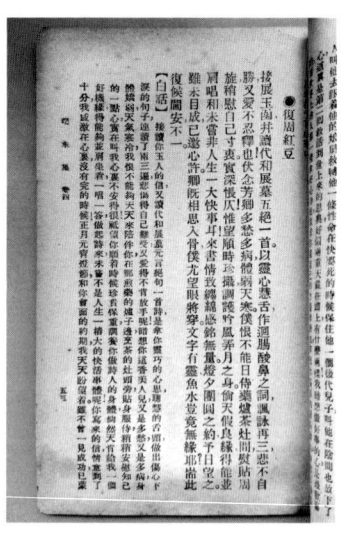

"卿既相思入骨，仆尤望眼将穿"之《复周红豆》札

来书情致缠绵，感铭无量。灯夕团圆之约，予日望之。虽未目成，已邀心许。卿既相思入骨，仆尤望眼将穿。文字有灵，鱼水岂竟无缘耶？

———《复周红豆》

春潮滔滔，春情殷殷。于是乎，经年打工于南国，"卿既相思入骨，仆尤望眼将穿"之西湖老缪师爷，仿佛斗室檀板，反复嘤嘤：

红豆生南国，春来发几枝？
愿君多采撷，此物最相思。

二〇一二年九月七日，白露

《冒广生友朋书札》:
"去后桃花今几许"

我在刊登于二〇一三年元月廿四日《文学报》第九版"博客"之《壬辰书愫·〈冒广生友朋书札〉》拙文云:

> 该书邀同道李凌俊女史下单网购。近百元而半价,果然便宜;像煞买一送一,心理平衡。
>
> 临办公室之窗,俯视,乃明末节操之士、文化情骚冒辟疆之裔,学究、诗人冒广生之旧居。

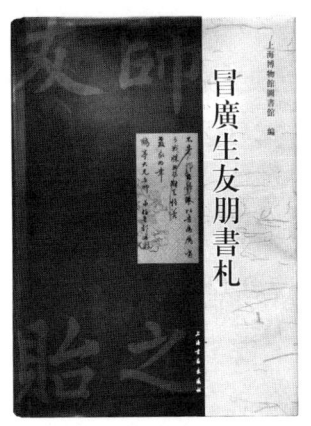

《冒广生友朋书札》书影

我不喜污渍之币。买饺子皮找得腌臜，决然舍近求远，踽踽至书肆，弃旧图新，换得"海豚书馆"丛书之一，冒广生著，陈子善编《孽海花闲话》一册。

是书二〇一二年六月十八日中午快递送到。养捂至今年阳春四月三日始阅于海上天钥书屋，十九日下午十七时四十八分阅毕于苏昆花桥花望草堂。

冒广生之挚友曹元忠致冒之函，有满江红"去后桃花今几许，旧时燕子已无多"之词句。阅之，正是此书史乘之趣。

疏林樵子与小瓦山人，分辑撷趣。撰函者姓名、原文陈于前，疏林小瓦之唧哳列于后。旧时燕子，自逗而已。

但 为 名 计

耆龄：拙诗有疵累否？必须和我，欲在大集留一名字也，幸勿吝笔墨是幸。

莫棠：卷子遵命妄题，能附巢民、曲园诸老之后以挂微名，皆君赐也。

余惜：窃念我两人以文字至交，聚处数月，彼此集中自宜各存姓名，昭示来兹。

潘飞声：兹贡上拙诗一二，求附入《诗群》，不求多，只求有耳。

曹元忠：若明知其不能行，不过图言之畅快，为异日集中添一二篇文字起见，是但为名计，不为国计，不如不为。

李详(字审言)：弟何敢望镌字李题名旁"后九百年扬州兴化李审言重来"邪？《太平广记》有李审言，曹君直云《邵康节集》亦有李审言，弟无《康节集》，敬希先生考之。弟肺病臂痛，于读书一项，视为畏途。但希姓名见公集中，如姜西溟之说，更数百年或有知李生与冒君为友，李生集中亦有冒君，不大乐邪！狂言无似，唯恕不道。

现在曹君直理聚卿拓本有四，中《王母宫题名》中有"陇西李使君审言"字，书者为张扻，在宋嘉祐时，应即此人。君直又谓《康节集》中亦有李君，同是一人。异日裒为一跋，将为弟生色，不愧为奉手通人之一证身。

小瓦曰：领导大人蟹爬题署；由过不好平常日子，绯闻连连之名流作序；红包诔墓舔臀书评；封面光头、墨镜、浓髯、尾辫、坦胸，围一时尚靓女或名模；与绿肥红瘦俊彦合影；为尚未进圹者作折己寿之传记、年表；或频道里唾沫四溅，或春蚓秋蛇当众涂鸦；老夫少妻喷薄；从头至尾，连椟手持部厅局处科组阁僚陈词烂调题辞之彩照；八卦加故作高深拼盘；腥膻访谈录；走进"大师"；忆在□□□身旁；我的□□□□□；和□□□相处的难忘岁月；当代□□精选；裤腰带腰封□□□□□□□□□□□□□□□□□□□□□□□□联袂露脸给力推荐；□□□谈读书，等等，此类但为名计之秽书，足为炯戒，概不翻阅。

书 虫 品 行

耆龄：前赐《五周先生集》，昨日遍寻不获，想为友人持去，望再赐一本是企。

疏林曰：前赐之书，遍寻不获，此乃书虫之通病。不读赠书，故遍寻不获。不读之因，或与己性不副，或龌龊猥陋。皆秽无文采，了无情趣。

郑文焯：今悉行箧得其三，能向诸友商托，分其一于下走，则感荷干当之力，不翅十朋之锡矣。

敝藏《三国证闻》,仅此一册,假尘棐几,聊佐宏蒐。

疏林曰:巧取豪夺,坐拥灰尘蛛网之书城,"假尘棐几,聊佐宏蒐"之充门面者,见之于森严衙门、老板堂皇办公室、哗众取宠之书房、暴发户之豪厅、射利书贾之商店,及周星诒所云"本不以笔墨见长,惟收罗之书不免陋"之无识书虫。然于上海滩甚善炒作的晚清郑文焯,其《国朝著述未刊书目》所录藏烂然书籍,是否亦"假尘棐几,聊佐宏蒐"欤?

俞明震:伯严(陈三立)刻在南京。所寄之书,为朱古微索去(据云不可不用霸道),属先道谢。

疏林曰:只此"据云不可不用霸道"一句,昭彰摸金校尉之豺狼品行无遗。

林纾:所假书籍,明日以车来輂。

疏林曰:以皇皇林译小说之巨著,铁证林琴南以搬场公司之隆隆气势,运载所借之书,并非痴人说梦之虚妄。畏庐老人畏人哉。

缪荃孙:印臣刻书而窘,抱存购书而窘,并致成讼,极风雅事而杀风景矣。

疏林曰:印臣乃晚清刻书家吴昌绶,抱存乃袁世凯之"皇二子"袁克文。抄《艺苑丛话》"癸卯江南乡试诗"廿五首之五:"气管呜呜到下关,烦文缛节大家删。短衣黑袜金丝镜,越是文明越野蛮。"

沈曾桐:弟有一言不能不奉白者:前假校本《谢山集》,虽有成

284

约，反复思之，似仍以归还为妥。鄙人衰病日臻，此如饮水，冷暖自知。

疏林曰：夫子行将就木，尚念念不忘先还所借之书。以免一世清贫，身后被谤。

录"疑古玄同"致其弟子天行山鬼魏建功一尺牍：

天兄：

记得在若干年前，我曾经干没过你七块钱：就是你交给我买《江氏音学十书》的预约券的。可是那书的影印遥遥无期，虽然去冬至今夏又有要印之风说，然而"终于"又成泡影，于是乎这七块钱"仿佛"是我"终于"非干没不可了。不料今天到某书店，忽见那书已由陈乃乾其人也者影印出来了，询其价，则"格末叫巧"，刚刚特价也是七块钱，于是乎我就买了一部来，着人送交给你，于是乎这七块钱在你既不虚掷，在我亦得免于干没之嫌矣。岂不快哉！

弟疑，十七、十二、廿八夜

疏 林 风 致

耆龄：凤巢宜代定之，菜究在何日？望示，以便函约同人也。

小瓦曰：不云"光盘主义"之宴饮，而道"菜究在何日"？诚雅俗共赏、雅人深致也。

傅增湘：日内归扬，必过公斋一谈，但求勿设燕，勿相送，听弟来去自由，斯可耳。

弟日内过镇，仍住客店中，可以自由，但诣公一谈，或同游一日亦可。不遣迓、不回拜、不派送，谨以此与公预约。

小瓦曰：此乃魏晋南北朝与民国贤良方正书虫规行矩步、节操高亮之风范。兀傲律己，不为已甚，遂与"双规""双开"无缘。

易顺豫：美人之情可感，诸弟之情尤可感。回馆一望，小介已将铺盖行李运上火车，又有送行者、同行者相逼就道，无可挽回，只得硬着心肠，冥然悍然，不顾而去。谨送上叁拾元，务乞即时拨冗一行，代交前途。

小瓦曰：斯事教我不禁想起，二十世纪七十年代初，同组之插床工小王，留发较长，非今日满街男女不辨之乌泱长发。一晨，工段长杨师傅，以车间革委会、生产委二委名义，严正警告小王："明朝上班，还是资产阶级长头发，阿拉（咱们）就要对侬采取无产阶级革命行动！"翌日，小王头势依然。须臾，被三位学"毛选"积极分子押至厂区外单间理发店，"冥然悍然"，从头做起挽救之。

易顺豫与其胞兄易顺鼎，盖基因之故，皆为勾栏云雨老手，可谓绯闻鼎豫。被拯救遣返之际，帖然不忘亲兄弟明算账之祖训，还清前途费三十元，即火车票钱。未知其时"火车时刻表"称"前途时刻表"否。

梁鼎芬：《奇孝图》多请人题，以章其事。至今未返，必不失。若急索，恐人以为奇宝，不得返矣。

小瓦曰：急索必失。此为书肆、冷摊淘书声东击西、欲擒故纵之妙法。

林纾：近颇得墨井用笔，一变昔日明人窠白矣。

小瓦曰：书画家吴历墨井和科学家徐光启，皆为有明天主教徒，久居

286

上海之杰出学人。

吴墨井画宗宋元，书法东坡。会心浸沉，避趋时尚。

林琴南深得墨井意境，学明而破明。墨华蒸郁，欲坠人衣。我颇喜其游记小品，洵宋元册页团扇渊妙之绘。

芶斋任诞

耆龄：敝工监修，执事肯就否？工程小而无保案(明春须驻工)，不敢强也。

疏林曰：充当层层转包之包工头，未知被梁启超先生誉为"英姿飒爽气，咄咄若朗日"、雅号小三吾亭长之冒广生接盘否？

胡祥镳：如江浙书局、海运绅董等事，不识吾师与两省当道交谊如何。其他挂名事件，镳不甚了了，请酌裁。最次则府县书院阅卷席面，则小补之谋而已。

疏林曰："与两省当道交谊如何"，乃应聘应试之给力关键。此千年不渝。而应聘底线"最次则府县书院阅卷席面"，难怪报考国家公务员之潮滚滚不息。

汪曾武：据日者云，弟命中注定京职，辛丑(一九〇一)可冀问鼎。

疏林曰：后官运果然如是。一九五一年十二月，被聘为中央文史馆馆员。

清人申居郧《西岩赘语》云："信算命，信风水，皆妄念所使。读书明理，人以义命自安，便不信他。"

吴俊卿：投桃无以为报，只有叩头而已。

疏林曰：多翻这位于晚清书画篆刻领域异军突起、独步一时的金石书画家之尺牍，可知"只有叩头而已"乃这位曾任"一月安东令"乌纱小吏之官场后遗症、口头禅。

周星诒：以我眼力，尚以一元买一翻刻刘平国刻石，可见鉴别之难，而碑帖尤难也。

疏林曰：碑帖，行话雅称"黑老虎"。不学无术者，不谙谈虎色变之厉。心术不正者，与虎谋皮，无不倾家荡产，葬身虎口。

晨钟暮鼓，休闲是书。急景流年，其中之故实史乘，今朝都成旧时燕子，去后桃花。

　　二○一三年五月十七日下午十五时卅一分
　　　制毕于海上天钥书屋，窗外细雨潇潇

288

《朱希祖书信集》:
"猫不要吃他物"

缘喜读有趣味之题跋,史学家、藏书家朱希祖先生之《明季史料题跋》,见而淘归。然未全阅,因被题跋之籍册,无法一视,读来有遥隔之感。

二〇一二年十二月八日,我于海上书城购得中华书局是年八月一版《朱希祖文集》之《朱希祖书信集·郦亭诗稿》一册,价四十八元。

是书信集,含《与张元济论书尺牍》一五六通,《致罗香林、朱偰信札》一二三通,余为致陈独秀、周作人、胡适、蔡元培、陈垣、钱玄同、傅斯年诸贤之零札。

中华书局二〇一二年八月一版《朱希祖书信集·郦亭诗稿》书影

窗外雪花,纷扬漫舞。展读是书,觉其契我心者,在在多有。张元济先生说"厂肆为古书渊薮""但求美备,本不急于成功也""上海虽未作战场,然枪炮之声时时得闻。闸北驻兵尤多,几如遍地,火线随时可以爆发。敝公司有数千人倚以为生,勉力支持,卒未停辍。幸叨福庇,竟获安全,不可谓非意外之事,至今思之犹令人有余悸也""吾辈户外运动太少,故多有胃病,此不可不力矫其弊,愿与兄共勉之",述绑匪"若辈初以为商馆为弟一人私产,故所望甚奢,嗣经解释,亦遂恍然,并属详细调查,越日复来,自认误会,以是较易解决,所耗甚属有限,然在弟则已负担綦重矣";北大代理校长、心理学家陈百年说"北大精神在于教授治校,此正同人及学生历来所努力维护而不容其破坏者";朱希祖喜得外孙女罗玲,致信女儿朱倓说"闻饭食清淡而乳少,务望勿太省膳资,至要,至要""玲儿照片均已收到,又觉长大可喜,惟云十个月即须断乳,不免太早,必须周岁方可""玲儿种牛痘后身体已复原否""玲儿与佣人居,习染恐不免坏,将来早入幼稚园可改正也";如此之类淬厉震憾、熙以春和之函语,无不深切载之口碑,铭之心版。

张元济德操千秋

《学海类编》系傅沅叔委印之书,并非本馆自己出版,故无折扣。

书价几何? 务祈赐悉,必当照缴。以后尚有购书之事欲以奉托,否则何敢再相渎耶?

书价二十四元,除归还《红豆集》三元外,尚余五元存尊处,以志书价划抵外只应找下一元四角。来示称三元八角者,未将《新都志》价除出故也。

命估影印明抄宋本《水经注》印价，照原样大小，每张连史纸只能印六页，每石只能印两页，故甚为吃亏，兹附去估单一纸，敬祈察核。依此计算，成本须二千三百余元，每部定价十二元，预约八元，全数售尽可收入四千元。托人代售尚须给以手续费，所赢不过千元。如改为四开式，比原样缩小纵一寸弱，横一寸强，内框必须缩小较多，则成本可减轻三分之一，定价亦可较廉，销数自可较旺，统祈裁酌。如为再版计，欲留底版，则尚须加底版价。第二次印成本较轻，利益较厚，出版家能获利者，亦即在此。

再李君正奋所著《魏隋艺文志》，诚难能可贵。惟此类书籍，销路有限，际此时局不靖，更不易推销，只得暂行割爱，尚祈鉴谅。

《明文海》卷帙过多，商馆以营业为主，际此时局如斯，巨籍恐难销售，只可稍缓再谋进行。

弟行年七十，自顾一切幼稚，何敢言寿？岫兄(王云五)此举，弟曾闻之，欲通信阻之，再四追询，秘不以姓名相告，今奉来书，乃知曾以相渎，甚为不安，务请辍笔，勿重弟咎。我兄有所撰著，本以启迪来学，世人极以先睹为快，但乞勿为弟而发，幸甚幸甚。

舍侄振声在商务印书馆任事，夜间尚有余闲，因令对勘月余，始得蒇事，当酬给伊银币五元。收条附上。

先贤著作，固宜流通；眷怀祖德，尤惧散佚。

上为张元济致朱希祖之函语。
疏林樵子曰：张元济先生眷怀祖德，笃实修行之不朽品操，乃商务印

291

书馆千年不朽之文化丰碑。

朱希祖住心观净

余本不乐作官，一则考试院委员除考试时忙半月，余外平时毫无事做，仍可研究学问。大多皆不到院，每星期去一二次可矣。一则受学校当局官僚恶习闷气，一朝脱离，甚属快事。

余年老暂入官场，实非本志，太平之后，余书籍售去，仍拟归老田园，从事著述，人生不过尔耳，热闹场中余实厌烦也。

仆甚反对不读书而空作文，故研究所学生先教其读书然后作文，以救世弊。望弟亦先求实学，勿事空论。

抄书易，校书难，前承借之书尚有数种抄毕未校，故尔未还。

抄书雇人易，校书求人难，不校又不放心，想具有同苦。

不注出处，此著书不忠实之过也。

何吾邹《元气堂集》仅三卷，嘉庆己卯重刊本，即李洸借与我所抄者，其序跋皆空话不足资考证，原刊本已散佚，未知有若干卷。此公系贰臣，不足取。

史学文章余最喜班孟坚，其次范蔚宗，盖较易学习。若司马子长笔太放纵，易流于油腔滑调，然其佳处自然超出于班、范以上，惟在于善学者审之耳。

因平生作考据文，埋没性情，不能发抒抱负，诗则言近旨远，大可发挥性情，而后朋友以及世人皆可了解余衷情。

大作《客属总会十周年纪念大会特刊序》，此等文章本不易求雅，今略为批改，以后作文如欲雅驯，于新名词当分别慎择，动静各词尤宜少用，句法须求简练，大忌冗长，试观《汉书》即可医治此病。

余近来亦用功《汉书》，每日必读一卷，作文更见进步。

此次病后无以消遣，乃将《通鉴》隋唐五代部重阅一过，实觉亲切有味。

弟少染俗学，长而奔走衣食，学校授徒，惟务铺张易晓，故文笔冗杂，颇难自拔于俗，且年行已老，大恐终无所成就，惟望兄等痛加绳纠，庶或免流恶札。

生平颇不愿学胡适之有一篇发表一篇，不顾精粗良楛也。

君作惯报上宣传体文章，浮文太多，非大加淘汰不可。盖传世之作与用世之作作法不同，因报上文章大多系卖文性质，字数愈多愈好，胡适等每自诩为吾文有若千万言，可以见其中病之深矣。

上为朱希祖致张元济、女儿女婿、潘承弼之函语。

疏林樵子曰：此乃朱希祖先生著述丰赡、学术巨献之因缘。张元济赞朱希祖云："文学凋敝，读书种子殆绝，先生擅研乙部，直接乾嘉诸老之席，撰著雠校，用思精深，其书满家，沾溉靡尽。"

然为文若濡染乾嘉考据印板之气，则倒映作者个性之木纳疙瘩，生息之阴郁无趣。

举细烛品藻同侪

惟此间学生久受缪凤林等教育，所编历史讲义以详赡为主，且用文言；方壮猷、谢国桢二人多不能立足，以其讲义毫无计画，详略不均，文字亦有欠通处，故为学生反对而去。

姚薇元撰《北魏姓氏考》，余嘱其改为《魏书官氏志广证》，大体尚精博，然衍陈寅恪鉴空臆测之谬法，论据多未真确，已指出数十处，劝其大加修改，颇见采纳。

香林实可接彼教课，然罗家伦器量褊小，不忘小怨，香林终不为彼所喜，故余亦不敢再行推荐。

因近来作诗牵出许多诗人来作诗战，如汪旭初、沈尹默、章行严、方东美、汪辟疆(此五人皆老手，甚佳)；欧阳翥、沈士远、卢前(亦佳)；马叔平及大儿伯商(次之)，日来挑战，应接不暇。

顾颉刚所主张二事：一、句读二十四史，能读者不待句读，不能读者虽句读亦不能读，且此亦非史学会应做之事；二、《史学杂志》使各大学轮流办，一大学史学家甚少，何能独办？此事应在会中办，不然要史学会何用？即此二事已觉荒谬，他可知矣。

马(竞荃)君恂恂儒雅，笃实可亲，当世不可多觏。贵院国文学系大可延聘，斯人胜于时流多矣！

旭初以文章自期，季刚在时，亦颇以此自许。二君文章，吾侪亦
甚钦佩，然先师尚言"季刚文章枯槁，大不类我"，可见斯道之难矣。

上为朱希祖致罗香林、朱偰、许寿裳、潘承弼之函语。

疏林樵子曰：真实失于隔代，失于心术不正；真实存于同侪冷眼皎皎，
存于边缘止观。

闲览不意之获悉

翁国梁著《水仙花考》，一九三六年十二月初版，"中国民俗学会丛
书"之一。作者序云，自己是在罗香林、容肇祖、顾颉刚诸学人鞭策下，
始撰是书。十年前淘览，容、顾二贤，吃香今朝；罗香林者，不详其人。

朱砚因著《海盐画史》，民国铅印线装，扉页钤"上海文史馆藏书"楷
书红印，我淘得于博古斋，时在二十世纪九十年代。黄宾虹、高吹万为之
序题。无版权页，悉自刊本。敝唯知其为山水大家黄宾虹先生入室女棣，
情见宾虹书简。生平无稽。

我于书城闲翻《朱希祖书信集·郦亭诗稿》，方了然罗香林先为
朱氏高足，后为朱氏佳婿。其人为香港大学终身名誉教授，著述颇丰。
一九七八年谢世。

朱砚因女史，乃朱希祖远房本家堂妹。人品高洁，终身未嫁。"亦晚
近罕觏之姝也"。

疏林樵子曰：故实史趣，蕴于卷稿。冥心元对，犹恐失之。随便翻翻，
开卷不意有益。

一九四三年二月廿六日，朱希祖致女儿朱偰函云："阴历二月初二日
汝母生日"。鉴于"来往车钱甚大，物品又贵"，"故决不必特为此来。如
两路口或上清寺能买得到牛肉，望代买二三斤。星期六或星期日托陈科

295

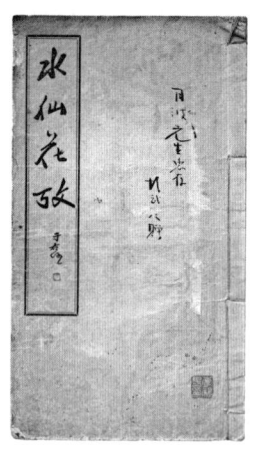

翁国梁《水仙花考》书影

黄宾虹先生高足、入室女棣
朱砚因《海盐画史》之扉页

员带来，如不及寄，下次亦可。猫不要吃他物"。

德操千秋、住心观净、举烛品藻、闲览偶得，正是不为习尚所移、"猫不要吃他物"之般礴精神。

二〇一三年元月十一日制于花望草堂
卅日润于天钥书屋

《澹盦藏札》：
"阅世相期豁远眸"

二〇一二年四月廿二日，我在博库见到这册上海锦绣出版社二〇一一年八月一版《澹盦藏札》，展卷见丁方镇、王蘂川、平襟亚、朱其石、汤修梅、吴恂、沈禹钟、赵蕴安、顾佛影、徐卓呆等民国闻人之名，依旧甚觉陌生。历经晚清、民国、新中国三个历史时期之学人陆澹盦收藏的这些书札，其撰人应该都有些故事的吧，于是温然购下。

这些民国潇洒散淡之社员、散客、个体户，泡澡执壶进入新中国，禁锢于肃反、整风、"反右"、四清、"文革"诸极端非常时期之政治运动，皆

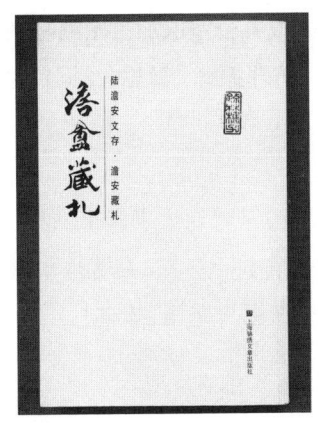

上海锦绣文章出版社版《澹盦藏札》书影

已天命耳顺之人，自嘲为"老运动员"。寒蝉蟪蛄之绪，切直于挚函中。

阴 霾 塞 天

当此劳动节将临之时，问题已告结束，心情稍感舒畅，原拟叙餐一次，以申积怀，岂知事与愿违，颇觉怅然，现饬小女明珠，特赍酒两瓶，奉以佐餐，无非聊表夙愿，尚恳哂纳至感。尚有一言附达左右，希鉴此微忱，勿作桃李之报，庶下忱可表，信守不渝，是则使愚忱舒适是已。

——孔另境

小瓦案：此信信纸尾部印"上海纸品一厂出16开30格书写通线报告纸(72.1-10)。"

其时"文革"，我工作于远郊之上海重型机器厂。每日下班，革命职工围坐批判"活思想"；"戴帽"之"牛鬼蛇神"，面壁背诵毛主席《敦促杜聿明投降书》，交代"问题"。被群批之"活思想"有"食堂买午饭时，我没认真排队，插档进去""我早上拿了一团回丝擦自家脚踏车"等等。文学爱好者青年之我"在工段办公室取加工图纸时，偷偷撕了两张报告纸"，带回宿舍，钻进帐子里，仿郑振铎《微思》《铜铃之什》《小诗二十首》之藻饰诗意。

近来朋友都星散，只感到太寂寥了，但经常聚在一块儿，或进出聚会于餐肆，或漫谈言笑于一室，目前均非所宜。故小弟力避过从，不来探望于吾兄，还祈原宥疏阔，幸甚！

——平襟亚

小瓦案：看附影信封之邮戳，是信书于"文革"。

二十世纪七十年代初,维时"文革"。某一寒晚,我与砚友金兄,出福州路书法家赵冷月先生家,闲聊着往家走,过武胜路,至家门沿街之花鸟画家"乔百鸟"乔木先生寓。敲门而入,见灯下画案边围坐着多位着黑灰中式棉袄的天命耳顺之夫子,仿佛置身晚清、民国之雅集或商会。他们见两位小年青蓦莅,顿时阒寂,双眸疑惑。忽见乔先生与我们随谈汉隶《史晨碑》,气氛才渐然释然。此亦"目前均非所宜"的蹙额岁月之写照。

近校注《孽海花》,有些难解的语句,一时找不到出处,想烦劳您解释一下,今随函附奉,本星期日如不下乡下厂,当于上午九时趋前领教。

——李小峰

昨令孙大同持尊函见访,快同握手,阅令孙习作,用笔老到,大有前途,钦佩之至,指教云云,则弟岂敢?老朽如余,有退无进,殊为惭愧,正欲多多向工农兵及青少年学习耳,既承老友不弃,愿与令孙共同研究,何如?

——胡亚光

小瓦案:状鲁迅先生与北新书局之关系,必述书局老板李小峰。胡亚光乃"红顶商人"胡雪岩之曾孙,融贯中西绘画。

"文革"时期,能高擎红旗,背着语录包,意气风发地下厂下乡,开门办学,恭恭敬敬接受工农兵再教育,并为其提供全心全意之服务,乃英明组织对己莫大之信任,无比之光荣。

教数月前,因整风无暇诣谈,纵谋面无话可说,故前致公之函,不免琐屑,幸大雅。勿笑!

——宋小坡

小瓦案：宋小坡之名，教我联翩于《铁道游击队》之抗日英雄小坡之英名。

"因整风无暇诣谈"，炎烈之势，潜踪早已瑟瑟于书之题签。

我淘得有陆高谊主编、蒋祖怡编著之世界书局版《描写文—题数作法》《文章技巧的研究》二书，正文首页，分别警钟长鸣至今：

请抱有批判的态度对待此书。一九五三年四月九日。(钤"曹涌"朱白文印)

请抱有批判吸收的态度来对待此书。五三年四月九日。(钤"曹涌"朱白文印)

一九五三年北京时代出版社出版的皮加列夫著《兵士兼统帅——苏渥洛夫生平事业概论》，扉页钢笔签"朱金楼一九五五·十·十四·杭州。肃反学习第五周"。其惊魂未定，两年后，遂成"隐藏在美术界的资产阶级右派分子"，而后又遭"文革"厄运。

"吃光、用光、当光，死了也不冤枉"。此"三光"哲学，或印证于城乡无赖，或彰显于邋遢不羁之学人。其皆理直气壮，振振有辞；昂然借钱，以弥不时之需。

理 直 借 贷

小儿今秋投考南北各大学，如清华、金陵、东吴、上海统一，均侥幸录取，昨日分发浙大肄业，不日赴杭报到。此次投考各校，川资费用已属不赀，最近又须赴杭国立学校，费用虽微(仅三万元左右)，然补充冬衣、略办行装，以及书籍、实验费、川资膳食等，第一月所需，似非二十万余元不办,咄嗟之间,何来如许巨款?倾弟所有,仅得半数。现拟请吾公惠假十二万至十六万元之数,俾克成行。如蒙季诺乞于二十七日前(因浙大限二十七日左右报到)以电话示知,以便走取。该款当分别短期偿还,感激云情,曷有既极!

——朱其石

顷以急需,虽情知尊处亦非宽裕,且上次曾一度相援,义不宜再,但以别无挪动之处,慌不择路,只得仍想暂赐借五十元。此款且须过三两月方能奉还,能荷俞允否,当于一(除日)日前午前趋府请示。

——何满子

顷闻出版社征公编《戏曲及小说辞典》,鸿篇巨著,非博雅如公不克胜任,闻之甚喜,想稿润亦相当厚也。前求资助或可邀允诺。公以笔头所得再贻故人,足见受之者贫而公之慷慨无量也。

——宋小坡

弟日来精神尚好,病势似缓进,但生活每况愈下,史君书已完成一部,交一专家审阅,专家公忙,一时未暇过目,而书店必须完成审查手续,方能付款。内人蚕场,去年春蚕失败,欠薪已半年,现只发生活费,每月廿万。似此情形,弟不病死,亦将穷死,因念吾兄自《水浒研究》出版后,声誉鹊起,各书店皆推重,未知有可援助处否,倘能由兄计画一书,与书店商妥,使弟捉刀(对外绝对秘密)稿经兄修改后请人誊清(此间有抄手,每千字只一千元)即无笔迹可见。于尊誉决无损。性质最好如《聊斋》译白话文之类,可少负思想责任,每册三四万字亦轻而易举也。叨在至交,敢为将伯之呼,并祈勿告他人,不足为外人道也。如有眉目函约,当趋府细谈。专此敬祝岁禧。

此信阅后付丙。

——顾佛影

清学究浦二田夫子《致陆龙冈》尺牍云："承垂问近好。近复何好？只是送穷不去耳。"噫，常哀"送穷不去耳"者，内心多存艳羡肥马轻裘龌龊之意。

缘送穷而"慌不择路"，故借贷之函略显急吼。乏《秋水轩尺牍·向陆缄之》借银之润人文精神：

> 节前冒雨而归，节后戴星而出，视家庭如传舍，伊人况味何如。
>
> 弟为援例，日呼将伯，讵意秋云世态，流水人情。平时敦气谊，重然诺，一语通财，反眼若不相识。盖自告急以来，几于十扣柴扉九开不矣。
>
> 足下能急人之急，倘为觅一监河，是出之涸澈而纵之清波也。应奉券利，惟命是从。

"此信阅后付丙"。丙者，火也。甚远不道，即读清人林则徐、翁同龢、张之洞、许景澄、袁昶、林琴南诸贤之尺牍，常见这行儆句。因出于非常时期名人之手，故未灰烬，而成珍贵国闻史乘；严酷时势，也由此瓜蔓抄，惨遭横祸。

人之名字，尤其是文人墨客，无论爹妈所起还是自痴而改，无论原名抑或笔名，冥冥之中常与其言行潜移默化，相辅相成，完臻凡人难以企及的行为艺术之境界。澹盦友朋，亦复如是。

名 副 其 实

平襟亚，名衡，署襟霞阁主。一九二七年，在上海滩创办中央书店。

疏林尺牍

店名既不先锋超前，也不拖泥滞后，既不极左，也不座右。所创《万象》杂志，无亚肩叠背、跟屁应声之恶炒；所版"国学珍本文库"、袁中道《珂雪斋近集》《书法大成》诸籍，至今九畹馨逸。

其于抬头印着"历史的经验值得注意。一个路线，一种观点，要经常讲，反复讲。只给少数人讲不行，要使广大革命群众都知道"之毛主席语录信纸上，函云：

> 接手书已如空谷足音，所交识的老友，不论是谁，从未见过一面。对于音问，除兄以外，亦未有只字交换过。好似从科班出身以后，遂与外人间隔，但此心未尝有片刻忘怀诸位老友，而尤其如兄之经常关切我也。近来贱体尚无恙，惟不出户限，习静或昼寝而已。我常念念不忘"无事即清福"，但待在家习静，任何人忘怀，我这个人已心满意足矣。我的女婿家里，亦然没有去过一次，每两个星期，她们总是来舍探望我一次，我愿足矣。

凡此，其不渝恪守阴阳平衡之谛，胸襟平心静气；宰予昼寝，贤贤易色。

陆丹林，字自在，同盟会会员，南社社员。其名赤潮澎湃，红旗如林。世之名含丹者，无论不朽演员、煽情主持、运动名将、操刀主医、绯闻博导，抑或心灵鸡汤学者等等，无不一时红遍大地，汗流浃背。

我所淘周建人著、一九五四年八月人民文学出版社版《略讲关于鲁迅的事情》，其目次页反面有自在翰墨，韵含章草，钤"陆丹林"朱文印：

> 本书著者乔峰，即周建人之笔名。丹林志。

火邪丹林，即成丹毒。其尺牍云：

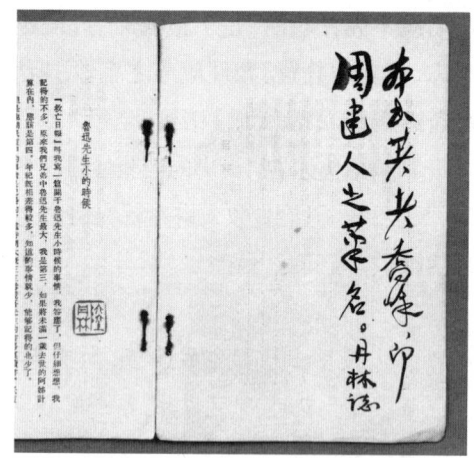

《略讲关于鲁迅的事情》封面和内文首页钤"陆丹林"朱文印，目录背面有陆丹林墨志

　　仆生活如恒，步履比前不便，两三月中，不出门口一步，是属惯常。日中无可消遣，宛如萧寺老衲，寂寞无聊，可以概见。行将就火之年，如此生活，梦想不到也。

　　春剩殂逝以后，更不敢到虹口公园附近。残年况味都参透，不外生离死别忙。"可哀惟有人间世"就是如此吧。

　　陆氏的这通尺牍书于"红枫室"自制信笺。信封背面，钢笔签书"1972.5.7"，时维"文革"。其一九五四年恭读《略讲关于鲁迅的事情》，至挚友春剩沈禹钟殂逝一年后之一九七二年，七十五岁，落款枫园之他，足不出户，更不敢到鲁迅先生之墓地虹口公园附近散步，已囿心若枯井、夕红颓尽、杳无自在之轭境。

　　闲云野鹤于疏林。晚年之逍遥自在，乃真正风流酝藉之自在。

赵蕴安，又署名司徒王、东山谢，疑似户口在魏晋，《世说》人物也。南社诗人。其失足负伤，燕聚造访，未能足音跫然。襟蕴不安，请假诗二首云：

> 不上老饭店，真成老饭桶。
> 非怕上扶梯，恰巧脚底痛。
> 预先请个假，免得座位空。
> 书上陆澹翁，敬复告饕众。
>
> 司徒王、东山谢合启，十五

> 马失前蹄困一豪，云长未肯下关刀。
> 抚髀已复成钢骨，脱体欣闻拆石膏。
> 谈笑鸿儒常满座，退藏小草得宽饶。
> 候湘田径君堪赛，任是长跑与短跑。

自退休疏林后，我每日清晨与太太至龙华烈士陵园快步六圈，每圈一千一百六十四米。逢回聘上班日，则步行一小时二十分至报社。冰雪大雨暂止，改乘地铁。

去年初夏，和同仁游览莫干山。年龄最大之我轻步似蝶，而靓妹帅哥则气喘吁吁，面有难色。是时，晨步体能储备之尤尽显。

龙华烈士陵园，即原龙华公园，与龙华塔、龙华寺实为一体。今年春节后，我嗓一时哑然。太太诘我步行时击掌、嗨声过猛，惊扰僧徒，故受此惩戒。嘱我将开过光之佛件挂于脖颈，去年圆寂之一百零二岁常州天宁寺丛山法师赠我之佛珠戴于左腕。我止观之，亦冀"退藏小草得宽饶"。

朱大可，民国报人，善诗工书。一九四九年后，任华东师范大学教授，毕生潜心国学。一九七八年，其一尺牍云：

弟今年八十，以诗文(惟兄一人)书画图章见祝者不少。画有八九帧，惜弟不懂，不敢妄评。图章有十余枚，以方介堪、陈安持及令孙小康为佳。诗有百余首(有人尚未相识，南汇九六老人苏局仙亦有八首)，大抵切而不文或文而不切，甚至以姜太公相比，可谓无聊(惟施舍予五排尚可，以上云云幸勿告人)。再者，弟孙在射阳者，上月又举一雄。弟竟有两曾孙矣！

噫，"甚至以姜太公相比"，此大可不必矣。"弟竟有两曾孙矣"，此大有可观矣。

徐碧波，号归燕，别署红雨，室名竟成庐、红玉楼。民国编辑、编剧。一九八六年被骋为上海文史馆馆员。

中学时代，作文纪游，酷爱写长风公园银锄湖之碧波万顷、碧波荡漾。后读课本上宋人范仲淹《岳阳楼记》"上下天光，一碧万顷"之句，油然心向往之。

一九七八年三月廿六日，八十高龄之徐碧波，致"澹安吾兄文席"尺牍云：

弟直因身后无人，遂于衰迈之年结一老伴，在相互照顾之下使对方名正言顺起见，特按照国家《婚姻法》前往申请审查，已于本月十七日核准，发给合法证书，此亦新时代之创举。若易以旧社会，势将引起天大笑话，至于对老友辈糖酒之敬，原非吝啬，实因证书上大书"勤俭节约"，亦所以遵嘱而行。

值"此亦新时代之创举"佳时，"文革"甫结束，尚处"拨乱反正""心有余悸"之阶段。红雨夫子灵明湛然乎"勤俭节约"，终成眷属于夕阳红

之恋。携手春林,正副其时"思想解放一点,胆子大一点,步子快一点"之时代要求。这一改革开放之前奏先行,有社会贤达讴歌之:

况是青春日将暮,桃花乱落如红雨。

——李贺《将进酒》

相见时,红雨纷纷点绿苔。

——王实甫《西厢记》

然李王之红雨,思想、气势、艺术,难以企及毛主席诗词之振厉恢弘:

红雨随心翻作浪,青山着意花为桥。

何公超,儿童文学作家。上海松江人。一九八六年谢世。其致陆氏尺牍云:

澹安先生:

昨日奉访,蒙赐借《何典》一书,快何如之。归寓展阅,不料发现,凡涉及秽亵之处,都有缺页。如P89页到P94,P133到136……是其他借阅者嗜痂成癖,割而藏之,抑先生嫌其不雅,割而弃之乎? 此一疑团,先生事忙,不必函复,待下次趋府,面领教益可耳。复此数行,聊作备案。

即颂日祺!

何公超,九月十二日

《何典》,乃何公超之乡党、清代张南庄著。一九二六年,刘半农不意淘得于厂甸,并标点重印,鲁迅先生为之撰《为半农题记〈何典〉后,作》

307

一文。

陌斋所存，为学林出版社二〇〇〇年十二月一版，既无鲁迅先生《题记》所云"空格令人气闷"之感慨，也无何公"割而藏之""割而弃之"之困惑。岁月苍黄，时已创新驱动、转型发展之廿一世纪了。

一九六九年金秋，七十六岁之陆澹盦先生，作《重九登大可寓楼作清谈归途口占》：

> 登山无计且登楼，聊把清谈作壮游。
> 小劫幸逃容啸傲，余年待尽任沉浮。
> 读书举喜研新义，阅世相期豁远眸。
> 浪掷精神休自笑，焉知敝帚不千秋。

时维"文革"，陆先生风清月凉。"阅世相期豁远眸""焉知敝帚不千秋"，正是远眸敝帚《澹盦藏札》之风云在念。

二〇一三年五月十八日下午草于天钥书屋
端午节前二日制毕于花桥花望草堂

《先师吴兴钱玄同先生手札》：
"格末叫巧·运气极了"

黄裳先生于《春夜随笔·天行山鬼》纪云：

一九四七年，一天中午走过来薰阁书庄，看见案上有一大本厚厚的册子，中间粘着钱玄同给魏建功的几十封信，其中还有明信片、贺年片……。非常有趣。钱玄同是喜欢说笑话的，信里有许多好玩的故事。因为是随手所写，有的还很潦草，所以很少见的他那种规规矩矩的气息。自然这中间论及古音韵的论学书札也不少。封面题

《钱玄同先生遗墨》书影

《钱玄同先生遗墨》扉页

签是"先师吴兴钱玄同先生手札/弟子魏建功敬藏。"

钱玄同是二十世纪初文学革命与"五四"新文化运动冲锋陷阵骁将之一，以"疑古玄同"名震当时。

语音学家魏建功，字天行，笔名天行山鬼，为鲁迅、周作人、钱玄同之学生，曾任全国政协委员、北京大学副校长，中国现代语言学的早期开拓者之一，北京大学中文系古典文献专业的奠基人。一九八〇年谢世。他在《回忆敬爱的老师钱玄同先生》记述："他对人的称呼：凡是大学里的学生，他一概称'先生'，等相处熟，才改称'兄'。""先生的使我佩服，在于他能超脱流俗而表里如一的安素务新各如其分。"钱致魏尺牍云：

建功兄：

对于你做的数人会记事，我不能不有所声明。我明知这话是半农说的，但这话实在不成话，一定会引起别人的抗议来，所以不能不像煞有介事地声明一下，伏乞鉴原，运气极了，运气极了。

疑古

天兄：

记得在若干年前，我曾经干没过你七块钱：就是你交给我买《江氏音学十书》的预约券的。可是那书的影印遥遥无期，虽然去冬至今夏又有要印之风说，然而"终于"又成泡影，于是乎这七块钱"仿佛"是我"终于"非干没不可了。不料今天到某书店，忽见那书已由陈乃乾其人也者影印出来了，询其价，则"格末叫巧"，刚刚特价也是七块钱，于是乎我就买了一部来，着人送交给你，于是乎这七块钱在你既不虚掷，在我亦得免于干没之嫌矣。岂不快哉！

弟疑，十七、十二、廿八夜

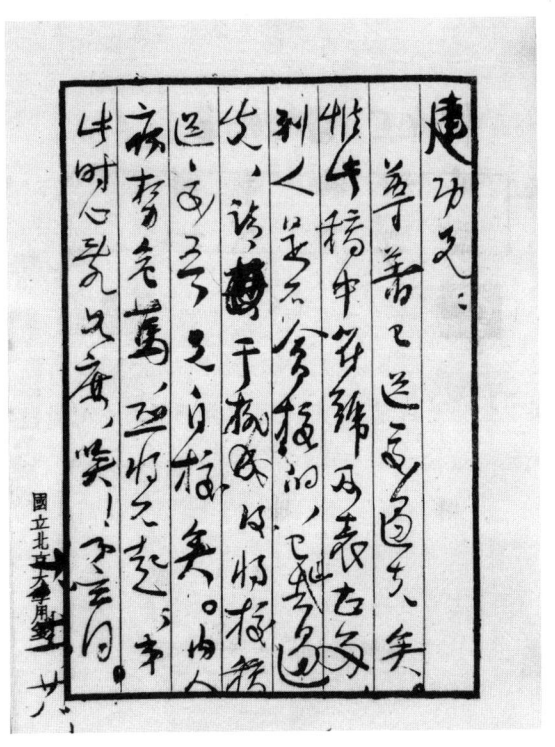

内人病势危笃尺牍墨迹

建功吾兄：

　　弟死罪死罪！连接两书，均未奉答，岂非死罪乎！然而今天犹未暇作答也。今天写此信，盖因为有五十四元要引渡给你（ㄍㄨㄛ ㄩ 30，万ㄛ ㄌㄞ ㄊㄝ ㄦ 24），是否即送至尊处，交尊夫人手收？乞见示，即当照办。复示乞寄孔德，弟移居孔德已有旬日矣。一切再谈。

　　　　　　　　　　　　　　　　　　弟疑古，二月一日

疑古白天行足下：今日得砖斋所赠日本中村不折氏所制之汉魏六朝书用笔，取以试写，虽觉艰涩，顾亦颇感奇趣。私意倘用之纯熟，必有得心应手之快感。彼时若伪作汉晋书影，敢断言，必胜于某君所写之陶诗卷子也。呵呵。书此敬候起居，不具。

　　　　钱玄同白，一千九百卅一年三月一日

天兄：示悉。弟自上星期四起即隐（非瘾）居于孔德，清理原屋书物以便迁回，故四日以前大有"披发入山，不知所终"之象。今日部署粗定，业已迁回原屋，故又呈"西山薇蕨吃精光，一阵夷齐下首阳"之象矣。

尊论"儿"字极有理，然我以为"犴"（ㄇㄚ或丨ㄚ）当然是"儿"之变，而"孩"似有问题。因"儿"古音在第十六部，而"孩"则在第一部也。（与"古音在第十部"之语貌同心异。）

淹通之唐大夫，已抄成十分之九，尚有数页未交来，然在最近旬日中必可交上也。

　　　　龟白，廿一、八、卅

天公：正要探听胡适（俗本此二字旁有私名号，非），忽得来书，固慰，但又疑。因昨日有钱君某雄至贾家胡同四十八号奉访，归言魏先生与魏太太均未晤，而魏姑小姐言，不日将南旋，车票已购得（此所以我正要探听胡适也），云云。苟此言而不误，则何以三上下仰苟之榻乎？且来信又谓"有浩然南翔之致"，然则赋归去来之日果将不远乎？愿有心示我也。

弟日来催两位世兄速理他们自己的书，务将不要的送到东安市场的旧书店里去；理毕之后，他们即可南上。而我则亦当急急忙忙地理书，亦当充分将不要的书送到陈鄂榆之兄处及东安市场的旧书店。姑且打如意算盘，"似可苟活须臾"，定以一个月左右清理完毕而也南上一次，计期当在六月中下旬间，但不知老天能从人愿否耳。

疑白，廿二、五、廿六

天兄：

尊序奉还。“口术”还是改“太□”为是。原来孙锦标公是您的老师，我到现在才知道。顷得QV电话，知道Y. R. Chao不能来，大概还是罗常培兄来(似乎“敷”胖子之意如是)。他问我要教什么，足见其方镜之下之棋子还是不定，我说一半天和建功谈谈再说吧。他说建功不知哪儿去了，近来狠不容(易)找到他；我说他的薇蕨已经吃光了，现在已经一阵下首阳了，以后向某门八十三号找他，必易找到。特此告密。

龟竞白，廿三、八、八

钱玄同之挚友、教育家黎锦熙揭示，钱玄同“说话和写信时，却喜运用‘今典’，这些‘今典’只有几个熟朋友能懂得的”。

周作人《饼斋的尺牍》品藻钱玄同(饼斋)说：“但因此想到饼斋这别号大约是他最喜欢的一个，恰巧也顶能够表示他的性格，谨严峻烈，平易诙谐，都集在一起，疑古还只是一端。”钱氏的“今典”云山雾罩，故实朦胧，却无随人妍媸之谑趣：

天行兄：

黎公叫我转达：他今天晚上在他的家里要赏人们吃饭。人们者：除白、萧、孙、魏、马、钱外，尚有陆法言的兄弟和一位王某云(王某者，亦“世界大学”学生，白某之挚友也)。

因为今天是夏历的六月六日：是日也，江浙要请狗浌浴，而湖南则非吃“王八”不可；故所以他今日备了王八，而请咱们去吃者也。虽然先生不吃王八，然还有其他的非王八，固非不可吃也。先生是否将于六七时顷驾临孔德而与馭同去乎?

因为他把约"马嵬坡"的事托了我,故专人奉告。"坡"者何?依马侍郎之"小学定律",可云通为"钱""坡"与"钱"一声之转,盖歌寒对转云。

弟坡(歌寒)铁(至真)刘(佳乐)白,七、十二下午三

信中"馭",乃"马""九"二字之合写,指一门俊秀、排行老九之明清戏曲、小说研究专家、藏书家马廉。"马嵬坡,马侍郎",亦即马廉。另一通"今典"尺牍,也当为知堂先生《红楼内外》之互补史乘:

有被先生所"责"之某公及"亭林之印"公都在孔德;还有一位"孔子所梦"的某公也在这儿(但据该公说,他是立刻就要回府去脱

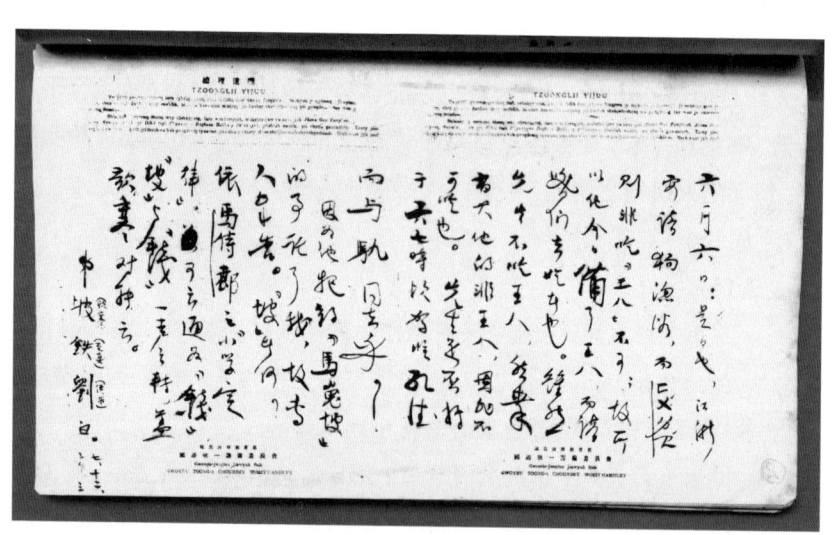

请狗溻浴吃"王八"尺牍墨迹

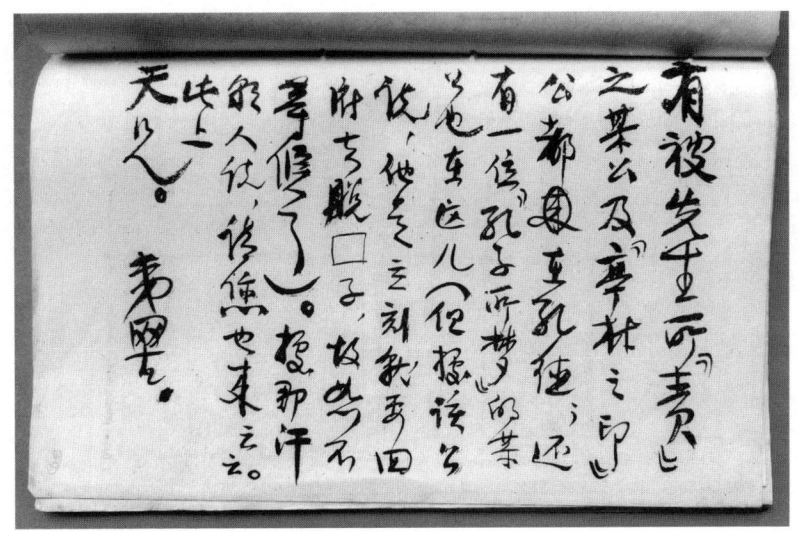

"有被先生所责"尺牍翰墨

□子，故恕不等候了）。据那汗朝人说，请您也来云云。此上天兄。

夷罟。

以谨严峻烈之椽笔书诙谐之世说者，其必为正直、偏激、风操垂世之"三风太守"式历史人物。

《饼斋的尺牍》阅世关切："中国在过去多年的专制制度之下，文化界显出麻木状态，存在其间的只有陋劣的假正经与俗恶的假诙谐，若是和严正与忧郁并在的滑稽盖极不易得，亦复不能为人所理解。饼斋盖庶几有之，但只表现于私人谈话书札间，不多写为文章，则其明哲又甚可令人佩服矣。"

315

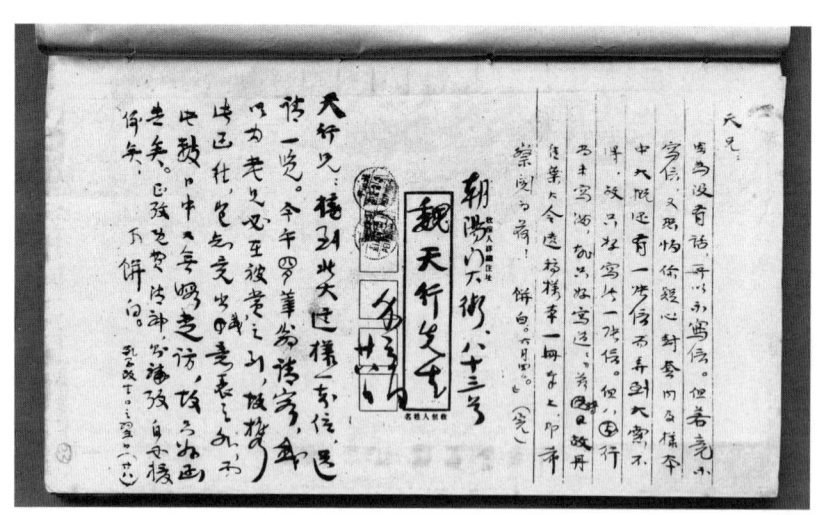

"因为没有话"与"接到北大这样一封信"两通尺牍手泽

天兄：

　　因为没有话，所以不写信。但若竟不写信，又恐怕你疑心封套内及样本中大概还有一张信而弄到大索不得，故只好写此一张信。但八行尚未写满，故只好写道："兹将《故丹徒叶大令遗稿》样本一册奉上，即希察阅为荷！饼白。六月四日。"（完）

天行兄：

　　接到北大这样一封信，送请一览。今午罗莘翁请客，我以为老兄必在被赏之列，故携此函往，岂知竟出我意表之外，而此数日中又无暇走访，故只好函告矣。正考既费清神，则补考自必援例矣。

　　　　　　　　　　弟饼白，孔子改生日之翌日（廿八）

钱玄同患有严重高血压病,其与高足天行山鬼之尺牍,屡屡道及"不意尊处将校样送来之上一日(十二月廿一日),弟即患头目眩晕,息偃在床""不料今日精神,又甚悲哀,头胀欲裂"而无法搦毫之疚境。其因是病而逝于一九三九年一月十七日。

这个一九四七年影印线装而无版权页的册子,封面署"钱玄同先生遗墨",扉页小题"先师吴兴钱玄同先生手札/弟子魏建功敬藏"。因其为非卖品,外间极不易见。在其影印五十年后之一九九七年二月十四日,我在海上古籍书店后座旧书店一堆破书里,不意淘得四本,亦可谓"格末叫巧"之书缘。

二〇〇四年八月十三日,我于博古斋的书架上见到一部线装十册本、售价六千的康有为著《春秋笔削大义微言考》,其首册封面右下正楷墨签:

> 中华民国七年,国庆前一日,玄同在北京海王村公园长兴书局买的。

是著分隐公、昭公两卷,钱作眉批三则。封面墨签,字含隶意,昭然郑重购得之愫。书中眉批,若付天行山鬼尺牍,韵蕴章草。洞阅至流微自得处,烂漫逸笔。奉赏手泽,运气极了。

清代书法家伊秉绶有隶书楹联云:"读书大游览,作福小薰修。"人生之大游览与小薰修,皆由祸福相依之"格末叫巧""运气极了"注定。

二〇〇六年大年初五寒雨,草于浦北路茶花园
二〇一三年大暑前二日,制毕于昆山小瓦山房

《先师吴兴钱玄同先生手札》:「格末叫巧·运气极了」